彼岸過迄

彼岸過迄

春分之后

夏目漱石

赵德远——译

上海译文出版社

著

Natsume Sōseki

目　录

关于春分之后

我要向读者坦白，这部小说本该从去年八月就在报上连载的。然而当时有些好心人替我担心，他们说："现在正是酷暑盛夏，你又大病初愈，连续工作下去身体能吃得消吗？"结果我就趁机又商量拖延了两个月。两个月的时间很快就过去了，到十月份还没有动笔，而十一、十二两个月也终于在杳无交稿音讯中消磨掉了。事情的经过就是这样，一项自己责无旁贷的工作竟漫无期限地拖了下来，从我本人的心情来讲，如此拖拖拉拉也决非一件快事。

当终于决定从除旧迎新的元旦开始动笔时，我高兴极了。不过，我首先感到的并不是长期被捆住的手脚得以伸展时的那种快乐，而是即将释去重负时的那种发自内心的喜悦。然而，这项被长期搁置起来的任务，究竟怎样才能完成得比以往更出色呢？想到这里，我不禁又感到有一种新的压力。

我心里倒也有一点思想准备，就是尽量写得有趣一些，否则是不好交差的，因为搁笔的时间实在太长了。这里面也包含了如下两种心理，一是必须报答报社朋友们的友好情谊，这些朋友对我的健康问题和其他方面都给予了极大的理解；二是无论如何也要酬谢读者们的热情关怀，这些读者每天都像必修课似的阅读我的作品。为此，我头脑里始终萦绕着一个念头，就是必须想方设法写出一部好的作品来。可是写作的常规又告诉我们，仅凭愿望是根本无法决定作品质量的。尽管主观上想创作出上乘佳品，但究竟能否如愿以偿，是连作者本人也难以做出预言的事实。因此，我不敢公开声明这次是为了对长期休养做出的补偿。就是说，这里面潜含着某种苦衷。

在这部作品即将公诸于世的时候，我只想把以上情况告诉给读者。至于谈论作品的性质、自己对作品的见解或主张，我觉得现在还没有必要。坦率地说，我既不是自然主义流派的作家，也不是象征主义流派的作家。更不是近来时常耳闻的那种新浪漫派作家。我还无法相信自己的作品已经染上了某种固定的色彩，以至于这种色彩竟达到了高声标榜上述各类主义并引起了局外人注意的程度。而且我也根本不需要这种自信。我的信念只是：我就是我自己。在我看来，既然我就是我自己，什么自然主义流派呀，象征主义流派呀，以及冠以"新"字的浪漫派呀，是与不是全都没有关系。

我也不希图把自己的作品吹得新而又新。我老早就在心里掂量过，当今社会上一味寻求标新立异的，恐怕只有三越和服绸缎店和太平洋彼岸的美国佬，以及文坛上的某一部分作家和评论家吧！

凡滥用于文坛上的空洞无物的时髦语言，我都不想用来作为自己作品的商标。我只准备写具有自己风格的东西。唯恐由于本领不高而写出低能的东西，或者因一心想炫耀自己而硬是写出高于自身水平的作品，由此带来有愧于读者的后果。

从东京和大阪两个城市的统计结果知道，购买我们《朝日新闻》的读者已经达到了几十万的庞大数字。虽然无从查考其中有多少人在阅读自己的作品，但这部分读者中的大多数恐怕对文坛的幕前和幕后状况均一无所知。我以为，他们大约只是作为普普通通的人在老老实实地呼吸着大自然的空气，同时在四平八稳地度着时光。我相信，能把自己的作品公诸在这些既有教养又平平常常的人士面前，就是自己的莫大荣幸了。题名为"春分之后"，其实并无具体所指，只不过因为预计要从元旦写到春分之后而已。许久以来我产生了一个想法，倘若把各自独立的短篇小说放到一起，把这些自成章节的作品综合起来组成一部长篇小说的话，作为在报纸上连载的新闻小说来说，也许会收到意外有趣的阅读效果的吧！遗憾的是，直到今天为止，还始终没有得到过尝试的机会。所以这次我在考虑，如果自己水平能够达到的话，就按自己的夙愿来写完这部《春分之后》。不过，文学作品的小说和建筑师的设计图纸不同，纵使写得再差也必须包含发展和变化。因此，情形往往是，尽管由自己执笔，也难以按原来的计划进行，这就如同在正常的社会里，我们的某项计划常常因受到意外的阻碍而不能如期实现一个样。由此看来，我的这个想法也许还是一个纯属未来的问题，倘不一直写下去是不会得到答案的。但有一点可以肯定，即使进展并不顺利，也还是能够不间断地写出不良不莠的短篇的。我想，这也应该没什么大碍吧！

（本序写于一九一二年一月，即作品发表于《朝日新闻》之时。）

洗澡之后

一

　　敬太郎对最近一段时间没有多大进展的活动和奔走已经有点厌倦了。他自己也清楚，如果仅仅是到处奔走而消耗点体力的话，倒也不会感到吃不消，因为他天生就有一副健壮体格；可随着碰钉子次数的增多，身体上的苦头还在其次，首先是大脑渐渐地不听使唤了。他碰到的钉子包括：自己的志愿报上去以后就一直悬在那里，毫无进展；或者刚刚挂上钩正要采取行动时，一下子又落空了。因此，今天晚上便借着稍感烦闷的心情，有意识地连着咕咚咕咚喝了几瓶本来并不想喝的啤酒，试图尽最大可能从自己身上引出痛快的情绪来。可是，一种故意借酒浇愁的自我意识却始终在头脑里作祟，最后只好叫来女佣把这些东西统统撤走了。女佣一看到敬太郎的脸色就说："哎呀，田川先生！"接着又添了一句，"真是的……哎呀！"敬太郎摸着自己的面颊说："红了吧？ 这么好看的脸色总让电灯照着实在太可惜了，还是趁早睡觉。你顺便把床给我铺上吧！"看女佣好像还想回敬两句，他便故意躲到走廊去了。就这样，当他从厕所回来钻进被窝的时候，口里还在自言自语："啊，眼下还是养养神吧。"

　　敬太郎半夜里醒过两次。一次是因为口渴，一次是因为做了梦。

当他第三次睁开眼睛时，天光已经大亮了。敬太郎刚意识到：世界又动起来啦！口里随即嘟囔着"养神，养神"，转眼又睡着了。接下来，那个不识时务的座钟发出的当当声，毫不客气地钻进了耳膜。这第四次醒来之后，无论敬太郎怎么努力，也终于无法入睡了。没有办法，只好躺在被窝里吸起香烟来。吸了一半左右，敷岛牌香烟的烟灰掉了下去，弄脏了雪白的枕头，然而他还是不想动一动。后来由于从东边窗户射进来的强烈阳光照得心里很不舒服，头也有点发疼，这才自认晦气地勉强爬出被窝，嘴里叼了根牙签，手提毛巾朝澡堂走去。

澡堂里的时钟已经过了十点，冲澡的地方早已拾掇一空，连一只小桶也不见了。浴池里只有一个人侧身泡在水里，两眼望着从玻璃窗射进来的光线，十分轻松自在地哗啦哗啦地洗着。这个人就是和敬太郎住在同一公寓的森本。敬太郎首先朝他问候："呀，你早！"对方也跟着应酬了一句："啊，你早！"然后又说道，"怎么搞的，现在还叼着根牙签？简直是胡闹！对啦，昨天晚上你房间里好像没有亮灯啊？"

"天刚擦黑的时候我那屋就一直灯火通明嘛！跟你不一样，我可是个品行端正的人，很少在晚上出去寻欢作乐的。"

"完全正确。你很坚强嘛！坚强得令人羡慕哩。"

敬太郎倒觉得有点不好意思了。他看看森本，只见对方依旧把胸口以下的部分泡在水里，不厌其烦地哗啦哗啦地洗着。而且脸上的表情还相当认真。这是个看上去无忧无虑的人，胡须被水湿得失去了原样，一根一根地都向下垂着。敬太郎瞧着他这副模样，口里问道：

8

"我倒无所谓，可你是怎么搞的？怎么不去上班了？"

敬太郎这么一问，森本才懒洋洋地两臂交叉地趴到浴池沿上，托着下颏，仿佛头疼似的答道：

"机关休息。"

"为什么？"

"不为什么，是我要休息。"

敬太郎好像无意中发现了自己的一个难兄难弟，于是脱口问道："也是养神吗？"对方答道："嗯，养神。"仍旧把身子趴在浴池沿上。

二

当敬太郎坐到冲澡盆旁边让搓澡人给自己搓澡时，森本那泡得发红的身子才像冒烟似的整个露出了水面，他脸上现出一副十分舒服的样子，四平八稳地盘腿坐到冲澡台上。刚刚坐定，他又开口称赞起敬太郎的一身肉来了：

"你的身体蛮好嘛！"

"这还是最近已经瘦了不少呢。"

"哪里哪里，一天天瘦下来的是我嘛！"

森本砰砰敲着自己的肚皮给敬太郎看。他的肚皮朝里凹陷着，好像被什么东西往后背那边拉过去了似的。

"反正干哪行都不轻松，身体都会搞垮的。当然啦，不会保养也有很大关系呢！"说完，森本好像忽然想起什么似的哈哈大笑起来。

敬太郎有意附和着说："今天刚好我也得闲，咱们好久没聊天了，怎么样，再给我讲讲你过去见过的世面吧？"

"好，可以。"森本立即很感兴趣地答应下来。然而只是口头上答得爽快，行动上却完全相反，不仅仅是缓慢，那架式简直就像浑身的筋骨都给热水烫得动弹不成了。

敬太郎喀哧喀哧地洗完打满肥皂的头，然后又把发硬的脚掌和手指缝搓洗了一阵。在这段时间里，森本一直盘腿坐着，根本没有要洗什么地方的意思，最后只像跳水似的扑通一声又把他那干瘦的身子泡进洗澡水内，接着又几乎与敬太郎同时擦着身子上来了。

　　"偶尔来这么一次晨浴，真是又干净又爽快哩。"森本口里说道。

　　"嗯。不过你那不叫洗，而是地地道道的泡，所以那种体会恐怕就更深了。你不是为了讲究卫生而入浴，而是为了贪图舒服来洗澡的。"

　　"我这种洗法倒不像你说的那么复杂，反正在这种时候又洗身子又搓澡的我嫌麻烦。总是身不由己地迷迷糊糊泡进水里，又迷迷糊糊地上来了。说起洗澡的方法来，看你那卖力气劲儿简直能抵得上三个人。从头到脚，从上到下，简直是一处不漏地洗了个遍。而且还要用牙签把牙缝剔个净光。对你那种细心劲，我算佩服到家了。"

　　二人一起走出澡堂门口。森本说要买卷纸，得多走几步路到大马路上去，敬太郎也愿意奉陪。从小巷往东拐过去之后，路突然不好走了。昨天晚上那场雨把地面淋了个透湿，从今天一大早起，车马行人压过来踩过去的，路上到处都是泥浆，他俩又厌烦又鄙夷地朝前走去。太阳已经升得老高了，但给人的感觉却是：从地面上蒸发上来的水汽直到这会儿仍贴着地皮在微微地飘来荡去似的。

　　"今天早晨的这番景致看来是想让你这爱睡懒觉人的一饱眼福的。你瞧，现在已是红日高照了，可雾气却一点也没有消散。从这边望过去，电车里的乘客就跟映到窗子上的影子一模一样，一个一个都能分得很清楚。再加上太阳刚好在正前方，看上去那些人全都跟不可捉摸的妖怪差不多，简直是一大奇观哩！"

森本边说边走进一家纸铺子，随后又用手轻轻按着让卷纸和信封塞得鼓鼓囊囊的胸口，从里面走了出来。等在门外的敬太郎立即转身朝刚才来的那条路走去。二人就这样一块儿回到了公寓。换上拖鞋咚咚地踩着楼梯来到楼上，敬太郎手疾眼快地拉开自己房间的拉门，口里邀请森本："来，请进！"

　　"快开午饭了吧？"没想到森本先犹豫了一下，然后才跟敬太郎走了进来，看他那随随便便的态度，简直就像跨进自己房间似的。进来后又说："从你这房间看到的景色总是那么美呢！"说着自己动手打开拉窗，同时把一块湿毛巾搁到了带栏杆的走廊地板上。

三

对于这位体瘦如柴、但从不得什么大病、每天都要到新桥火车站去的森本，敬太郎老早就抱有某种好奇心了。森本已经过了而立之年，至今还过着独身寄宿生活，每日到火车站上班。但他究竟在车站担任什么职务、从事什么具体工作，却从来没有向他本人打听过，也从来没有听他主动谈到过，因此对于敬太郎来说，这一切都还是个未知数。尽管也曾偶尔到火车站去送过人，但每次都因站里人员混杂，忙忙乱乱得根本顾不上把森本和车站联系到一起。说起来，也是森本没有机会在敬太郎的视野之内露面，从而证明自己的存在。他俩之所以能不知不觉地发展到彼此搭腔或闲聊的伙伴关系，恐怕也只是由于长期关在同一公寓而互相同情罢了。

所以，敬太郎对森本所抱的好奇之心，与其说是对他的现在，莫如说是对他的过去更为合适。有一次，敬太郎曾听森本亲口讲过他当初本是一个显赫家族的少爷。也曾听他讲到过自己的老婆，以及与他老婆生的已经死去的孩子。敬太郎至今还记得他当时说过的一句话："那小东西死得正好，我倒觉得这下子能轻松啦。因为山神作祟实在够怕人的呢！"而且敬太郎也没忘记当时还有过这么一件滑稽事，听完森本这句话后，他曾反问道："山神是什么呀？我没听懂。"森本告诉他："这是一个中国词嘛！就是山上的神。"只想到这些，敬太郎就觉得眼前已经恍若出现了笼罩森本以往经历的浪漫色彩，而这种色彩恰似彗星那条长长的尾巴，若隐若现地闪着光芒。

除了有关与女人发生纠葛之类的艳闻轶事之外，森本还是各种各样冒险故事的主角。比如：他曾去过属于桦太岛的海豹岛，虽然在那里没有打成海狗，但似乎确曾在北海道的一个什么地方打过鲑鱼并赚了一大笔钱。他还说自己曾亲自到处宣传四国岛上的某条山脉里产锑，不过不久连他本人也承认那里根本没有什么锑，所以估计鲑鱼的事也不会是真的。而最离奇的是他那个建立桶嘴公司的计划，据说这是从东京做酒桶嘴的匠人非常少这一点上受到启发的，后来好不容易从大阪召集了一些匠人，结果都因为与他们发生矛盾而告吹了，以至直到现在一提此事他还遗憾不已。

许多事实都轻而易举地证明，离开生意经谈起现实社会的一般新闻时，他也同样有着非常丰富的素材。他说，从筑摩川上游的某个地方隔河朝对岸的山上望去，大白天就能看到有黑熊在岩石上睡觉。这类故事好像还有几分可信，而有些事被他一渲染就更神乎其神了。比如，据他说，信州户隐山上有一个叫"奥院"的地方，那里十分险要，普通人根本爬不上去，然而令人吃惊的是，"有一个瞎子却登上了它的最高点"。平时要想到那里去参拜，无论多么善于登山的人也必须在半山腰处休息一晚，森本本人也无可奈何地在爬了二分之一的地方点起篝火驱赶夜里的寒气。正在这时，却从下面传来了铃声，他感到十分奇怪。不一会儿工夫，铃声越来越近，接着有一个头剃得光光的卖唱盲人爬了上来。而且，据说这个卖唱的盲人还向森本道了晚安，然后又急步向上爬去了。这使敬太郎感到异乎寻常地费解，仔细一问，才知道原来那盲人还跟了一个带路的。带路人腰上挂了一个铃铛，跟在后头的盲人则是凭着铃声才爬上来的。听到这个解释，敬太郎才勉强有点相信，不过心里仍觉得这个故事未免太玄了。

然而，还有更玄的故事从他那杂乱的胡须下面煞有介事地讲了出来，听上去已近乎妖魔鬼怪般的无稽之谈了。据他讲，有一次他经过耶马溪的时候，顺便爬到山上的罗汉寺去看了一下，傍晚才急急忙忙沿着唯一的一条两旁栽满杉树的山路往山下走，路上突然与一个女子擦肩而过。那女子脸上抹着粉，涂着口红，头上梳着参加婚礼时的发式，身穿底摆带花的长袖和服，腰上系了一条很厚的腰带，脚下穿着一双草鞋，孤身一人急匆匆地朝山上罗汉寺方向走去。照理说，这样一位浓装艳抹的女子是不会到寺院去办什么事的，更何况当时已经山门紧闭。然而，她却一个人顺着昏暗的山路朝上走去。在一般情况下，敬太郎每次听到这类故事时，都只是在嘴里"噢"上一声，脸上露出微笑，好像在说这事不可靠。尽管如此，却每次都照例做出一副相当感兴趣的样子，装出紧张的神态，洗耳恭听森本讲得天花乱坠的故事。

四

敬太郎估计森本今天也会照惯例讲起类似以往讲过的那些故事，所以才特地绕路跟他一起从澡堂回到公寓来的。尽管森本年纪并不大，可他给人的印象却完全是一个差不多经历了所有人生坎坷的人。他的这种经验之谈，对于今年夏天刚刚走出校门的敬太郎来说，不仅具有相当的吸引力，而且听着听着还觉得很受启发。

而敬太郎本身还很年轻，生性就喜欢浪漫情调，讨厌平庸无奇。记得当初东京《朝日新闻》上连载一个叫儿玉音松的人的探险故事时，他每次都迫不及待地等着阅读，那种热心的劲头简直就像一个稚气十足的中学生。其中有一段描写音松老兄与从洞穴里蹦出来的大章鱼进行搏斗的故事。他对这段故事异常感兴趣，曾兴致勃勃地跟本学科的一位同学谈到过："你瞧，他用手枪朝章鱼的大脑袋砰砰连发了好几枪，可章鱼皮光溜溜的，滑得很，岂不是毫无用处吗？因为据说当时从领头的大章鱼身后又游出来一大群小章鱼，它们从四面八方游过来，把音松围到了正中，正以为它们要采取什么行动呢，哪知它们却停在原地十分热心地看起谁胜谁负的热闹来啦！"听到这儿，那位同学便半开玩笑地说："反正像你这样的活宝是不准备接受文官考试并规规矩矩在社会上生活一辈子的，干脆毕业后到南洋去，从事你所喜欢的捕章鱼工作怎么样？"打那以后，"田川捕章鱼"这句话就在朋友们中间流传开了。前不久从学校毕业以后，敬太郎一直马不停蹄地到处寻找能走上社会的职业。即便是在这种情况下，每当那些同学遇到敬太郎时，也仍然要习惯性地问上一句：怎么样啊，捕章鱼成功了吗？

　　到南洋去捕章鱼，就算敬太郎再怎么是活宝，也未免有点太离奇了，因此他根本拿不出勇气来认真考虑加以实施。不过，对于种植新加坡橡胶林之类的事业，他倒是在学生时代就曾计划过的。当时，敬太郎曾多次想象自己栽种橡胶林的情景：在那广阔无垠的田野上，几百万株橡胶树郁郁葱葱地生长着，简直一眼都望不到边，正中央建起一幢带阳台的平房，而自己就以橡胶园主的身份每天在那里饮食起居。照他的打算，那平房的地板将有意识地不作任何装饰，只在上面铺一张特别大的虎皮。墙壁上要嵌上水牛角，挂上一杆长枪，再在下面放上一把收入锦套的日本刀。宽敞的阳台上放上一把藤椅，自己则头缠雪白雪白的毛巾躺在上面，悠然自得地一口接一口地吸着香味浓郁的哈瓦那雪茄。不仅如此，在他的想象里，自己脚下还应该蹲着一只苏门答腊产的黑猫。这只黑猫的外形十分奇特，脊背高高耸起，拖着一条比身躯不知要长几倍的尾巴，皮毛柔软得宛如天鹅绒，两只眼睛长得金黄金黄的。他在脑海里对未来的生活图景尽情地做了一番令人心醉的描绘之后，便真的着手从经济上做起核算来了。然而，尽是意想不到的事，首先，要借到种植橡胶树的土地，非得花费相当长的时间和经过十分烦琐的手续不可。其次，把借到手的土地开垦出来也不是一件轻而易举的事情。第三个问题是，平整土地和栽种橡胶树所需的费用竟多得出人意料。最后还会遇上一件事，就是不仅要不断雇人除草，而且树苗要生长六年以后才能产胶，在这么长的时间里只好像傻瓜一样眼巴巴地守着它们。估计到这一步以后，敬太郎已经充分意识到种植橡胶林的计划还是下马为好。再加上恰巧在这时那位帮他出了许多主意的"橡胶通"吓唬说：从现在起过不了多长时间，新加坡生产的橡胶就会超出全世界的需求量，到那时橡胶园主们肯定会惊慌失措的。鉴于上述种种理由，打那以后敬太郎连橡胶的胶字也不敢提了。

五

　　不过，他的猎奇心理却并没有因这些事而有丝毫的减退。他身居市中心，不仅以在脑海里经常想象远处的人和国家为乐趣，而且对每天在电车上碰到的普通女子或散步路上偶然相遇的一般男人，也都要逐一琢磨一番，看这些人的大衣里面或外套袖子里是否藏着什么超乎寻常的新奇物件。同时脑子里还产生一个冲动，总想把人家的大衣或袖子翻开，哪怕一眼也好，瞧瞧那里面究竟有什么稀罕玩意儿，然后假装无意了事。

　　敬太郎的这种癖好似乎由来已久。当他还在高中时，英语老师曾把斯蒂文生的《新阿拉伯故事》作为教材让他们阅读，从那时起他的脑子里就渐渐滋长了这种念头。本来他是最讨厌英语的，但自从开始阅读《新阿拉伯故事》以后，每次都积极预习，只要被叫起来朗读，还必定同时给翻译过来，由此也能看出他是多么喜欢这本书了。有一次，他在兴奋之余竟忘记了小说与现实的差别，表情十分认真地向老师发出了疑问：“十九世纪的伦敦真发生过这种事吗？”那位老师不久前刚从英国回到日本，听到这句问话便从黑色麦尔登呢晨礼服的屁股兜里掏出一条麻布手帕擦了擦嘴唇，同时答道：“岂止是十九世纪呀，现在恐怕也还有呢！伦敦实在是一个不可思议的城市。"敬太郎眼里当即放出惊异的光芒。当时那位老师又离开座椅讲了这样一段话："当然喽，作家毕竟是作家，也许因为他们对事物的观察总是与众不同，即使对同一件事的解释也自然而然地跟普通人不一样，因此才创作了这样的作品。其实，斯蒂文生这个人只要看到一辆正在马路边等待乘客的马车，就能从这辆马车身上敷衍出一段爱情故事呢！"

说到在马路边等待乘客的马车和爱情故事，敬太郎就有点糊涂了，但他还是下决心问了一下具体情况，最后总算弄明白了。从此以后，纵使在这平凡至极的东京的随便什么地方闲逛，只要见到马路边有一辆正在等候乘客的极其普通的人力车，敬太郎脑海里也每次都要泛起一连串的联想：一会儿想到也许这辆人力车昨天夜里就曾拉了一个带着尖刀要去杀人的乘客，一溜烟地从路上跑了过去；一会儿又想象车帘里或许藏着一个漂亮女子，为了躲开从后面追上来的人，使她能赶上往相反方向开去的火车，正在飞快地拉她到某个火车站去。敬太郎就这样一会儿紧张、一会儿平静地陶醉在自我想象里。

随着这种想象一次又一次地出现，敬太郎思想深处便不由自主地产生了一个念头，既然社会现实是如此纷繁复杂，纵使不能与自己的主观臆测完全吻合，至少也该在某个场合碰上一件给自己以强烈刺激的非同寻常的新鲜事吧。然而，自从走出学校大门以来，他的生活内容就只是坐电车和带上介绍信去拜访素不相识的人这样两件事，根本没有什么其他特别值得一提的文学素材。对于每天都要见到的公寓里女佣的面孔，他已经看腻了。公寓里每天吃的菜，他也吃够了。除去穿衣吃饭问题之外，为了打破这种单调的生活内容，顶多还能谈谈"南满铁道株式会社"要成立啦，或是在朝鲜设置总督府问题要解决啦之类的消息，这样也就能使生活得到几分调剂了。但当他终于弄清这两件事都不是短时期内能解决的问题以后，便情不自禁地愈来愈感到眼下的平淡生活似乎与自己的无能还是密切相关的，因此更加茫茫然了。由于这个缘故，为糊口而到处奔波的劲头自不消说，甚至连那种以悠闲自得的心情坐在电车上漫不经心地探索别人身上秘密的兴致也消失殆尽，所以昨天晚上才放开肚量喝了一通平时根本不感兴趣的啤酒，然后才钻进被窝里睡觉的。

在这种情况下，能够见到具有丰富的非凡经验却又不得不称其为平凡人的森本，对于敬太郎来说，不啻是一杯优质兴奋剂。而敬太郎不惜绕路随森本去买卷纸，后来又把他领进自己的住室，其原因也正在于此。

六

森本在窗户旁边落座，朝下面眺望了一会儿。

"从你这间屋子看到的景色总是那么美呢！今天尤其好看。你瞧那一碧如洗的蓝天与地面的交接处，到处都是一团团色彩鲜明的暖融融的树丛，树丛和树丛之间又露出鲜红鲜红的砖墙，这景致实在可以构成一幅画。"

"是啊。"敬太郎只好这样应和了一句。接下来，森本将双肘支在窗边，瞧着从窗外伸出去的那条一尺多长的走廊地板说："这里总该放上一两盆花嘛，否则可就太不够味啦！"

敬太郎觉得这话不无道理，但他已经再无兴趣重复应和一声"是啊"，因此便问道："你对绘画和盆栽也很在行吗？"

"'在行'这个词可有点不敢当。我是根本不配这两个字的。你那样问也可以理解，不过……不过在你田川老弟面前我可以说，你别看我这个样子，以前也曾摆弄过盆栽，养过金鱼，有一阵子对绘画也很喜欢，还常常画上几笔呢！"

"你是无所不能哩。"

"无所不能者全是碌碌无为之辈，我也终于成了这号人了。"

森本用这句话给自己做了结论，两眼瞧着敬太郎。他的面部表情还和以往一样，几乎没有显露出任何激动的情绪，既不对自己的过去表示后悔，也不对自己的现在表示悲观。

　　"不过，对于你那些花样繁多的经验，我倒是一直想去体验一下呢，哪怕很少一部分也成。"

　　敬太郎十分认真地这么一说，森本马上把右手举到眼前，像个醉汉似的朝他使劲往左右两边摆了几下。

　　"那就太糟了。人在年轻的时候——不过话又说回来，看上去你和我年纪也差不多——总之，年轻时总是想干点与众不同的事业的。可是，干完之后再来想想，总觉得是办了傻事，实在是太不值得了。像你这样的人，来日方长嘛！只要循规蹈矩，将来还是前途无量的。最关键的问题是，假若你有气壮山河的志向，或者打算干一番反潮流的事业，却被人说成野心十足、企图谋反，搞成险恶局面的话，那就无异于成个逆子贼臣啦！说到这儿，我倒想起一件事来，最近老想问问，因为忙却总也没问成，你找工作的事怎么样了？找到什么好差事了吗？"

　　为人厚道的敬太郎垂头丧气地老老实实地做了回答。最后又补充了一句："反正情况就是这样，眼下是毫无指望，我也不想再东奔西跑了，准备休息一段时间再说。"森本脸上现出有点吃惊的神色，说："怎么？最近连大学毕业生都找不到稍微像点样的工作啦？真是萧条得可以呢！不过也很自然，因为现在已经是进入二十世纪的明治四十几年了，原因肯定出在这上面。"

　　说到这里，森本略微歪头现出沉思的样子，好像在细细回味自己刚刚讲过的一番道理。看到对方的这副模样，敬太郎倒也不觉得有什么滑稽可笑之处，不过暗地里却在琢磨，这位森本是心里有所指才故意这么讲的呢，还是因为不学无术才只好用这种方式来表达的呢？谁知森本却一下子把歪着的头直了起来。

"怎么样，如果你不反对的话，索性就到铁路部门去吧？若想干的话，我可以帮你说说看。"

敬太郎再怎么富于幻想，也从来没指望能靠眼前这位森本先生得到什么好位置。不过，对于讲得如此轻巧的森本先生的好意，敬太郎也并没有抱有偏见地认为他这是在戏弄自己。没办法，他只好苦笑着叫来女佣命她备酒，然后又吩咐说："把森本先生的午餐也拿到这里来。"

七

　　森本推辞说，由于身体的原因，近来很少喝酒。尽管如此，只要把酒斟上，每次他都是一饮而尽。而到了最后，口里说不要喝了吧，手上却取过酒壶给自己斟起来了。他这个人平时总是一副文静中带有某种逍遥自在的派头，但随着一杯杯进肚，看来那文静的风度今天也让酒劲给破坏了，逍遥自在的派头则似乎也一点一点地失去了控制。连他自己都夸起海口来了："照这个样子，我喝上一缸都面不改色。就是明天把我撤职也没有什么可大惊小怪的。"敬太郎本来酒量就不大，作陪过程中常常像突然想起来似的把嘴唇沾到酒盅上。森本看到这种情景便说：

　　"田川老弟，你是真不能喝呀！这可太出乎意外了。不会喝酒却喜欢探险。一切探险都从酒开始，并且都在女人身上结束。"他刚才还把自己的过去贬了个一钱不值，而酒醉之后却一反常态地突然大吹特吹起来了，那神态仿佛告诉人们他脑后已经罩上一圈佛光似的。不过他大吹特吹的内容，大部分都是以失败而告终的经历。此刻他又面对敬太郎以毫不客气的毋庸置疑的口吻说：

　　"像你这样的人哪，请恕我直言，只不过是个刚出校门的书生，还根本不了解社会是个什么样呢！不管什么学士也好，博士也罢，倘若只凭学历到处去招摇，我心里一点都不在乎。因为本人也是毫不含糊地一步一步走过来的嘛！"看架式，他好像已经把方才还对教育表示的莫大尊敬忘得一干二净了。然而，一转眼的工夫，他又像打嗝似的长出了一口气，煞是可怜地诅咒起自己的不学无术来了。

"唉，开门见山地说吧，我是全凭耍鬼聪明才在这个世界上活过来的呀。这样对你讲未免有些滑稽，不过我确实相信自己的经验比你多十倍。可是，直到现在我还是这么不开窍，这完全是由于无知——即没有知识的缘故。这道理很简单，我若是受过教育的话，说不定就不会像现在这样整天变来变去的了！"

从一进屋开始，敬太郎就在心里把对方当成了一位近乎可怜的先知先觉者，一直相当用心地听着他的话。然而结果却使敬太郎大失所望，也许是硬给他喝了酒的缘故，今天的自我吹嘘的牢骚话比平常哪一天都多，根本没有像以往那样引起人的真正兴趣。敬太郎曾适可而止地试着把酒撤了下去，但仍然效果不佳。于是又重新斟上茶，一面劝他喝一面试探着问道：

"你的经验谈什么时候都很有趣。不仅有趣，而且像我这样阅历浅的人每次听了都感到获益匪浅，心里十分感激。不过，在迄今所经历的生活里，你最觉得快活的是什么呢？"森本只顾喝着热茶，略微充血的眼睛眨巴了几下，没有吭声。过了一会儿，把一大杯茶喝了个干净，才这样说道：

"是啊，事过之后再来想想，觉得都很有趣，又都很无聊，我自己也有点闹不清了……不过，你所说的快活，大概……说到底还是指有女人参加的那些事吧？"

"那倒不一定，不过，就是有也没关系的。"

"怎么？说了半天你是想听这方面的事呀？……不过，还是闲言少叙吧，田川老弟。有趣也好，没趣也好，先都放到一边，在我的记忆里可是有一段美好的经历，那么逍遥自在的生活，世界上恐怕再也找不出来了。承蒙老弟热茶招待，我就把那件事给你讲讲吧。"

敬太郎立即表示这正中下怀。"好，等我去解个小手就来。"森本说完刚要站起身，却又声明道，"不过话得说到前头，可没有女人的事呀！不仅没有女人，连个普通人的影子也没有哩！"然后才到走廊里去了。敬太郎怀着一种好奇心理坐等他从厕所回来。

八

　　然而，五分钟过去了，十分钟过去了，左等右等也不见这位探险家露面。敬太郎终于忍不住了，起身下楼到厕所去找，结果根本不见森本的踪影。敬太郎不放心，又登楼梯上楼，来到森本房间前一看，拉门开了半尺多宽，屋子正中央有一个人头枕着胳膊面朝里躺着，正是森本。"森本，森本！"敬太郎叫了两声，根本不见他动弹。因此，连这位轻易不生气的敬太郎也火了，一下子闯进屋里，上去就抓住森本的脖子使劲摇晃起来。森本像冷不防被马蜂蜇了似的，"啊"的一声翻身坐了起来。可是当他扭头见是敬太郎时，马上又恢复了睡眼蒙眬的样子。

　　"呀，是你呀！大概是在你那里喝得太多了，心里觉得有点不舒服，想先到这儿休息一会儿，结果却睡着了。"森本这样解释道。看样子倒不是有意哄骗人，敬太郎的气也就自然而然地消了。不过，这样一来，他事先许诺要讲的探险故事也就等于告吹了。敬太郎正要转身回自己房间，只听森本说："实在对不起，劳你的大驾了。"说着又跟敬太郎一起过来了。而且这回是端端正正地跪坐在先前他自己坐过的那个坐垫上，然后说："好啦，现在给你讲一段举世无双的逍遥自在生活的故事吧！"

森本所说的逍遥自在的生活，其实已是十五六年前的事了。当时，他曾以一名技术人员的身份被人雇用，干过一段在北海道徒步进行测量的工作。正像他本人事前声明的那样，确实不可能有女人掺杂其中，因为他们是在荒无人烟的地方搭起帐篷睡觉和工作的，随着工作的进展，又要扛着帐篷不断地变换地方。

"总而言之，要劈开两丈多高的山白竹才能走出一条路呢！"他把右手举到额头上方，比量着茂密的山白竹有多高。据他说，第二天早晨起来一看，在山白竹中开辟出来的道路两边，到处都有盘成一团的蝮蛇，身上的鳞片在阳光下一闪一闪地发着光。他们先从远处用棍子把蝮蛇压住，然后再走上前去把它们杀死，最后再用火烤了吃肉。敬太郎问他蛇肉是什么滋味，森本回答说记不清了，反正是鱼肉和牛羊肉之间吧！

据森本讲，他们通常都是在帐篷里把山白竹叶子和细竹枝堆得高高的，然后把疲乏已极的身体瘫倒在上面，整个身子简直都要陷下去了。不过有时也在帐篷外面架起篝火，还碰到过大黑熊出现在眼前。因为昆虫太多，一直都要吊起蚊帐。有一次，他曾把蚊帐搭在肩上到山谷的河流边去，并用手掏了一条不知名的河鱼回到山上来，结果那天夜里蚊帐就突然腥得令人受不了——总之，这就是森本所说的逍遥自在生活的一部分。

据说他还在山里采食过各种蘑菇。他介绍得十分详细，比如：有一种叫"火口"，大小像赠送礼物时用的托盘，切碎放到酱汤里一煮，吃起来简直就像鱼糕似的；还有一种叫"月见蘑"，曾经采了一大堆，可惜却不能吃；此外还采到过一种"扫帚蘑"，形状像鸭儿芹的根，十分逗人喜爱，等等。介绍完蘑菇，顺便还补充了一个小插曲，说是曾摘来满满一大斗笠山葡萄，因为一味贪嘴吃个没完，结果弄得牙酸舌头麻，连饭都吃不成了，简直伤透了脑筋。

敬太郎刚以为他只有关于吃的故事，谁知又讲起了连续七天一粒米没沾牙的悲惨遭遇。那一次的情况是，因为大家的口粮已经断了，便派人到村子里去取米，还没等米取回来就碰上了一场瓢泼大雨。本来去村子里的路是先从山上下到一块沼泽地岸边，然后再沿着沼泽地走到下面的村子里去。而由于这一场突如其来的大雨，山谷里的水一下子就满了，要想背着米和其他东西返回山里，是根本不可能的。据森本说，他当时饿的实在受不住了，只好一动不动地仰卧在那里，两眼直直地望着天空。就这样最后饿得头昏眼花，迷迷糊糊地连黑天白昼都分不清了。敬太郎问道："那么长时间不吃不喝，大小便都不会有了吧？"森本十分轻松地回答说："哪里，还照样有呢！"

九

听到这里，敬太郎只好微微一笑。然而最使他感到好笑的，还是森本形容的大风的劲头。据他说，在测量途中，有一次他们来到一片长满茅草的茫茫荒原之中，突然遇上了一场叫人抬不起头的大风，当时他们这些人就匍匐在地，爬着逃进了附近的密林里。这时，那些有一搂或两搂粗的大树一下子就被风给吹得东摇西晃的，树干和树枝都发出令人可怕的声响，这摇晃的力量又传到树根，他们脚底下的地面都颤动起来了，简直就跟发生了地震一样。

"这么说，逃进树林里以后，恐怕是站不住的吧？"敬太郎问道。
"当然都是趴在地上的。"森本当即这样回答道。再厉害的风，也不可能设想它会吹动大树扎在地下的根，并有造成地震的威力，因此敬太郎不由自主地扑哧一声笑了。紧接着森本也放开嗓门同样大笑起来，仿佛刚才讲的根本与自己无关似的。笑过之后，脸上旋即现出一副十分认真的表情，做着似乎要堵住敬太郎嘴的手势。

"听起来是觉得可笑，但这确实是真的。反正我这个人所经历的事总是比常情要离奇，尽管人们肯定都会觉得近乎荒诞，但却件件真有其事呢！——当然，话又说回来，像你这样有学问的人听起来肯定会认为是子虚乌有啦。不过，我告诉你吧，田川老弟，世界上有趣的事多得很咧，远远不止大风啦！看你的样子是绞尽脑汁想碰上那种有趣的事，可是一从大学毕业就全吹了。因为一到紧要关头，十有八九会想到自己的身份。纵使你本人再愿意降低身份去干，因为那毕竟不是为父兄复仇，所以在现今世界上是根本不会有那种实心实意想抛弃自己的地位去到处流浪的好事之徒的。首先，你周围的人就不会让你那样干，所以保险得很。"

听了森本这番话，敬太郎既觉得扫兴又感到很得意。同时内心里也承认，对于一般的大学毕业生来说，恐怕确实无法去过那种超出正常范围的特殊生活。但又觉得对方是想把这种观点强加给自己，因此故意很泄气似的反驳说：

"不过话又说回来，我从大学毕业这不假，可是还不是直到现在也没找到工作吗？尽管你老是工作工作的说个没完，其实我对到处奔波找工作已经烦透了。"

森本脸上立即现出相当严肃的神情，以教育年轻人的口吻答道：

"你是没有工作也等于有。我是有工作也等于没有。反正在这一点上咱俩不一样。"

然而，这句近似卦签上的语言，对敬太郎来说并没有什么现实意义。两人都没再吭声，默默地吸了一会儿烟。

"我呀，"没过几分钟，森本开口了，"我到铁路上已经像现在这样干了三年多了，再不想干下去了，准备最近就辞职。其实，我不主动辞职，人家也肯定不会让我再干下去的。三年多的时间，对我来说已经够长的啦。"

敬太郎对森本的辞职问题未置可否。因为自己既无辞职的经验又无被免职的体会，所以觉得别人的进退问题怎么都无所谓。此刻他只想着一件事，就是谈话过于抽象，太没意思了。森本好像已经觉察到这个问题，立刻改变话题，兴致勃勃地扯了一会儿闲话。大约扯了十分钟以后，俨然以自己已是五十多岁老人的口吻说：

"啊，太感谢你的款待了——总之一句话，田川老弟，无论干什么都要趁年轻的时候啊！"说完，起身回自己房间去了。

那以后又过了一周左右，田川再没有得到与森本坐下来平心静气谈话的机会。但二人毕竟在同一座公寓里，早晨或晚上仍不时地见到他的身影。偶尔在洗脸间等地方不期而遇时，敬太郎总是看到他身穿缀有黑领的薄薄的棉睡衣。他还常常下班回来之后又马上到外面去，身上穿着大开领的新式西装，手里拎着一根很特别的手杖。敬太郎每天出入公寓正门时，只要看到这根手杖仍放在前厅那个瓷制的伞架里，心里立时就明白了：哈哈，这位老兄今天在家呀！然而说来也怪，那根手杖明明插在原来的地方，森本本人却出人意料地不见了。

一〇

　　头两天并没有注意，到了第五天仍不见森本的影子，敬太郎这才渐渐地起了疑心。向前来拾掇房间的女佣一问，才知道他为给机关办事到什么地方出差去了。既是有正式工作的人，保不准什么时候就会出差的，但敬太郎一听到出差这两个字，心里却有点感到意外。因为从平时对这个人的观察来看，他在火车站里的工作十有八九是负责托运货物。但听女佣说，他临行时交代只要五六天，照理今天或明天就该回来。敬太郎因此也就信以为真了。然而预定的期限已经过去了，森本那根式样特别的手杖依然原封不动地插在伞架里，而他本人那穿着薄棉睡衣的身影却始终看不见。

　　最后，公寓女主人来到敬太郎房间问道："森本先生有什么消息吗？"敬太郎回答说："我自己也正想下去问问你们哩。"女主人那对猫头鹰似的圆眼睛里闪着某种不信任的神色走开了。又过了一周左右，还是不见森本回来，敬太郎心里也再次犯了怀疑。从账房前面走过的时候，有一次甚至特地停下脚步打听了一句："还没有消息么？"但因当时他已改变主意，又开始起劲地活动找工作了，脑子里自觉不自觉地几乎整天都装满了这些事，所以自从问过一次以后便没再更多地关心有关森本下落的任何问题。实际上，正像森本所预言的，为衣食之计，他早已放弃了好奇的权利。

就这样过了一些日子，忽然有一天晚上公寓主人推开房门进来了，口里同时道歉似的说："我可以稍微打搅您一下吗？"说着从腰里取出烟袋荷包，砰的一声从里面把烟袋拔了出来。然后把烟丝装进银制的烟袋锅里，从鼻孔里巧妙地喷出浓浓的烟雾来。面对这副慢条斯理的架式，在他明确讲出来之前，敬太郎并没有察觉他的意图，只在心里觉得十分奇怪。"我上楼来实际上是想向您打听点事。"主人开口说道，然后又稍微压低声音补充了两句没头没脑的话，"森本先生究竟在什么地方，您能不能告诉给我们呢？当然，我们决不会给您添麻烦的。"

听了这句令人摸不着头脑的问话，敬太郎有一会儿工夫连半句客套话也应对不上来了，好不容易才死盯着主人的脸问道："究竟是怎么回事？"这是想从主人脸上判明他的真实意图。但主人却装作烟袋不通的样子，用敬太郎的火筷子挖起了烟袋锅。挖完之后，又呼呼地吹了几口，试试烟管是否已经通畅，这套动作做完了，才慢吞吞地说明起理由来。

据公寓主人讲，森本已经欠了他们六个月的房钱。但考虑到他是一位住了三年多的房客，又不是一个游手好闲的人，再加上他本人请求宽限到年底一并还清，因此也就相信了他的话，没有过多地催促，他就是在这种情况下出差的。家里人本来是笃信不疑的，谁知到了该回来的日子左等右等还是不见他返回，而且根本没有一点音讯，最后才不得不产生了怀疑。这才一面查看他本人的住室，一面派人到新桥去他上班的机关打听。查看后才发现，房间里的行李都原封未动，和他住宿时一模一样，而新桥方面的回答却出人预料。原来只以为他是去出差了，谁知新桥方面却说：森本上个月就被解雇了。

"我们以为您平时跟森本先生关系很密切，问问您也许会知道他的去向，所以我就上楼来了。我们绝不是要向您讲森本先生的为人怎么样，只是希望您能把他的地址告诉给我们。"

敬太郎实在感到迷惑不解，公寓主人简直把自己当成了这位去向不明者的朋友，以至于认为自己深深地介入了这位朋友的不光彩的行动。当然，要是列举事实的话，前不久自己确实还一直怀着某种感慨与这位森本接近过，但是若以为自己在这类具体问题上都与他进行了秘密商议，作为一个前途无量的青年人来说，那就未免令人感到太有损于声誉了。

一一

正直的敬太郎对主人的这种误解十分恼火。然而在恼火之前他首先感到的是恐惧，就像被人往手里塞了一条凉冰冰的小花蛇似的。眼前这位公寓主人冷静得令人惊奇，他不慌不忙地重复着一个动作，即先从古色古香的烟袋荷包里捏出一小撮烟丝，然后装进烟袋锅里。他的上述误解就和"正解"一样，使敬太郎产生了某种不安。他灵巧地摆弄着手里的烟袋，仿佛这是伴随谈话的一种艺术。面对他的这副架式，敬太郎盯着地瞧了一会儿。同时心里感到很遗憾，因为除了讲不知道外，再无其他办法能解除对方的怀疑。果然不出所料，主人并没有轻易地把烟袋荷包收进腰里，只是一会儿把烟袋插进荷包里瞧瞧，一会儿又拔出来看看，而且每次都照例发出砰砰的声响。最后敬太郎也不耐烦了，心想无论如何也得把这声音平息下去，于是开口说道：

"我这个人嘛，你是知道的，是个刚出校门的穷学生，什么也没有，连个固定的工作还没找到，但我毕竟还是个受了点教育的男子汉嘛！倘若被你们看成与森本那号浮浪之徒是一伙的，那就未免有伤体面了。况且我一再说不知道，你们却仍然纠缠不休地怀疑，主观臆断我们好像有什么见不得人的关系，这恐怕太不像话了吧！你要存心以这种态度来对待一位住了两年的房客的话，那也没什么。不过，本人也有本人的想法。我来问你，我在这里已经麻烦你们两年了，这期间可曾有一个月拖欠过房钱吗？"

主人反反复复地解释说，我们心里对敬太郎先生的人格当然没抱任何有伤大雅的怀疑。接下来又提出一项请求，万一森本那里有了什么消息，弄清了他的下落的话，请您千万别忘了告诉我们。最后还对敬太郎说，如果刚才打听的事令您不痛快的话，我们可以随时赔罪，务请海涵。敬太郎一心想让主人快点把烟袋荷包插进腰里，便只回答了两个字："好吧！"主人好不容易才把"谈判工具"塞进他那有十厘米宽的后腰带里。从他走出房间时的样子来看，并没有显出对敬太郎有什么特别怀疑的神色，因此敬太郎觉得对他发一通火还是做对了。

那以后过了不久，森本房间里不知什么时候又住进一位新房客。森本的行李是怎样处理的呢？敬太郎对此产生了疑问。但自从主人上次插着烟袋荷包来谈过一次以后，敬太郎已经打定主意不再问起有关森本的事，因此心里究竟怎样想的姑且不论，反正表面上是做出了一副若无其事的样子。而且，尽管已经不像原来那么急躁了，但作为自己的首要任务，又开始耐着性子到处去寻找依然似有若无的"地位"去了。

有一天晚上，为这件事敬太郎又到了千代田区的内幸町，结果吃了个闭门羹。无奈只得坐电车折回公寓，在车上无意中发现自己对面坐着一位妇人，背上用一件日本式的短外衣背着一个婴儿，那件短外衣是用黄底带茶褐色条纹的丝绸缝制的。这位妇人的双眉又细又黑，脖颈长得很美，给人感觉好像属于风流女子之列，从风韵来看，无论如何也不该背个婴儿的。然而，敬太郎却认为背上的孩子肯定是她自己的。仔细瞧去，围裙下面还露出了类似四方花格料子的服饰，敬太郎愈发感到奇怪了。外面正在下雨，乘客里有五六个人都把雨伞收拢起来当手杖拄着。那妇人带的是一把黑底白圈雨伞，看来是嫌拿在手里太凉，便把伞靠着立在自己的身边。合起来的伞尖上有用红油漆写的、表示日本纸品牌的"加留多"三个字映入了敬太郎的眼帘。

这个妇女究竟是良家女子还是青楼娼妓，她背上的婴儿究竟是私生子还是非私生子？还有她那张微锁浓眉、低垂双目的白皙的面孔，围裙里面的格子衣服，以及伞尖上夺目的"加留多"三个字，所有这一切都交替地刺激着敬太郎的神经。这时，敬太郎突然想起了那个曾和森本同居并生过孩子的女人的故事。他留神观察着写有"加留多"三字的雨伞的主人，同时脑海里断断续续地响起了森本亲口讲过的那段话："照我这么一说，好像还有点藕断丝连，听起来令人好笑了，不过她的长相确实不坏。而且有一个特点，就是眉毛很黑，常常皱起眉头跟人讲话。"又过了一会儿，妇人下车在雨雾中消失了。留在车上的敬太郎兀自在脑海里想象着森本的面孔和有关他的各种情景，同时又在考虑不知命运此刻已经把他带向了何方。敬太郎就这样一路思索着回到了下宿，而且发现自己桌子上放了一封没写寄信人姓名的信。

一二

敬太郎感到很稀奇，立即撕开这封无名氏的来信。于是，西洋横格信纸第一行上的几个字最先映入了眼帘，上款是"亲爱的田川君"，下款是"森本"。敬太郎马上又拿起信封。他几次变换角度，想竭力辨认出邮戳上的字迹，但由于印得不清楚，始终没能辨认出来。没办法，只得重新回到信的内容上来，先把信看完再说。信上是这样写的：

我是突然走开的，你一定很吃惊吧？就算你没吃惊，"雷兽"和"头鹰"（森本平时管这家公寓的男女主人分别叫雷兽和头鹰。头鹰是森本对猫头鹰的简略叫法）两个人肯定吓了一跳的。坦白地告诉你，我还欠着他们一点房租，假使事先打招呼，雷兽和头鹰就会啰唆个没完，所以我故意一声没吭就采取了自由行动。若是处理放在我房间里的东西——行李里面放着衣服和其他所有的东西，我估计还会值相当一笔钱。请你告诉他们俩，那些东西要穿要卖都由着他们去处理。当然，正如你所知道的，那位雷兽乃是一个老奸巨猾的家伙，很可能还没等到我的许可，他老早就已经下手了。不仅如此,一旦我这边采取稳妥办法,说不定他们又会向你提出无理要求,比如想让你来替我擦屁股,这种事你可千万不要接受。因为像你这样受过高等教育又刚刚走上社会的人,正是雷兽之辈们想猎取的食物,所以这类事情你万万不敢马虎。我这个人虽然没有受过教育,但总还懂得赖账是不对的。我准备到明年无论如何也要还给他们。尽管我有过许许多多出人意料的经历,但若连这点都遭到你的怀疑,那就无异于失去了一位难得的好朋友,我将会感到遗憾至极的,因此请求你不要因雷兽之辈而对我产生误解。

接着森本又写到自己目前正在大连电气公园里负责电动娱乐玩具,还补充说:预计明年春天要出差购买摄像机,反正无论如何要到东京一趟,那时就可以在贵地和你久别重逢了,此刻正高兴地盼望着那一天的到来。在这之后,他又把自己在“满洲”各地的旅行见闻煞是有趣地吹嘘了一通。其中最使敬太郎惊奇的是长春一家赌场的情景。据说这家赌场是由一个已经离去的日本人经营的,这个日本人曾当过马匪头子。到了那家赌场一看,里面密密麻麻地挤满了好几百个很脏的中国人,一个个眼里充满了血丝,呼出的气息都带有一种臭味。而且,据说长春市的富豪们也出于半消遣的目的,故意换上满身油腻的衣服悄悄出入这家赌场。敬太郎由此想到,不知森本当时是一副什么模样。

信的末尾又写了一段有关盆景的话。

那只栽着梅花的盆景,是我在动坂的花店买的,尽管枝干不那么古老，但放在公寓窗户等地方，早晚欣赏欣赏还是蛮不错的。我把它送给你，请你把它搬到自己房间去好了。反正雷兽和头鹰两个人都是极其庸俗之辈，说不定他们把盆景放在壁龛上就不管了，梅花也许早就枯干了。另外，我的手杖应该还插在前厅的伞架里。那根手杖从价值上来讲决非什么值钱的东西，但它毕竟是我的心爱之物，所以无论如何想送给你留做纪念。雷兽和头鹰再怎么不通情理，对于你收下那根手杖大约也不会找碴反对的吧！因此请你务必不要客气，拿过来只管使用好了。"满洲"，特别是大连，的确是个好地方。像你这样大有作为的青年，目前恐怕还没有找到施展才干的地方，干脆下决心到这里来吧！我自来到这边以后，在"满洲铁路公司"也认识了不少人，如果你真有心要来的话，我有把握给你帮个不小的忙。只是你真下决心要来时，事前要通知我一声。好吧，再见。

敬太郎把信装好放进桌子抽斗里，自那以后再没有跟主人夫妇谈过有关森本的任何情况。手杖仍然原封不动地放在伞架里。敬太郎每次出入见到那根手杖时，心头都会掠过一种莫名其妙的感觉。

电车站

一

　　敬太郎有一位朋友姓须永。这位须永尽管是个军人的儿子，却特别讨厌军人；他学的是法律，但本身却无意当官或当公司职员，他是一个极端的保守主义者。至少在敬太郎眼里是这么一个形象。他父亲好像死得很早，现在只有母子二人，过着令人眷恋的清静日子。父亲原是部队里负责财会工作的军官，曾经升到很高的位置，再加上本来就是一个精于理财之道的人，所以托他的福，母子二人现在的处境仍很优越，在衣食住行方面根本不存在什么忧虑。他的保守主义看来大半也是由于习惯了这种舒适的环境，从而失去了奋斗目标的结果。之所以这样说，只要看看他的表现就够了：也许因为他父亲在世时地位比较显赫吧，他不仅在社会上面子大，而且还有真正顶用的亲戚。亲戚们说无论什么高级工作都能帮助他找到，然而他却总是找各种借口一味地我行我素，所以至今还窝窝囊囊地待在家里。

　　"你总是这样挑三拣四的，实在太可惜啦。你若不愿意，干脆让给我好了。"敬太郎还曾这样半开玩笑地央求过须永。凡是这种时候，须永总是露出似凄冷又似同情的微笑，婉辞拒绝说："不过你不成哟，真没办法。"尽管是半开玩笑，遭到拒绝以后，敬太郎的心里也很不是滋味。有时甚至还会产生一种豪情壮志，想凭自己的本事找出解决办法来。但他生来就不是那种死心眼的人，丝毫不会因这类区区小事而永远对须永抱有反感。再加上自己还没有固定的工作，还不具备心安理得的条件，根本无法忍受终日呆坐在公寓住室里的苦闷。纵然没有什么事要办，他也非得出去转上半天不可。他还常常到须永家去拜访。其中也有无论什么时候去，须永一般情况下总是在家的原因，所以敬太郎也就去得更有劲了。

"工作问题归工作问题，在找到工作之前，我倒很想碰上一件什么令人惊奇的事哩！可惜坐电车走遍了东京也毫无收获，连一个扒手也没碰上。"敬太郎刚讲完这句话，马上又以近似诅咒的口吻感慨地说："老兄，你要是把教育当成了一种权利，那就把自己彻底束缚住了。在学校里学的再多，毕了业连个糊口的地方都找不到，照这个样子还算有什么权利！那么，是不是可以说，因为地位问题无所谓了，随心所欲任意而为就没关系了呢？不，还是有关系的。教育对人的束缚还是厉害得很咧。"须永对敬太郎的任何不满似乎都不大同情。因为从他的态度来看，究竟是百分之百的认真，还是空做出一副焦躁的样子，这点首先就不大容易让人弄清。有一次，由于敬太郎光讲这些带情绪的空洞道理，而且越讲越有劲，须永便问他："那么你究竟想干什么呢？衣食住行问题先不去管它。"敬太郎回答说："想干干警视厅侦探之类的工作。"

"那你就去干好了，这容易得很嘛！"

"可是事情并不那么简单。"

敬太郎十分认真地讲述了自己为什么不适于当侦探的理由。侦探这种人原本类似从社会表面潜入社会内里的潜水员，能如此深入地抓住人间怪事的职业恐怕还是不多的。加之，他们只是处在观察别人黑暗面的立场上，没有牵连自己而堕落下去的危险，因而就更万无一失。不过，无论怎么说，这项职业的目的毕竟在暴露罪恶，由此说明它是一种成见的产物，是事先就想加害于人。自己可干不出那种坑害别人的事。敬太郎的打算是，只想抱着惊异的心理远远地眺望那些人类的研究者，不，是眺望人世上那种异乎寻常的机构在漆黑的夜里进行工作的情况。须永驯顺地听着，连一句像样的批评话也没有说。这在敬太郎看来，表面上像是老成持重，实际上却只能理解为不过是个凡夫俗子而已。而且，在从须永家走出来的时候，敬太郎内心对他那种仿佛不屑理睬自己似的镇定自若的态度感到十分反感。可是，还没等到第五天过去，他就又想去须永家了，于是便来到街头立即跳上了开往神田的电车。

二

　　须永的住所非常难找。要想去他家，首先得找到一个高层建筑，这个高层建筑原先是小川亭曲艺场，现在叫天下堂劝业场，然后从须田町向右拐进一条缓慢上坡的小巷，再胡乱地拐几个弯才能找到。因为是在一条挤满住房的背街胡同里，所以与东京那些地势高的住宅区不同，自然不可能有宽敞的宅地。但他家却是一个独门独户的院落，从大门口到住房的正门要走过七八米花岗岩铺成的路面，然后才能按到装在横格拉门外的电铃。这里本来是他家的一处房产，曾经暂时借给过某一位亲戚，结果一借便是好多年。后来因为父亲去世，家里人口不多了，母亲提出这里的地点和大小刚好合适，于是便卖掉坐落在骏河台的老宅，全家迁到了这里。当然，搬来以后又花本钱修缮了一番。记得有一次曾听须永讲过，修缮以后的房舍几乎与新盖的一模一样。当时敬太郎听了把二楼房间壁龛前的立柱和天花板上下打量了一遭，不禁在心里暗暗点头称是。这个二层楼上只有两间挨在一起的房间，一间有四铺席大，一间有六铺席大，是后增建给须永作书房用的。房间整洁明亮，除了刮大风时觉得有点摇晃之外，再也无可挑剔了。坐在楼上这两间房子里能够看到栽种在庭院里的松树枝梢、木板围障上半部用锛子特地锛出来的花纹，以及围障顶上防盗用的金属尖头。有一次来到廊檐下靠着木栏杆俯视庭院时，敬太郎还曾盯着松树根四周盛开的鹭草花问过须永："那白花叫什么呀？"

每当来访问须永并被请进这个房间时，敬太郎心里都情不自禁地产生一种鲜明的感觉，即两个人的身份悬殊，一个是少爷，一个简直是为了糊口而替人家打杂的穷书生。因此敬太郎从心眼里蔑视过着如此舒服日子的须永，同时又对这位朋友的宁静而又阔绰的生活很羡慕。有时认为年轻人照这样下去是不会有出息的，有时又很想去试尝一下那样的生活。他今天就是抱着由这两种矛盾心理产生出来的复杂兴致来访问须永的。

当他沿着前面提到的那条小巷拐了几个弯，来到须永家所在的那条背街胡同的拐角时，发现有一个女子已经先于自己钻进了须永家的大门。敬太郎只是在一瞥之中见到了那个女子的背影，但在年轻人共有的好奇心理和他本身所固有的浪漫性格的作用下，他好像被一根线牵着似的加快脚步来到了同一座大门跟前。探头朝里一瞧，那女子早就无影无踪了。和往常一样，拉手上镶有红叶图案的格子拉门静静地关着，敬太郎直直地瞧着拉门，心里既感到有点意外又觉得有些不满足，过了一会儿才发现放鞋的石板上有一双脱下来的木屐。毫无疑问，这是一双女人穿的木屐，规规矩矩地并排摆着，丝毫也看不出经女佣动手摆正的痕迹。从木屐的摆法联想到那个女子以出人意料的速度进入房间的动作，敬太郎判断大约是一位极其亲密的客人，因为她根本不需要通报，而是径自随随便便地拉开格子门走进了房间。倘若这个判断不对，那么她就该是自家人，但这又有点不好解释。敬太郎清清楚楚地知道，须永家平时只有四口人，就是他本人、他母亲、一位负责做饭女佣和一位主要负责室内杂活的女佣。

敬太郎在须永房门前站了一会儿。与其说是在屋外悄悄窥探方才进去的女子的动静，还不如说他在有意想象须永和那女子此刻正以什么样的情调上演着二人之间的浪漫节目。不过想象归想象，并没有妨碍他竖起耳朵去听。然而出乎意料的是，里面跟往常一样，寂然无声。不要说女人撒娇的声音，连一声咳嗽都听不到。

"许是未婚妻吧！"

敬太郎脑海里首先闪出这个念头，但他的想象却没有训练到适可而止的程度。母亲带着女佣走亲戚去了，今天不在家。做饭的女佣离开厨房回到了女佣房间里。须永和那个女子这会儿正脸对脸地窃窃私语——若果然如此，自己就照老规矩咣当一声拉开格子门，再喊一声"有人吗"，这样做也有点不合适。或许须永、他母亲和女佣都一块出去了也未可知。做饭的女佣肯定正在睡午觉。那女子就是进那个房间去了。这么说，她是个小偷。就这样转身走开又觉得于心不忍。敬太郎鬼迷心窍似的愣怔怔地站在那里。

三

　　突然，二楼上的拉门刷地一下拉开了，手提浅蓝色玻璃瓶的须永蓦地出现在走廊上，敬太郎吓了一大跳。

　　"你干什么哪？丢东西了吗？"须永颇为疑惑地从上面开口问道。只见他脖子上缠着白色法兰绒，手里提的好像是漱口药水。敬太郎仰起脸，问他是不是感冒了，又随便和他搭了几句话，身子却依旧站在门外边，丝毫没有要动的意思。须永最后只好说："你进来吧！"敬太郎故作周到地反问道："我可以进吗？"须永仿佛根本没有明白这句话的意思，只是略微点了点头便抽身回到拉门里面去了。

　　上楼梯的时候，敬太郎觉得里面那间房子好像传出了衣服摩擦时的窸窸窣窣的声音。楼上房间里只有一件薄薄的棉睡衣扔在那里，领子是用八丈岛产的那种黑色厚绸子缝制的，似乎就是须永平常披的那件，此外便再也找不出任何反常的地方了。无论从敬太郎的禀性，还是从他与须永的交情来说，关于自己如此费思索的那个女子的问题，本来是可以开门见山地问上一问的。但一是有些内疚，二是因为已经意识到，自己瞄上的是一个令人啼笑皆非的目标，而这是不好一见面就说出口的。因此，敬太郎根本没有勇气毫无顾忌地问刚才进门的那个女子究竟是谁，相反却压抑住自己内心想象的翅膀，朝须永说道：

"我眼下已经不作空想了。因为还是工作问题更重要啊。"他早先就听须永提到过有一位姨父在内幸町，因此这会儿便郑重其事地请求须永给介绍一下，先见个面，以便请求在工作问题上给帮个忙。须永的这位姨父，是他母亲的妹丈，在社会上相当有地位，从官场进入实业界以后，现在与四五家公司有关系，不过看来须永却根本不想借助这位姨夫的势力。敬太郎记得须永曾对自己说过："姨父给我介绍过好多工作，不过我都不大感兴趣。"

照理须永今天早晨该去见他姨父的，但据说因喉咙疼暂时中止了外出。他回答说，大约再过三四天就能自由行动了，到那时一定跟姨夫讲讲。然后，可能是出于慎重或其他缘故吧，又补充说道："姨父总不得闲，而且求他的人好像也很多，所以不敢保证一定成功，反正还是先见上一面吧！"敬太郎知道这句话的意思是说：倘若抱太大的希望，那就不好办了。尽管如此，觉得还是比不见要好些，这才产生了破例求人帮忙的念头。不过，心底里却既不焦急也不感到伤脑筋，觉得还没有达到非开口求人不可的程度。

本来，为了毕业后能找到合适的工作，他当初曾挖空心思四出活动，而且直到现在也没有停止，这都是他本人直言不讳的事实；而他在别人面前却煞有介事地叫苦连天，并声言直到现在还没有见到成功的兆头，其实这里面至少含有五分夸大的成分。尽管他与须永不一样，不是家里的独生子（有一个妹妹已经出嫁了），但在家中只剩母亲一人这一点上两人却是共通的。他不像须永那样有房产，相比之下只在老家有一小部分土地。虽然这些土地打粮并不多，但

52

每年都有一笔用成袋稻谷换来的固定现金，所以并不愁二三十元的房租。再加上他还会钻母亲心软的空子，迄今为止已经讨过好几次类似羊毛出在羊身上的那种零花钱。所以说，他整天吵吵嚷嚷地叫唤着工作，尽管并非纯属瞎造舆论，实质上却是由于面对老乡、朋友和自己时的虚荣心在作怪的缘故，这点是千真万确的。既然有这种虚荣心，当初在学校时就该更加把劲取得好一点的成绩才是，然而他却是个不折不扣的浪漫人物，在学业上总是不忘能偷懒便偷懒，一晃几年就这样混过去了，结果只得了个很不光彩的及格成绩。

四

就这样，敬太郎和须永聊了大约有一个小时。在这段时间里，虽说敬太郎并没有忘记主动搬出工作和衣食住行之类的令人烦恼的话题，但内心里却一直挂记着方才望见背影的那个女子，以至在谈论至关重要的工作和糊口等问题时都显出一副心不在焉的样子。有一次，从楼下客厅里传来了年轻女子的笑声，他甚至想开口问上一句：好像有什么客人来了吧？然而，在他心里做这种考虑的时候已经破坏了正常的气氛，好不容易想出来的问话也眼看着错过了时机，所以还没等出口就作罢了。

然而须永还是想尽最大努力谈一些能满足敬太郎好奇心的话题。他告诉敬太郎：自己所住的这条电车路后面的背街胡同，如何因房小路窄而被分割成一个一个的小方块，筑起了一个又一个的素昧平生的城里人的安乐窝，随之而来的是几乎每家每户都在上演那些无法登上社会大雅之堂的戏曲。

须永最先讲到的是：与他家相隔五六幢房子的地方，住着一个女人，是在日本桥一带经营五金商店、如今已歇手不干的老板的小老婆。这个小老婆有个情夫，在一家叫做什么"宫户座"的剧团里当演员。那位歇手不干的五金店老板对这件事采取了默认的态度。在这个女人家对面的一条胡同里，有一幢小巧玲珑的正面装饰着格子门窗的房子，闹不清它的主人是律师还是经纪人，门口经常挂着一块黑板，上面写着一则广告，内容总是"紧急雇用女记者一名、女厨师一名"之类。有一次，一个长得很漂亮的二十七八岁的女子到那里请求帮忙找个职业，这个女子披着一件很合体的带褶的藏青绫子长斗篷，这身打扮简直就像西方国度里的护士。据说，这个女子原来是这家主人过去受雇当书生的那家的小姐，因此主人就不消说了，连他的太太也着实吃了一惊。须永又讲到：在他家房背后的那条街上，住着一个高利贷者，满头白发却娶了位二十岁左右的太太。听别人讲，他那老婆是抵债娶进来的。他家旁边住着一个赌棍，每当他聚了一帮同伙赌得全都红了眼的热闹当口，身穿肥大棉衣、背着吃奶孩子的太太就要来接一心想赌个输赢的丈夫回家。太太哭天抹泪地要丈夫一起回家，丈夫却说：家当然要回，不过得再过个把钟头，等我把输的钱全都捞回来再说。接下来，太太便苦苦哀求说：你越是这么赌气，越是要输，还是赶快回家吧！丈夫说：不，不回！即使在外面路上已经结冰的深更半夜里，也会把四邻从睡梦中惊醒……

听着须永介绍的这些情况，敬太郎心里渐渐地产生了一种感觉，在这种只有小说里才可能描写出来的环境包围下，说不定多年来已经习惯了这种环境的须永也在悄悄地上演着人们看不到的节目，而且还做出一副若无其事的样子哩！当然，做出这种推断的背后，是有方才望见背影的女子在隐隐约约地起作用的。"顺便也介绍一下你的情况吧！"敬太郎单刀直入地来了这么一句，须永却只是"哼"的一声淡淡笑了一下，然后只讲了五个字："今天嗓子疼。"听起来这句话的意思好像在说：故事我确实有，但偏不给你讲。

当敬太郎从楼上下来走到门口时，方才见到的那双女式木屐已经不翼而飞。究竟是人走了，还是收到鞋箱里去了？还是有意藏起来了？他简直无从判断。刚刚走出大门口，不知出于什么考虑，敬太郎立即快步走进一家烟铺子，接着从里面叼了一支雪茄出来。衔着雪茄来到须田町，正想乘电车时，突然想起了电车公司有关"禁止吸烟"的规定，于是又朝万世桥方向走去。他准备在回到自己的公寓之前一直把这支雪茄叼在嘴里，尽量放慢脚步，同时在心里继续琢磨有关须永的事。然而跟平时不一样，须永总不肯单独一个人走进脑海里来。脑海里出现的，每次都必定要有一个女人的背影在后面影影绰绰地跟着。结果便产生了一种仿佛遭到须永嘲笑似的心情，须永好像在说："你总是从本乡台町的三层楼上用望远镜来窥探社会，这种富有浪漫色彩的需要心眼机灵的探险把戏，你能干得了吗？"

五

迄今为止，在一般所说的商人居住区的生活圈子里，敬太郎是一个既没有要好的朋友也没有特殊爱好的人。偶尔从日本桥一带的背街胡同经过时，映入眼帘里的尽是些什么非得侧身才能钻进去的格子拉门呀，水泥地房间上面莫名其妙地垂吊下来的铁制灯笼呀，屋里二道门槛下铺得满满的闪着动人光彩的竹子呀，以及不知是杉木还是什么木做成的薄薄的纸糊拉门的下半截在日光透射下显得红彤彤的啦，等等。每当这种时候，他心里就觉得特别憋得慌。心想，倘若世上万事万物都小巧地整整齐齐地挤在一起，而且熠熠放光的话，那可就令人透不过气来了。敬太郎还想到，在这种充满小康情调和一本正经气氛中过活的人们，恐怕对每顿饭后使用的牙签的削法都不会马虎的吧！敬太郎推测，这一切统统都受着传说中的法则的支配，就像他们用的烟盘那样，靠着信守祖祖辈辈一代接一代擦拭的传统习惯，才至今仍闪着耀眼光泽的吧！有时到须永家去，正碰上他们小心翼翼地往毫无用处的松树上搭防雪披，或者看到狭小的院子里煞是认真地铺满了用来防霜的干松、树叶子之类的东西。甚至每逢看到这种情景时，他都禁不住要联想到这位在江户时代形成的细腻而又优雅的风俗习惯中迷迷糊糊成长起来的少爷。首先，须永紧扎腰带正襟危坐的样子，在他看来就很不顺眼。每次访问须永时，那位据说喜欢江户时代流行的长谣曲的母亲，也常常来到须永的房间，以嗓音圆润但重音过于明显的话语朝敬太郎献上一通欢迎辞，听起来叫人感到甜丝丝的。敬太郎当然不会认为这是千篇一律的客套话，因为里面包含着超出一般客套的动人之处，就好像把放在多层食盒里存到仓库二楼上的美味食品现在端了出来一样。不过，敬太郎仍有一个看法不能动摇，那就是在须永母亲这套言谈举止的背后，潜含着花了几代人的时光经过反复训练辞令才积累起来的技巧。

总而言之，敬太郎希望再得到一些与众不同的自由。可是，至少在富于幻想方面，他今天竟与平时判若两人了。他展开了想象的翅膀，幻想自己也能有这么一个从小成长起来的环境，比如在某条背街胡同里拥有一座祖传的宅院，那条背街胡同里要有一幢挨一幢的墙壁发黑的库房，库房里至今还荡漾着德川时代的那种湿漉漉的空气。自己则整天跟小朋友们厮混在一起，他们口里嚷着：阿敬，快来玩呀！然后就玩起捉小偷啊，争当大王啊之类的游戏。他还幻想自己能每月到日本桥蛎壳町的水天宫和深田公园去参拜一次水精和不动明王，甚至想到不动明王神社里来一次火祭，以求用真理的圣火烧掉一切魔难。（眼下须永就陪着母亲理所当然似的干着这种老古董名堂。）敬太郎还想象自己身穿铁青色素底和服短外褂，恍恍惚惚地漫步市区街头，置身于如今已经普及到大街小巷的歌舞伎的气氛之中。甚至还想从中寻觅为习惯势力束缚、以及冲破习惯势力的艳闻轶事。

就在这时，敬太郎脑海里突然出现了森本二字。于是围绕这两个字的幻想一下子莫名其妙地改变了色彩。由于好奇心，他主动与这位来历不明的怪人发生了联系，结果险些惹上突如其来的麻烦。幸亏公寓主人似乎相信了自己的人格，没再追究；不过在那种情况下若是心存疑窦的话，人家任凭什么都可以怀疑的，根据主人的态度，也许还非得到警察局走一遭不可呢！就这样，想着想着，在虚幻中随意编织出来的浪漫场面一下子失去了温存的势头，宛如噩梦中出现的云山雾嶂一般，无缘无故地消失得无影无踪了。可是在那浪漫场面的深处，独有森本的脸却仍然顽强地赖着不肯走开。那是一张瘦干瘦干的面孔，双眼皮，嘴上的胡须乱七八糟地垂散着。他对这张脸产生了复杂的心理，好像既觉得可爱，又觉得可怜，同时还有一种蔑视的感觉。接着他又觉得在这张俗不可耐的面孔背后，似乎模模糊糊地站着一个莫名其妙的怪物。进而又联想起说是送给自己作纪念的那根奇特的手杖。

这根手杖本来极其简单，只是把竹根部分弯曲过来当了手柄，唯有雕成蛇这一点与普通手杖不同。不过这不是出口品中常见的让蛇身一圈一圈缠在竹竿上那种令人望而生畏的东西，它只是雕了一个蛇头，正张着嘴要吞掉什么，握在手里的就是这个地方。但它究竟要吞掉什么呢？是青蛙，还是鸡蛋？这就叫人无法捉摸了，因为手柄的尖头部分已经削得又圆又滑。据森本说，他是自己砍来竹子，自己动手雕刻的这个蛇头。

六

　　敬太郎走进公寓门口时，首先跳进眼底的正是这根手杖。也可以说，拉开玻璃门的一刹那间，方才在路上的联想立即就把他的视线引到陶瓷伞架那边去了。其实，从他接到森本来信的那一刻起，每次见到这根手杖都要产生一种自己也弄不清的奇妙心理。因此，每次出入公寓正门的时候，他都要避开视线，尽量不使自己的目光去接触那根手杖。然而说来也怪，当他今天特地做出不看的样子要从伞架旁边通过时，他却做不到了，好像身不由主地被这根非同寻常的手杖给迷住了，尽管程度还算极其轻微。最后他自己怀疑起自己的神经来了。情况确实如此，出于某种利害关系，他害怕因回顾过去而带来的嫌疑，不敢将森本的地址和有关消息告诉给公寓主人夫妇，这成了他的一块心病。不过，从良心上讲，这件事并没有给他造成多大的思想负担。对于森本在信里特别提到要送给他的那件纪念品，他之所以没有勇气痛痛快快地接受下来，自然是因为抹杀别人的好意这一点很不光彩，但这还远远没有达到使他无法从伞架旁边通过的程度。现在假定森本那玩世不恭的命运很快即将完结。（很可能是落个"路倒"的下场。）假定立在伞架里的这根手杖现在已经预见到了森本那可悲的下场。而且，假定由他那双万能的手雕刻出来的没有身子的蛇头永远张着大口长在这根竹竿的顶端，永远做出一副想吃又不吃、想吐又不吐的样子。敬太郎就是这样在脑海里把森本的命运和无声地代表这命运的蛇头联结到了一起。进而，当敬太郎又假定是受了即将"路倒"的那个人的委托，自己才每天握着代表其命运的蛇头走来走去的时候，这才第一次产生了某种奇妙的感觉。他既不能自己动手把这根手杖从伞架里抽出来，又不好吩咐公寓主人把它收到自己看不见的地方去。说起来有些言过其实，不过确实觉得这正好像是对自己的一种因果报应。可是，在大多数情况下，富有诗情画意的色彩和用散文表达的谋生之计往往是不谐调的。老实说，正由于这个缘故，手杖问题给他带来的麻烦还没有达到非换一个住处便不能心安理得的程度。

今天，这根手杖还是依然故我地站在伞架里面。扬起来的蛇头直盯着放鞋的箱子那边。敬太郎只用眼角扫了一下，便径自上楼来到自己的房间，然后立即坐到桌前给森本写信。首先对前几天收到的来信表示感谢，接着本来想加上两三行解释一下迟迟未复的原因，但若开诚布公的话，又只能写"原因是一想到将你这么一位流浪汉引为知己，实在是我的耻辱，于是也就没心思写信了"。这显然不妥，因此只简单地以"仍为找工作而四处奔走"一笔带了过去。再往下，先加了几句对他在大连找到合适的工作表示祝贺的话语，然后又写了几行颇为体贴的文字，主要讲"东京这边已经逐渐冷起来了，"满洲"那边的风霜恐怕更难抵御吧。尤其是你的身体，肯定会更受不住的，请你千万注意，不要病倒了"等等。从敬太郎来说，写这几行话本是他发这封信的主要动机，所以想尽量写得恳切一些、长一些，以便让对方充分体味到自己的同情，同时也要使旁人看了都能觉得充满了真情实意。可是写过之后重新一看，他不禁有些失望，因为信上的用语显得老套，除了普通人在正常情况下的问候语以外，再没有任何一点新意。不过话又说回来，对此他是早有思想准备的，因为内心里根本不存在类似给热恋的姑娘写情书时的那种赤诚和火一样的感情。于是他便自己安慰自己：反正自己写文章并不高明，再改也不顶用。找到了这样的借口，他就没有做任何改动，又接着写了下去。

七

　　敬太郎觉得，对于森本离开公寓时丢下的行李物品的处理情况倘若不写上几笔，于情理也说不过去。可是自己又不愿意向老板问起这件事，不打听吧，又实在没法做详细的报告，敬太郎把笔头仰向空中，脑子里盘旋了一会儿，最后只好下笔写了这样一段话："关于你的行李物品，来信中曾要我告诉老板让他随意处理掉好了。现在我要告诉你，正如你那双千里眼所预见到的，在我还只字未提之前，那雷兽好像早就自作主张地给处理掉了。你提到将那盆插有梅枝的盆景送给我，它好像也早已无影无踪，因此本人就无法领情了。但我对你的好意还是要表示感谢的。此外……"写到这里，又一次把笔停了下来。

　　敬太郎马上就要写到那根手杖了。他是个天生的老实人，不肯凭空撒谎说，承蒙你的好意，我每天出去散步时都挂着你送给我的那根手杖。撒谎难，写真话尤其难，总不能写"你的一片心意我领了，但那根手杖我不能收下"这样的词句吧！没办法，只好含糊其辞地随便写上几句应酬话："那根手杖至今仍立在伞架里。它立在那里送走了每个日日夜夜，仿佛一直在等待自己主人的归来。雷兽先生根本就没敢去触摸一下那上面的蛇头。我每次见到那蛇头时，心中都不免要泛起对你这位手艺高超的雕刻家的敬意。"

当他要写信封时，却怎么也想不起森本的名字来了，无奈只得写上"大连电气公园内娱乐负责人森本先生收"。考虑到以往发生的事情，这封信还不得不避开主人夫妇，而且也不能让女佣给投到邮筒里去，因而敬太郎当即将它藏进了自己的和服袖口袋里。吃过晚饭以后，他带上信准备趁散步的机会顺便到街上去。刚好要走下凄清的楼梯时，须永打来了电话。

须永在电话里告诉敬太郎，他那位表亲今天从内幸町到他家来了，据这位表亲说，他姨父三五天之内也许要到大阪去办点事。他怕夜长梦多，便打电话问他姨父能否在离开东京之前让敬太郎去见一下，回话说可以。所以，敬太郎若想去的话，恐怕还是尽快去一趟为好。须永还对敬太郎说，因为自己嗓子疼，电话里不能详谈，反正让他做好思想准备就是了。"多谢了，我争取尽量早点去。"敬太郎道完谢就把电话挂断了。这时他脑子里突然闪出了一个念头，心想反正要去，索性今天晚上就去一趟吧！于是重新返回三楼，穿上前几天刚用斜纹哔叽做成的和服裤裙，然后才走出公寓大门。

虽说来到街角时并没有忘记把那封信投进邮筒，但在敬太郎的心里，森本是否平安无事这一至关重要的问题此刻已经只占微乎其微的地位了。尽管如此，当信从投信口滑下去，扑通一声落到筒底时，他脑海里还是出现了五六天以后收信人拆开阅读的情景，心里估计对方大概也不会不满意的吧。

投过信之后，敬太郎急匆匆地一直朝电车站走去。他的思想也一直集中在内幸町方面，可是当电车开到"明神下"车站时，脑海里却无意之中重又响起了须永方才在电话里讲的一句话，心里不由得一动。须永确确实实讲过："我那位表亲今天从内幸町到我家了。"看来这位"表亲"肯定就是他姨父家的孩子了。然而，这个孩子究竟是男是女，"表亲"这个含混的日语词汇是根本表达不出来的。

"是男是女呢？"

敬太郎突然关心起这个问题来了。如果须永讲的是男人，那就与见到其背影的那位女子毫无关系了。这样一来，那位女子就只是白白地刺激了一下他的好奇心而已，并没有朝自己移近半步。不过，倘若是女人的话，情况就不同了，无论从具体时间还是从走进须永家正门的情形来判断，十有八九似乎就是比自己早一步进去的那位女子。敬太郎十分擅长把主观臆测和客观事实揉合到一起，在没有找到确凿证据之前，早就做出肯定的结论了。在得出这种结论以后，他同时产生了两种心理，一种是感到心满意足，仿佛给迄今一直充塞自己心头的好奇心增添了几分现实色彩似的；另一种则是也觉得有些怅惘，因为得到的这条线索远比自己预想的要平常得多。

八

当电车开到小川町时，他曾想下车到须永家去一趟，好从这位朋友嘴里得到一个准确的信息。可是，这纯属一种好奇心理，此外再找不出任何值得去探问进一步情况的理由，因此只好打消念头，立即转乘三田线电车。不过，即便在电车穿过神田桥照直疾驶在丸之内的这段时间里，他头脑中也没有忘记自己现在正朝须永那位表亲的家里奔去。他本该在劝业银行附近下车的，结果却迷迷糊糊地坐过了头，直到樱田本乡町才猛醒过来，于是又赶紧下车朝那黑洞洞的方向折回去。尽管是在人迹稀少的夜晚，却很快就找到了他所要找的那一家。门口有一盏圆圆的瓦斯灯，灯罩上写有"田口"二字，探头朝大门里一瞧，那院落竟深邃得出人意料。其实只是由于院内铺着碎石的甬路是斜着通到外面马路上的，根本看不到房子的正门，再加上迎面长着一丛丛黑魆魆的庭栽灌木遮住了视线，又靠着夜幕增添了几分威严的气势，还算不上一进门就显得很宽敞的宅邸。

房子的正门安了两扇仿造西方格调的玻璃门，任你在外面高声叫门也好，按电铃也好，负责传达的人迟迟不见露面。没办法，敬太郎有好一会儿工夫只得站在门边往里面瞧动静。又过了一会儿，好不容易才从什么地方传来了脚步声，眼前的毛玻璃一下子亮了。接着听到几声在院子里穿的木屐踩到水泥地上的响动，一扇玻璃门唰地打开了。敬太郎此刻已经没有兴致打量传达人的风貌，只是心不在焉地站在那里；不过他心里倒也抱着一个期望，那就是出来的这个人可能是一位身穿着双线棉布衣的女佣，客气一通以后便把自己的名片接过去。然而这个想象却落了空，打开半扇门站在他面前的，竟是一个衣着不凡的年老绅士。对方身后的电灯光线很强，面部根本看不清，只有白绉绸腰带首先跳进了眼底。与此同时，敬太郎脑海里马上闪出了一个念头，这位大概就是须永那个姓田口的姨父。可是，由于这场面来得实在太突然，一时间竟讲不出一句问候的话语，简直有点惊呆了。而且敬太郎本来就对老年人没有什么亲近感，他认为自己还年轻得很，在他的眼里，什么四十多岁的，五十多岁的，一直到六十多岁的，统统没有多大差别，一律都看成是老头子。他对上年岁人不甚关心，甚至分辨不出一个人是四十五岁还是五十五岁，同时他还有个老毛病，就是无论碰上哪个年龄层的老人，在还没来得及熟识之前，心里就觉得不是滋味了，仿佛碰上了外国人似的，因此就更加心慌意乱了。然而，眼前这位老绅士的态度却十分坦然，只听他问道："你有什么事吗？"既说不上谦恭，也谈不到蔑视，语气极其坦率，这倒使敬太郎多少恢复了点勇气。敬太郎好不容易才得到机会，在报上自己姓名的同时，又简短地讲明了来意。听完之后，这位上年岁的男子仿佛刚想起来似的说道："噢，对了！刚才市藏（须永的名字）在电话里说了。不过，可没想到你今天晚上就会光临呢！"言外之意好像在说：你不该来得这么早嘛！因此敬太郎觉得有必要尽可能地解释一下原因。老人一声不吭地站在那里，对敬太郎的解释说不上在听，也说不上没听，只是讲了一句："那就请你再来一趟吧！三四天以后我要到外地去一下，在那之前只要有见你的闲空，见一下也是可以的。"敬太郎一谢再谢，然后又从大门走了出来。当他来到漆黑的夜幕之下时，不禁想到自己刚才道谢的方式太不伦不类了，有些过于谦恭。

　　直到过了许久以后，敬太郎才从须永口里知道，这位一家之主当时正在离房门口不远的客厅里独自往围棋盘上黑白交替地摆棋子呢！据说，这是和一位客人下的一盘棋的残局，其中有一着棋无论如何要弄清楚，否则就心神安定不下来。然而就在这节骨眼上，敬太郎却像个乡巴佬似的来到门口捣乱，所以他急着要把这个捣蛋鬼先赶走再说，因此才亲自开门去了。从须永那儿听到这段原委之后，敬太郎愈发感到自己的寒暄太啰嗦了。

九

又隔了一天，敬太郎满有把握地往田口家挂了个电话，问是否可以马上去一趟。接电话的人大约从敬太郎的用词和语气里判断他是位相当有身份的人，所以很恭敬地回道："请您稍等一下，我马上去问问主人是否有时间。"过了一会儿，等对方再来回话时，语气就比先前傲慢了，只听他说道："喂，喂！我家主人说，现在有客人，一时抽不开身。如果你下午一点左右能来的话，就请那时再来吧。"敬太郎回答说："噢，是这样。好吧，我下午一点左右再来，请代向你家主人问好。"说完就挂上了电话，不过内心里却觉得很不痛快。

本来想十二点整吃午饭的，谁知事先吩咐女佣给预备的饭菜却没有按时送上来，敬太郎好像被大学里那吵人心烦的钟声催急了似的一再催促，最后总算以最快的速度吃完了这顿饭。坐在电车上，脑海里又浮现出前天晚上见到的田口的态度，心中不禁揣摩起来：今天是不是还会和上次一样受到慢待呢？这次是对方答应见面的，也许会接待得更热情一些吧？他已经做好了思想准备，只要在这位绅士的帮助下能得到一个相当理想的工作，卑躬屈膝受点委屈什么的，一概都可以忍受。但若像刚才接电话人那样，一转身工夫讲话就变得不客气了，那可叫人心里不痛快。敬太郎暗自盼望：这次可不要再碰上那家伙出来开门答对。可是，敬太郎自己也有个天生的毛病，竟毫未意识到刚才自己作为主动打电话的一方，语气未免有点傲慢过了头。

在小川町的拐角处，可以看到斜着拐向须永家的那条胡同，就在这时，他突然想起了那个女子的背影，脑海里的场面霎时间由沉郁变得亮堂堂的了。因为敬太郎在心里告诉自己：今天这是再次到须永那位漂亮表妹家访问。对于敬太郎来说，比起意识到自己正在自找麻烦地去苦苦哀求那位没有好脸的老头子给安排谋生之计来，这种心情自然要畅快得多了。尽管他把须永的表妹和田口老头子主观臆断为父女关系，思想上却是始终把这两个人分开来考虑的。前天晚上在房门口和田口面面相觑的时候，由于光线的缘故没有看清对方的长相，但只从五官的轮廓来判断，模样肯定不怎么样，这无疑就是那个老头子在夜色下给敬太郎心里留下的第一印象。照理说，不管那女子与须永的关系如何，她既是这个老头子的女儿，恐怕也不会长得很漂亮的吧！可是这个念头在敬太郎的脑海里却一丝也没有闪现过。就这样，他胸中对田口一家抱着两种截然不同的印象，仿佛一张图片的两面各有一幅画，一幅令人心情沉郁，一幅令人心情舒畅，而且这两幅画面一会儿重叠到了一起，一会儿又分开了。两幅画面在脑海里交错重复出现了不知多少次以后，他终于来到了田口家大门前。一眼就看到有一辆大汽车正停在那里，车上还坐着司机，他心里当即预感到事情有点不妙。

来到房门口递上名片，一个穿和服裤裙的年轻书生当即接了过去，口里说声"请稍等"，便进里面去了。听声音，肯定就是刚才接电话的那位，因此敬太郎一面目送他的背影，一面在心里暗自骂道：真是个讨厌的家伙。一转眼的工夫，那书生又拿着名片出来了。只见他大大咧咧地直立在敬太郎面前，说："对不起，现在正有客人，请改日再来吧！"敬太郎也有点火了："上午我在电话里问府上什么时候方便，府上回答说现在有客人，让我下午一点左右来的嘛！"

"其实，先前那位客人还未回去，正忙着用餐哩！"

这理由，只要心平气和地听进去，也还是站得住脚的。但自从上午打了那次电话以后，敬太郎就对这个负责传达的人憋了一肚子火，现在对他讲的理由就更听不进去了。因而不知是出于想占主动还是别的什么考虑，前言不搭后语地随便应酬道："是吗？麻烦你了，请代向你家主人问候吧！"说完扭头来到马路上。从那辆汽车旁边擦身走过时，脸上还流露出一种鄙夷的神色。

一〇

　　本来，敬太郎心中已早有安排，准备在顺利地见完当天需要见的人之后，再转到在筑地刚刚安家的一位朋友那里去，在那儿一直坐到晚上，把凭自己想象巧妙编排出来的须永和他表妹的浪漫关系以及他姨父田口的故事从头至尾地讲给朋友听听。可是，离开田口家门来到日比谷公园附近时，他脑子里已再没有一点这样的兴致。在来田口家的路上，他是兴致勃勃的，因为他在心里告诉自己：尽管那次见到的只是个背影，如今却已弄清那女子的住址，而且现在就要到她家去访问了。但此刻却再也找不到这种心情的半点影子。甚至连自己是为找工作而到田口家来的这种心理也早已飞得无影无踪了。他感到的只有屈辱，以及由此产生的一肚子窝囊气。而把自己介绍给田口这种人的正是须永，须永当然要对自己受到的冷遇负全部责任。敬太郎准备回去时顺路拐到须永家那儿去，先把经过一五一十地讲给他，然后再好好地向他发一通牢骚。想到这儿，敬太郎又立即乘上电车，一直朝小川町返了回来。看了看表，还有二十多分钟才到两点。来到须永家门前，敬太郎故意站在街上连喊了几声须永，但不知他是否在家，只见二层楼上的拉门关得严严实实的，始终没有打开。须永本是个爱摆架子的人，平时就讨厌别人这样叫自己，说是这样叫法太土气，所以很可能听到了也装没听见，敬太郎心里很清楚这一点，便正正规规地来到正面的格子门前。哪知出来开门的专管打杂的女佣却说："少爷一过中午就出去了。"听到这句话，敬太郎真有点泄气，一声不吭地站了一会儿，然后才说道："他好像感冒了嘛。"

"是的，少爷是感冒了。但少爷说今天好多了，所以就出去了。"

敬太郎想转身回去，却听那女佣说："我去跟老太太禀报一声。"说完就进里面去了，只留下敬太郎在格子门里等着。一眨眼工夫，隔扇后面出现了须永母亲的身影。这位妇人身材很高，鸭蛋形脸庞，很有江户时代遗传下来的那种平民的风度。

"快，快请进！可能一会儿就回来。"

经须永母亲这样一讲，不习惯江户时代风俗的敬太郎立时就没了主意，不知该怎样谢绝才好离开这里。因为那十分得体的话语一句紧接一句地钻进他的耳膜，使他根本得不到一点拒绝的空隙。须永母亲的话语与一般的客套话不同，在被挽留的过程中，它会使你打消怕进去做客给人家添麻烦的顾虑，最后终于动了心，想着还是稍谈几句再走吧！敬太郎就是这样，在须永母亲的一再挽留下，终于到以往常去的那间书房里落了座。须永母亲一会儿问道："您冷了吧？"说着把纸糊的隔扇关上了；一会儿又劝道："来，请烤烤手吧！"边说边用优质佐仓炭生的火盆推了过来。在这种气氛里，敬太郎方才在路上时的愤慨情绪渐渐地平静下来了。他跟这位娴静、健谈、似乎从不知道慢待人的母亲聊着天，两眼有时盯着好像用从中国进口的桑木制作的黄得油光闪亮的手炉，有时又目不转睛地瞧着隔扇上的花纹。隔扇上裱着叫什么织的雪白的绢帛，上面印了一棵秋田地区生长的大蜂斗菜，几乎占满了整个画面。

据这位母亲讲，须永今天到住在矢来的小舅舅家去了。

"临走时我对他说：反正刚好顺路，回来顺便到小日向町的佛寺里去参拜一趟吧！这孩子却说什么：妈妈近来好像精神有些不爽呢。您忘了？前几天不是刚求人替您去参拜过了嘛！这都是上了年纪的缘故吧？就这样嘟嘟囔囔地走了。跟您说吧，这孩子也真是的，因为前几天他一直感冒，喉咙又疼，我就劝他：今天还是不要出去了吧。结果怎么样？到底还年轻，看上去好像很小心谨慎，其实还是容易鲁莽行事，对上年岁人讲的话，从来就不放在心上……"

话题一转到不在家的须永身上，这位母亲总是用这种语气来讲自己的儿子，仿佛这是她唯一的乐趣似的。向来就是如此，只要敬太郎刚一谈论到须永，这位母亲就紧跟着谈个没完没了，从不轻易改换话题。反正敬太郎对此早已习以为常，眼下只好老老实实地洗耳恭听，偶尔"嗯、唔"地随声附和几句，心里则一直盼着早点告一段落。

一一

又过了一会儿，话题不知不觉地离开关键人物须永，转到矢来町的那位舅舅身上去了。敬太郎听须永讲过，这位与内幸町的那位不同，是他母亲的同胞兄弟，属于爱摆阔气的那种人。敬太郎至今还记得须永介绍的情况：这位舅舅常说，外套衬里不是绸缎做的就太丢人，根本不能穿。本来毫无必要，却偏偏爱摆弄说不清是石头还是珊瑚之类的玩物，还宣称是什么早先年从外国传来的"更纱玉"。

"能整天无所用心地尽情享乐，那是再好不过的了。如此说来，地位相当高啦！"

须永母亲连忙接过话头否定道："哪里！不瞒您说，咳，总算勉勉强强地能对付下去就是了，离尽情享乐还差得远呢！实在不值一提。"

说到这里，敬太郎就不再吭声了，因为须永亲戚家钱财的多少与他毫无关系。看来哪怕谈话稍稍中顿几秒钟，须永母亲也会认为是自己的过错，于是立即接下去说道：

"不过我妹夫那面还算幸运，与好多家这样那样的公司有关系，他们的日子好像过得挺舒心的。提起我们这儿和矢来町的弟弟家，打个比方说吧，就跟闲散无职业的人差不多。我也常跟弟弟说，要是跟过去相比，简直已经寒酸得不成样子了！每次说起来，我们都笑个不停呢！"

敬太郎不禁回想起自己的身世，心里感到很害羞。幸亏对方有说不完的话题，自己根本不必考虑如何应答，这一点还算对自己有利，因此只管听下去便是。

"而且，您是知道的，市藏这孩子又是那么畏首畏尾的，只供他念完大学我也还是放心不下，简直拿他没有办法。有时我就跟他说：有合适的姑娘就快点结婚吧，也好让我这上年岁的人放下一桩心事。谁知他却理都不理，说什么：世界上哪有那么多只遂妈妈心愿的事呀！好，既然不想结婚，那就求人帮帮忙，不管什么地方都行，干脆找个工作去上班吧。要是能有这个心思也还算说得过去，可您猜怎么样，他对这件事也一点不往心里去……"

在这个问题上，敬太郎平时就认为须永实在有点太不明智了。他怀着对老年人的真诚同情说："恕我多嘴，难道不能请哪位长辈来开导开导他么？比如您刚才谈到的矢来町的那位舅舅。"

"您哪里知道，我那兄弟是个最讨厌交际的怪人，什么也别指望跟他商量。他不但不开导，还说什么：干吗要去银行，稀里哗啦地跟算盘打交道？世上哪有这样的傻瓜？可是市藏却很欢喜，经常到我弟弟家去，每次去前都说'喜欢矢来町的舅舅'啦，'和舅舅对脾气'啦什么的。这不，今天又是说到矢来町去。本来今天是星期天，天气又好，内幸町的姨父就要到大阪去，按说应该趁没走之前去那里看看嘛，结果还是到自己喜欢的舅舅家去了。"

听到这里，敬太郎对自己急匆匆突然闯到这里来的原因又重新考虑了一番。本来进须永家之前敬太郎已经在心里打好了主意，准备一见面先讲几句难听的话责备须永办事不周到；然后再对他说：你听着，我以后再也不登那家的门了！说完扭头就出来。谁知最想见的须永却偏偏不在家，倒是听他这位丝毫不了解情况的母亲给讲了不少事情，这么一来，想发一通火的念头自然也就消失得一干二净了。不过，敬太郎此刻却产生了一个想法，既然事已至此，反正已经无所谓了，要不要干脆把没有和田口见上面的经过讲给这位母亲听一听呢？眼下恐怕正是最好的时机，因为话题刚好谈到了去不去内幸町姨父家这件事情上。

一二

　　"其实，今天我就是到内幸町那儿去了。"敬太郎这句话刚出口，满脑子只想着自己儿子的母亲立即说道："哎呀，是吗?"脸上露出了因迟迟没有注意到而过意不去的神色。在敬太郎看来，这表情很可能反映了她感到抱歉的心理。也就是说，这位母亲很可能正在心里埋怨自己想问题不周到，否则的话，在对方还只字未提之前，就应该主动问问情况怎么样了。因为敬太郎估计，自己最近一直在东奔西跑地找工作，找得不耐烦了才求须永帮忙，后来须永同意想办法介绍自己跟内幸町的姨父见面，照理说，这些情况她这位做母亲的整天在须永身边，通过耳闻目睹该是一清二楚的。根据这种估计，在讲了方才那句开场白之后，敬太郎便鼓足了劲准备把迄今为止的全部经过讲上一遍，但因对方不时地发出感叹，什么"那当然"啦，"哎呀，这个时间真不凑巧"啦等等，语气之中似乎对双方都表同情，所以讲着讲着就把自己要发火口出不逊之类的情节省略掉了。须永母亲连着说了好几遍"真不应该"、"真不应该"，然后就以似乎为田口辩护的口吻说道：

　　"他这个人哪，也确实是忙。我妹妹他们也是那个样子，虽说都在一个家里，可是您猜怎么着，安安稳稳坐下来说话的工夫，恐怕一个星期里连一天也没有。我有时看不过去了，就对他说：要作妹夫，你挣的钱再多，照这样干下去若把身体搞垮了，可就什么用都不顶了，偶尔也该休息休息嘛！身体是本钱啊！听了我这些话，他只是一笑了之，根本不往心里去，说什么：我也是这么想的，不过没办法呀！因为要干的事就像泉水似的，接连不断地涌出来，你要不从旁边把它舀上来，它就会腐臭变质的。可是有时一转身的工夫他就又变了，好像突然发生了什么意外似的催促我妹妹和他们的女儿说：快，马上准备！我今天就带你们到镰仓去……"

"您妹妹家有小姐吗？"

"嗯，有两个女孩。年纪都不小了，眼看就该嫁出去或者招女婿了。"

"其中一位不是要嫁到须永兄这儿来吗？"

母亲稍微迟疑了一会儿。敬太郎也意识到，仅仅为满足自己的好奇心而提出这样的问题，恐怕有点太过分了。当他正考虑转换话题的时候，对方好像似有所指地说："唉！怎么说好呢？老人们倒是也有这个想法。可是他们本人究竟是什么心思，不细问还弄不清楚呢。只有我一个人心里急得不行，这也盼那也想，可是在这种事情上局外人就是急上天去也不顶用啊！"听了母亲的这段回答，敬太郎一度打消的好奇心又重新冒出头来，但马上又被他那并非真诚的克己心理给压了回去。

须永的母亲则还在为田口辩护。也说不上是为了提醒还是为了安慰，这位母亲还给敬太郎出主意说："田口整天都那么忙，偶尔也有不自觉失约的时候，但他并不是那种食言的人。总之，您只管等着，待他旅行回来之后再从从容容地会面就是了。"

"矢来町那面，就是在家也不会见的，对他简直没办法。而内幸町这边，即使当时不在家，只要能挤出时间他也会跑回来与客人见面的，他就是这么个脾气。所以这次只要他从外地回来，您就是什么也不提，他也肯定会主动到市藏这儿来说点什么的。我敢肯定。"

听须永母亲这么一说，敬太郎觉得田口也确实像那种人，不过这要有个条件，就是自己这边必须乖乖地等着，若像先头那种怒气冲冲的样子，势必不会解决任何问题。然而现在已不好再把这一切讲明，因此他只得缄口不语。须永母亲又说："别看他长了那么一副模样，那可是一个与长相很不相称的专门爱耍宝的人呢！"说完就独自笑了起来。

一三

　　须永母亲形容田口是一个"爱耍宝的人"，从田口的仪表和风度来看，敬太郎觉得这个说法实在难以接受。可是仔细一打听，又觉得有些地方果然很像。据须永母亲介绍，好多年以前曾经有过这么一件事，当时田口到一家茶馆去喝茶，在那里向女招待请求道："大姐，这电灯太烤人了，请你把它再弄暗点吧！"那女招待脸上现出惊讶的神色，问道："您是要换个小一点的灯泡吗？"他立即十分认真地吩咐说："不是的，是让你把它稍微捻暗一点。"这么一来，女招待大概看出这位保准是个没见过电灯的乡巴佬，便哧哧地笑了起来，同时说道："先生，电灯可和煤油灯不一样，它是捻不暗的，只能关灭。您瞧！"说完"啪"的一声，客房就变得漆黑一团，然后"啪"的一声又和原来一样明晃晃的了。与此同时，女招待高声说了一句："笨货！"田口却毫不气馁，煞有介事地建议道："瞧瞧！你们用的还是旧式的嘛！太难看了，与这房子也不相称嘛！还是赶快向有关公司申请给改造一下吧，他们会按顺序给重新安装的。"经他这么一说，据说那女招待最后也信以为真了，现出十分钦佩的样子表示赞成改造："可也是啊，这样确实不方便。最难办的是不关灯睡觉时它的光线太亮，恐怕为这件事伤脑筋的人还不少呢！"后来田口又干过一件耍宝的事，远比这次要精彩得多。记不清那次究竟是在门司还是在马关①了，当时他们是到那里去办事的。本来应该和他同行的一位叫A的男同事临时出了点事故，约好了让他先在旅馆里等两天。这两天里他待得不耐烦了，于是开动脑筋想要弄一下A。这个鬼点子是他到街上闲逛时，在一家照相馆的橱窗前灵机一动想出来的，他当即从那家照相馆买了一张当地一个艺妓的照片。回去后，先在照片背面写上"送给A先生"几个字，然后附上一封信，精心地制成一件礼物的样子。为了能够最大限度地打动A先生的心弦，他雇了一个女人，给她以充分的时间，极尽委婉妩媚之能事写了那封信，足以使任何一个男人拿到手后都要喜形于色。不仅如此，里面还写着非同一般的词句：看了今天的报纸，上面登着您明天即将到达的消息，许久没写信了，现特寄上这封信。请您接到此信后立即到某某地方来。当天晚上田口亲手把这封信塞进邮筒，第二天邮差送信来时又亲手把它收下，只等A的到来。A到达以后，他也没有立即把这封信拿出来，而是竭力做出一副郑重其事的样子跟A商量着正经要办的事，直到在同一张餐桌上吃晚饭时，才好像突然想起来似的，从和服袖口袋里取出那封信交给了A。A看到信封上写有"火速亲展"字样，随即放下筷子，立时打开信封。只见他刚往下读了一点，便立即将随信包着的照片取了出来，只朝背面瞧了一眼就急忙重新包好揣进怀里去了。田口问他是不是有什么急事，他只说了声"不，没什么"，又心不在焉地拿起筷子，却显得有点神魂不定的样子，不

---

① 即今日本的下关市。

顾正在商量的事还没有谈完，说了句"对不起，我肚子有点疼"，便起身回自己房间去了。田口叫来女招待，吩咐她说：再过十几分钟Ａ可能要外出，当他走出旅馆时，车子就好像正在等他似的，不用他开口就拉上他飞跑，然后照他的意图把他拉到某家旅馆门前请他下车。吩咐完毕，田口自己比Ａ提前赶到那家旅馆，一叫来老板娘就交代说：随后就有一位如此这般模样的男人要到这里来，他坐的车子上有我住的那家旅馆的灯笼。人一到，你立即将他让进一间漂亮的房间，要好生接待，不等他开口你就说：您的同伴早就等急了。然后你就退出来，马上通知我。一切布置妥当之后，田口就抱拢双臂，口里吸着烟，一个人坐在那里静候事态的发展。又过了一会儿，万事俱备，终于轮到他出场了。他起身来到Ａ所在房间跟前，一面伸手拉开纸门，一面口里寒暄道："啊，来得好快呀！"Ａ顿时吃了一惊，脸色大变。田口一屁股坐到Ａ面前，对他说其实是这么这么一回事，一五一十地把自己的恶作剧讲了一遍。然后又笑嘻嘻地说："让你上了个大当，作为报酬，今晚我请客！"

"您看，他就是这么一个爱出洋相的人。"讲完上面两件田口耍宝的例子以后，须永母亲也很不自然地笑了起来。敬太郎想起了走出田口家时看到的停在门外的那辆汽车，在回自己公寓的路上一直在心里琢磨：那恐怕不会是恶作剧吧！

一四

自从碰上那辆汽车以后，敬太郎对田口帮忙的事已经不抱任何希望了。与此同时，那个被自己假定成须永表妹背影的真相，也还没有弄清，就好像刚刚出港的船只搁了浅一样。每当想到这件事，敬太郎内心深处就感到很不痛快，这种不痛快既令人焦急烦躁，又使人欲罢不能。迄今为止，他还不记得有任何一件事是凭自己的力量闯荡成功的。无论在学习方面，还是在运动领域，在所有事情上，没有一件事他是真心实意、善始善终干完过的。有生以来他只办过一件说得过去的事，那就是总算从大学毕了业。就是在大学的这几年里，他也是不卖力气，光想偷懒混日子。其实，是人家硬牵着鼻子拉他往前走，他才没有磨磨蹭蹭地中途掉队。因此，他也就根本没有茅塞顿开时心里豁然开朗的那种体会了。

他又神不守舍地度过了四五天。有一次，忽然想起了学生时代请到学校来的某位宗教家的讲话。这位宗教家本身对家庭和社会没有任何不满，然而却偏偏自愿当了和尚，他在讲起当时这段经历时说道："因为实在找不到人生的答案，所以才试着走上这条路的。"据此人讲，无论置身于多么晴朗透切的碧空之下，总觉得自己的四周好像被封闭了似的，心情十分苦闷。他说，无论树木房屋，还是路上行人，映在眼里都十分清晰，然而却老是觉得唯有自己被装进玻璃匣子，与外界事物失去了直接联系，以至于到最后痛苦得透不过气来。听完这些话，敬太郎当时曾怀疑他恐怕是得了某种神经病，自那以后再没有把这件事放在心上。然而，在魂不守舍的这四五天里，在累得心烦意乱的情况下，细细地品味起这些话来，敬太郎觉得自己在从未尝到过成功的喜悦这一点，好像还真与这位宗教家没当和尚以前的心情有某种相似之处。当然，自己的这种感受还很肤浅，不好与人家相比，更何况性质上迥然不同，所以不需效仿这位和尚做出那种英明决断。只要不忘再加把劲，自强不息，不管能否达到目的，总会比现在活得更为痛快。可惜的是，以往却从来没有在这方面用过心思。

敬太郎一个人这样思考着，做好了随便干什么工作都行的思想准备，不过同时也感到这已经是不起作用的马后炮了。就这样，三四天的时间又晃晃悠悠地白白过去了。这几天里他并没有闲着，有时到有乐剧场看戏，有时听单口相声，还跟朋友们聊天、逛马路什么的，然而这一切都如同望风捕影，没有了解到现实社会的任何东西。他的感觉是，自己想下围棋，然而人家却只让他看棋。既然同是让自己看棋，他倒是盼望能看上着数千变万化，棋势跌宕起伏的更为有趣的棋局。

接着，他又情不自禁地对须永和只见到背影的那个女子之间的关系做了一番想象。本来人家之间的关系也可能不那么深，并不像自己头脑里胡乱添枝加叶所编排的那样，而现实倒纯属是自己在为别人的事情瞎操心。敬太郎经常这样暗自嘲笑自己，同时在心里骂道:"唉,真像个傻瓜!"这些想法过去之后,那种认为还是有点名堂的好奇心理仍旧一次又一次地闪现出来,就跟现在这会儿一模一样。而且他还滋生出一个新的想法,就是只要再坚忍不拔地沿着这条路硬往前走下去,说不定会碰上自己从未经验过的某种更富有浪漫色彩的东西。这时他才开始意识到:自从在田口家门前生了一肚子气之后,连对那女子的研究都放弃了,这说明自己太性急了,而性急乃是与自己的好奇心不相称的一个弱点。

关于找工作问题,敬太郎心里也明白:事情很清楚,为那些细枝末节上的矛盾就是讲上一句半句不耐烦的话,也不可能抬高自己拜访田口的门槛。姑且不论那样做能否达到目的,反正尚无着落的前程问题已经踏步不前了。照须永母亲担保的话来看,田口这位老人倒还是个不能只从表面现象去判断的好心人,或许从外地旅行回来之后再见自己一次也未可知。不过,要是再由自己主动去探问什么时候见面方便,那就成了不识时务的大傻瓜,就会白白让人瞧不起了。但是不管怎样,为了能够真正获得突破闭锁时的那种心情,就是让人骂成傻瓜,不达目的誓不罢休也还是值得的——这就是敬太郎在百无聊赖的情况下考虑到的各种问题。

一五

可是，与那种即将对自己人生做出某种重大决策的关键时刻不同，在敬太郎因焦思苦虑而愁眉不展的背后，似乎还隐约存有一种安之若素的心理。究竟是沿着这条路走到底呢？还是就此打住，准备再向新的目标转移呢？根本无需细究，答案从一开始就是极其明白的。敬太郎之所以对此犹豫不决，倒不是因为一次抽错了签，结果就会遇上永无出头之日的晦气；而是头脑里有种满不在乎的懒惰思想在不知不觉地起着作用，其根源在于无论倒向哪一面都没有大不了的影响。对于敬太郎来说，只有一件事令他大伤脑筋，那就是尽管自己安之若素的心底里正在蕴育着决断的种子，这粒种子却不会生根发芽。这种情况正像困倦时看书的人一样，他不愿使劲抵御瞌睡，却同时试图将书上的内容清清楚楚地装进大脑。在必须抛却这种犹豫不决心理的借口下，他暗暗地准备谄媚于自己喜欢别出心裁的这一特点。于是起了个念头，想找算卦先生用八卦给自己算算今后的命运。敬太郎虽然以前接受的并不是唯心论的教育，对拜佛、祈祷、求护身符、乞免灾咒、跳大神之类的活动并不完全相信，但在他成长过程中，从小就对这些活动有相当的兴趣，直到现在也没有消失。他父亲本身就是一位精通星相风水的阴阳先生。说起来是他上小学时的事了，有一天是星期天，他父亲把屁股后头的衣襟掖在腰里，扛着镐头跳到院子里。他不知道父亲要干什么，正想从后面跟过去，父亲朝他发话了："你站在那儿看看钟，要是到了十二点，就大声打个招呼，爸爸好马上动手挖西北方向的那棵梅树根。"当时还是娃娃的敬太郎想：又来看宅基风水的那一套了。时钟刚当地响了一下，他马上按爸爸的命令扯开嗓门报告："十二点啦！"他的使命就算完成了。不过对爸爸的粗心大意敬太郎却暗自觉得好笑，因为最关键的时钟并不准，和学校的大约差了二十分钟，既然那样重视下镐的时辰，就应该事先把钟点对准嘛！而后来发生的一件事，留给敬太郎的印象也很深。他有一年春天到野外去采花草玩，回来的路上被马踢了一下，沿河堤滚了下去。奇怪的是竟没有伤着一根毫毛，奶奶为此大为庆幸，口里说："你瞧瞧！这全托地藏菩萨的福，是地藏菩萨给你当了替身啦！"说完就拉着敬太郎朝地藏菩萨的石像走去。当时有一匹马正拴在石像旁边。走近一看，石像的头已经不知滚到哪里去了，只有"围嘴儿"以下的部分还残留着。敬太郎脑海里当时就留下了一个带神秘色彩的小小烙印。尽管后来受到身体状况和周围环境的影响，那小小的烙印时常发生变化，有时变得鲜明，有时变得淡漠，但有一点却是确凿无疑的，那就是直到已经从大学毕业的现在仍旧没有消失。

由于上述缘故，敬太郎把算卦看成是流传到已经二十世纪初叶的明治年代的一项有趣的职业，任何时候他都喜欢仔细端详在马路旁算卦摊上悬吊的那种上下带弓形手把的灯笼。他自然还没有热心到出钱去听摇卦签响声的程度，但在散步之余总爱悄悄凑到跟前躲在背后去听，已不止是一次两次了。这一半是出于好奇，一半是为了凑热闹，因为他常常看到有些妇女或其他什么人无精打采地站在那里，冷漠的脸上映着灯笼里透出来的光。每当看到这种情景，他心里都要琢磨一番：这些可怜的人正把郁郁心事寄托于未来，陷入焦思苦虑之中，而算卦先生又能给他们哪些希望、恐惧、不安和信心呢？他自己曾经就干过这么一件事：当时，他的一位朋友对自己的记忆力失去了信心，正为是参加考试还是干脆退学而大伤脑筋，恰好有一个人给这位朋友寄来了一张卦，这张卦是那个人在外地旅行时顺便在供有如来佛的善光寺抽到的神签，上面写有"第五十五·吉"的字样，同时还写着两句话，一句是"云散月重明"，一句是"花发再重荣"。因为看到有这样两句吉利话，这位朋友就说："反正不试不知道，好，我就信它一次！"结果一参加考试，还真爽爽快快地及格了！当时敬太郎就乘兴转了许多神社，转到哪儿就在哪儿抽上一次签。不过，他当时那样做并没有什么特别的目的，因此说明他平时肯定就已经充分具备当卦摊顾客的条件了。对比之下，面临眼前这种情况，敬太郎的兴致就更浓了，一方面是为了寻求点自我安慰，另一方面也确实真心想算上一卦。

一六

　　敬太郎在心里琢磨了一下，究竟应该到哪一家去算这一卦呢？
遗憾的是根本就没有固定目标。以前倒是听说过两三家的名字，似
乎分别在白山御殿町一带、芝公园里和银座的第几条街上，但这些
赶时髦的地方总有点骗人的味道，所以又不大情愿到那些地方去。
不过那些明知在自欺欺人却硬要装模作样胡诌八扯的家伙就更不值
得去找，因此敬太郎想：要是能有那么一家就好了，那里人并不太
多，有一位悠闲自得的长满胡须的老爷爷，由他以富于哲理的话语
三下五除二就把自己的心事给道破了。可是这一家上哪儿去找呢？
想着想着，他脑海里出现了自己家乡一本寺里那位老和尚的面影，
当初父亲经常到他那里去请教事情。接着又忽然意识到，自己这般
模样究竟是在思考问题，还是在打坐养神？简直太糊涂了！于是便
起身戴上帽子，脑子里同时闪出一个模糊的念头：总之还是到那些
地方去走走，也许走着走着命运之神就会诱使自己撞上一家算卦铺
子的招牌哩！

　　他好久没有到下谷的车坂去了。这次就先到了那里，然后一直
向东朝浅草松清町的东本愿寺陪院走去，眼睛瞧着路两旁的寺院大

门呀，制佛像的铺子呀，古色古香的中药堂呀，以及摆着布满灰尘的德川时代的破烂货的旧家具店呀，等等。他特地从东本愿寺陪院里面穿过去，来到一家烤鱼串铺子的拐角处。

　　敬太郎上小学时就多次听祖父讲到过浅草观音堂的繁华景象。祖父对江户时代的浅草一带十分熟悉。什么商店街由于参拜观世音的香客太多而热闹非凡，什么奥山是表演江户时代魔术杂耍等小节目的地方，什么街道两旁夹有樱桃树的林荫树，什么供奉三头六臂马首观音的驹形堂等等，祖父讲的东西多得很，其中甚至还有现在人们已不大提起的名字。关于吃的也讲过不少，记得提到的有：雷门前大街有一家十分雅致的饭馆，名字叫"丝米庄"，专门供应菜饭和酱烤豆腐串；还有一家自古就出名的泥鳅店，地址在供奉马首观音的驹形堂前面，总是挂着一面漂亮的绳子门帘。在祖父讲到的所有东西里，有三样留给敬太郎的印象最深，一是专卖祖传牙刷和虾蟆油阵中膏的长井兵助为招徕顾客所表演的一着日本剑术，这一着是：跪坐抽刀杀敌，旋即重新入鞘；二是世代住在浅草的一个叫豆藏的专变戏法的艺人，说是他能当着大家的面把小刀刺溜刺溜地吞到肚子里去；最后一个是大虾蟆干，据说这种大虾蟆有十条腿，前面四条，后面六条，因此也叫"四六虾蟆"，出产在滋贺、岐阜两县交界处的伊吹山脚下。对于祖父讲过的这些事物，有一样东西为他做尽了符合儿童想象的解释，那就是当时放在敬太郎家库房二楼的那个大长方形箱子里的图画书上的说明。比如：有的画了一个男子，脚下穿着独齿木屐，七扭八歪地护着一件小小的佛法僧三宝，用带子吊起了衣袖，正在拔一把比他身体还高的弯曲的长刀；有的画着怪盗儿雷也，正盘腿坐在一只特大的虾蟆上准备使什么妖术；

91

还有的画了一个白胡子老头，坐在一张形状奇特的桌子前，手里拿了一个比他脑袋还大的相面用的凸镜，正在低头看一个跪倒在他脚下的结髻的男人，简直无奇不有。而这些稀奇古怪的画面一般都脱离了故事情节，分别与敬太郎想象中的浅草一带联系到一起了。由于上述种种缘故，从孩提时代起，观音堂寺院就在敬太郎脑海中蒙上了一层神话传奇中的光怪陆离的色彩，而观音堂那十八间大的正殿便在这种朦朦胧胧的色彩中时隐时现。自从来到东京以后，这种怪异的梦幻早就被彻底打碎了。但仍旧不时为一件心事搞得他心神不宁，那就是观音堂屋顶上是不是直到现在还有鹄鸟在那里筑窝。敬太郎今天又信步朝浅草方向走来，正是由于心底里有一种车到山前必有路的信念在起作用的缘故。可是，当他从夜间游艺场后身来到电影场院面时，不禁为眼前人头攒动的热闹景象吃了一惊，这里怎么会有什么算卦先生呢！他想，既然来了，总该去摸一下替人快速除灾的宾头卢罗汉再走吧！可惜却把地址给忘了。因此只好走进浅草寺的正殿，看了看类似鱼市上悬挂的那种大灯笼和一幅镶在框里的古画，这幅画描写的据说是源三位赖政在皇宫紫宸殿降伏一种叫"虎斑地鸫"的怪兽的故事。敬太郎只看了这两样东西便从祭祀风神和雷神的雷门走了出来。敬太郎估计，在从这里走到浅草桥的途中，总会碰上一两家占卦馆的吧！若是碰上了，甭管三七二十一，就进去算它一卦。不然，在高等工业学校前头转弯，朝柳桥方向穿过去也未尝不可。敬太郎这会儿走在路上的心情，简直就像到了开饭时间在找合适的饭馆一样。平时只要出来散步，到处都能看到挂着写有"神算"二字的招牌，然而一旦自己真的要找了，不巧得很，宽敞的大马路两边根本就看不到一家自成门面的算卦铺子。敬太郎心想，闹不好此行的目的又会跟以往一样，照旧以半途而废来告终了。因此心中颇有点失望，就这样来到了藏前，这才好不容易看到了一家自己要找的铺子。铺子外面的招牌首先引起了敬太郎的注意，那是一块厚厚的细长硬木板，靠上方写着四个另成两行的字："占卜前程"，中间刻着"用宽永通宝算卦"几个字，最下面用油漆画了个鲜红鲜红的辣椒。

一七

　　仔细一打量，原来这是把一家中药店隔成了一大一小两间，在小间外面又盖了一个近似耳房的干净利落的铺子，从里面摆着那种用辣椒等七种作料制成的五香粉袋子来看，肯定就像招牌上所显示的那样，在给人算卦的同时，兼卖辣椒五香粉。观察完外表，敬太郎又轻轻地探头往这个跟卖豆沙年糕铺子差不多的耳房里面看了看，只见一个身材瘦小的老太婆正独自在做针线活儿。这房子给人的印象是只有一间住人的屋子，却不见一家之主算卦先生的踪影，敬太郎以为这位主人出门去了，只留下了妻子在看家。但从店面的结构来看，也许里面和中药店那边连着，所以也不好肯定就是外出了。于是敬太郎又往前走了几步，朝中药店里看了看，既没有吊着海七鳃鳗鱼的鱼干，也没有装饰门面的大鳖甲，更没有那种老式的人体模型摆设。这种摆设往往把模型的腹部掏空，在里面安上搁板，把不同颜色的五脏器官放进去，从外面就能看得一清二楚。至于想象中的长着类似一本寺老和尚那种胡须的老爷爷，就更不见坐在里面了。他重新折身来到挂有"占卜前程"招牌的门口，掀开门帘躬身进入屋内。正在做活计的老太婆停下手里的针线，两眼从大眼镜上方打量着敬太郎，只问了一声："算卦吗？"敬太郎应道："嗯，想算一下。不过，好像不在家嘛。"一听这话，老太婆立即把膝上软沓沓的东西拾掇到一旁的角落里去，同时说道："请进吧！"敬太郎便照老太婆的话乖乖地走了进来，用眼一打量，屋子里虽然不宽敞，但也不是脏得令人待不下去。铺的席子等都是刚换过的，还散发着新席子的那种气味。老太婆把铁壶里现成的开水倒进茶碗里，又把炒面摆到敬太郎面前，随后起身去搬一张小桌子，那小桌正放在一个过去似乎是摆药箱子的搁板上。小桌上蒙着一块素呢绒，老太婆把它放到敬太郎正面，然后又回到原来的坐处，说："我就是算卦的。"

敬太郎不禁感到十分意外。他完全没有想到，眼前这位头上梳了个小小的椭圆形发髻、黑缎子领和服外面罩着一件素格外褂、正在专心致志做针线活、一派家庭妇女味道的老太婆，竟会是自己未来命运的预言者。还有一件事更使敬太郎感到奇怪，他两眼直直地瞧着老太婆的这张桌子，桌面上一无算卦用的竹签，二无占卦用的那种六个一套的四棱木柱，三无相面用的凸镜，简直什么算卦的东西都没有。老太婆从放在桌上的细长袋子里哗啦哗啦地倒出九枚中间开孔的铜钱。敬太郎这时才联想到，眼前的铜钱就是门口招牌写的"用宽永通宝算卦"中的宽永通宝吧？可是，这九枚铜钱和暗中操纵自己命运的那根细线究竟有什么关系呢？这更是一个无法想象的难题。因此他只是把视线在铜钱表面铸出来的图案和装铜钱的袋子上移来移去，口里一声没吭。装铜钱的袋子好像是用能乐演出服装的碎布头或是裱糊挂轴剩下的布片凑合成的，尽管金丝线还都闪闪发亮，但看上去已经相当旧了，由于年深日久和经常用手摸的缘故，已经完全失去了鲜艳的色泽。

老太婆用她那与年龄不相称的白嫩纤细的手指把九枚铜钱摆成三行，每行三枚，然后蓦地抬起头问道："您是看看前程吗？"

"哎呀，照说问问今生今世的命运也不错，不过先算算眼下该如何是好，对于我来说似乎更重要。唔，就请先给我算算这个吧！"

老太婆应了声："嗯，是这样。"于是又问敬太郎的年龄："贵庚几何？"接下来又问准了出生的月日。然后摆出一副正在心里算计的架势，一会儿弯着指头掐算，一会儿又只是做出一副用心思索的样子。就这样折腾了一阵子以后，又用她那纤巧的手指把摆在桌面上的铜钱重新摆了一遍。铜钱一会儿是带纹路的一面朝上，一会儿又变成了带字的那面，成三三阵势的铜钱不断变换着排列次序和正反面，敬太郎坐在旁边守着，眼神里似乎带着某种很深奥的含意。

一八

　　有好一阵工夫，老太婆把双手放在膝上，一声不吭，全神贯注地盯着古铜钱朝上的一面。接下来旋即现出一副心里已经完全算准的样子，十分有把握地说："您现在正举棋不定。"讲完之后，两眼一直盯着敬太郎脸上的表情。敬太郎故意一声不应。

　　"您现在的心情是进退两难，这对您可不利呀。往前进，就是暂时不太如意，到头来对您还是有好处的。"

　　老太婆讲完这层意思后，又闭住嘴巴仔细观察敬太郎的反应。本来敬太郎一开始就在心里打定了主意，对方讲什么自己都哼哼哈哈地听，绝不主动开口，但老太婆的这番话却勾起了他的心事，觉得自己混沌不清的头脑仿佛随着对方的声音刹那间清醒了一下，因此终于动了想对这个刺激做出反应的念头。

　　"往前进不会又失败吧？"

　　"嗯。所以您要尽量心平气和地等着，可不敢性急哟。"

　　敬太郎暗想，这不是在占卜未来，只不过是对任何人都可以发出的常识性忠告，但从老太婆的表情上又看不出一点故作神秘的样子，因此他又继续问道：

"所谓前进，究竟该朝哪个方向呢？"

"这个问题您自己应该最清楚的。我只能对您讲，请您再稍前进一点，因为那样对您有好处。"

这样一来，敬太郎也不好顺水推舟地说上一句"噢，是这样"，便作罢了，只得说道：

"不过，路倒是有两条。我问的是走其中的哪一条为好。"

老太婆又默默地把视线盯到铜钱上，过了一会儿才用比先前沉闷的语调答道："这个，都一样嘛。"说完就伸手拾起几根方才做活计时散落的线头，从其中挑出一青一红两根较长的丝线，在敬太郎的注视下麻利地捻成一股线。敬太郎以为这只是无所事事时消磨时间的一种习惯，也就没太介意。可是，老太婆十分精心地捻了五六寸长之后，把那青红两股线放到了铜钱上面。

"您看，这样捻好之后，不就是一根有两股，两股变一根了吗？瞧，一股鲜红，一股淡青。人在年轻时总爱一心往鲜艳夺目的那面奔过去，这往往要坏事的。不过您所面临的选择，就像眼前这根捻出来的线，两股捻到一起，不鲜不淡刚好合适，所以您会走运的。"

用丝线作比喻，这倒是怪有趣的。可是听了"您会走运的"这几个字，支配敬太郎心情的与其说是高兴，倒不如说是觉得滑稽可笑。

"照你这么说，沿着那条青线踏踏实实地走下去，中间就会不断地闪出鲜艳的红色来，是这个意思吧？"敬太郎以领会了对方意思的口吻问道。

"对，应该是这样的。"老太婆回答说。敬太郎尽管刚进来时并没有抱着多大希望，反而迫切地想靠一句卦上的话就得到非左即右的明确答案，但就这样回去又觉得有点不甘心。假如老太婆的话与自己的心事根本不沾边，那当然就没有什么可说的了，可是由于理解的不同，在涉及自己眼下前程的问题上也还有相当的参考价值，因此敬太郎在这一点上还有些恋恋不舍。

"再没有什么可赐教的问题了吗？"

"唔，最近也许会出点小事。"

"是灾难吗？"

"倒不一定是灾难，不过若不注意就会坏事的。而且如果搞得不好，这件事就永远无法挽回了。"

一九

敬太郎的好奇心又上来了。

"到底是哪方面的事呢?"他问。

"在没发生之前还不好说。不过,看来不会是失窃或水灾之类的问题。"

"那么得怎样才能防患于未然呢?这也搞不清吗?"

"那倒不是。如果您有这个愿望,也可以给您再算上一卦。"

敬太郎只好说"那就拜托了"。老太婆再次灵巧地运用她那纤细的手指把九枚古铜钱的正反面重新摆了一遍。在敬太郎眼里,这次摆法跟刚才摆的基本上差不多;可是对于老太婆来说,却好像其中有重大差别,每翻动一枚时都从不草率行事。好不容易把九枚铜钱分别细心翻动、摆好之后,老太婆才抬起头冲敬太郎说:"大体上算出来了。"

"那上面说该怎么办?"

"怎么办?算卦只能按阴阳之理展示个大概的轮廓,具体情况就只能由每个人面临现实时结合这个大的轮廓就地去考虑解决办法。啊,这一卦是这样的,您有一样东西,它既像自己的又像别人的,好像很长又好像很短，仿佛要进来又仿佛要出去。下次若是碰到什么事，您可千万不要忘了这样东西。只要记住这一条，事情就会进展如意了。"

敬太郎被推进了五里雾中。再怎么说靠阴阳之理只能给展示个大致的轮廓，老太婆的这番话也只能看成是一团不辨东西南北的迷雾。因此，管它是真话也好，骗人也好，敬太郎想引老太婆把有参考价值的地方再稍微讲得更简洁明确一些，于是又提了几个问题，谁知竟毫无结果。最后，敬太郎只好像怀里揣了个包着布手巾的暖炉，脑袋里装着这番近似禅宗和尚梦呓般的话语走了出来。而且临出来时还捎带买了两袋五香粉装进了和服袖口袋。

第二天，当他坐在早饭桌前，掀开冒热气的酱汤碗盖时，突然想起昨天买来的五香粉，于是从袖口袋里取了出来。把五香粉分成十二份，将其中的一份撒到酱汤上，强忍住麻酥酥的辣味吃完了早饭。他从记忆里唤起了老太婆讲的"靠阴阳之理展示大概轮廓"这句话，还好，还像浓雾一般模模糊糊地没有跑掉。不过，他对算卦的信仰还没有虔诚到为捉摸不透的谜语而焦思苦虑的程度，所以也就体验不到急于挖空心思解开谜底的苦恼。他只是对尚未揭晓的那部分抱有莫名其妙的兴趣，因而趁着还没有忘掉的时候把老太婆的话记到一张纸片上，然后放进桌子的抽斗里。

按照敬太郎的理解，对于是否还要想个办法再次去会见田口的问题，已经由老太婆昨天出的主意给解决了。但他又在心里对自己说：不是自己信了卦才采取行动的，只不过是自己正要采取行动时老太婆给帮了个腔而已。敬太郎考虑要不要到须永那儿打听一下他姨父是否已经从大阪回来了，但因碰上汽车那件事仍记忆犹新地压在心头，所以一时还有点拿不出勇气去登门。最近使用电话也难了。没办法，只好用信来解决问题。他首先简要地写了事情的经过，内容大体上与前几天对须永母亲讲的差不多。然后问田口是否已经旅行回来，后面又接着写道：如果已经回来了，尽管田口先生十分繁忙，实在对不起，先生能不能抽时间让我见上一面呢？我这边反正整天都闲着，随时都可以按指定时间到府上去的。看信上这语气，敬太郎已经把前几天怒气冲冲的劲头丢到脑后去了。发出这封信后，巴不得明天就能收到须永的回信。谁知两天过去了，三天过去了，仍然杳无音讯，这下子他就有些心绪不宁了。其中还掺杂着后悔的心理，觉得自己因受算卦人话语的影响而贸然行事，结果出了洋相，实在是不上算。正当敬太郎暗自悔恨交加的时候，到了第四天的上午，突然被叫去接田口家来的电话。

二〇

　　拿起听筒，没想到竟是田口本人的声音，他只简单地问了一句"能不能马上来一下"。敬太郎立即答应"可以"，但又觉得只讲这么两个字就放下电话未免显得过于生硬，为了不失礼貌，便又客气地问道："须永同学已经跟您讲过了吧?"对方立即说："嗯，市藏已经把你的愿望告诉给我了。为了减少麻烦，我才直接打电话问你什么时候方便。好，我在家等你，请马上来吧!"说完就把电话挂断了。敬太郎又把那件和服裤裙穿到身上，心里在想：看样子这次有希望。然后又从衣帽钩上取下前两天刚买来的礼帽，脸上挂满对未来充满信心的兴冲冲的神色，十分快活地走出公寓。外面是阳光普照，虽说已经下过一次寒霜，冬天的冷风却还没有降临，街道上显得宁静而又安详。敬太郎坐在从这种气氛中穿街而过的电车上，觉得自己简直就像在光的海洋中飞驰向前。

　　田口家大门外与上次大不一样，显得十分安静。当身穿和服裤裙的那个书生拉开门出现在面前时，敬太郎觉得有点不好意思，但又拉不下脸先说"上次打扰了"，因此只好做出一副若无其事的神态颇有礼貌地讲明了来意。不知书生是否还记得敬太郎，只见他"噢"

了一声接过名片就到里面去了，不一会儿又转回来说了句"请到这边"，就引敬太郎朝客厅走去。敬太郎换上接待的人为自己准备好的拖鞋，拿着客人的架子走进客厅。进去后却略微踌躇了一下，里面摆着四五把椅子，不知该坐哪把才好。只要挑最小的坐，恐怕就不会出错的吧？基于这种谦虚的心理，他选中了一把腿很高、既无扶手又无任何装饰、最不起眼的椅子，故意只挨边角坐了上去。

一会儿工夫主人出来了。敬太郎以自己不习惯的一板一眼的口吻讲了一通初次见面时的寒暄话和感谢对方接见之类的客气话，主人只是漫不经心地听着，口里"啊，噢"地应酬了几声。本来有好几处可以将敬太郎的话打断的，但对方却什么也没有对他讲。他对主人的态度虽然还没有达到失望的程度，但自己却心慌了，因为肚子里那几个词实在不足以使自己随心所欲地长时间讲下去。把现有的几句客套话讲光之后，明知尴尬也只好默不作声了。主人从烟盒里取出一支敷岛牌香烟，然后把烟盒稍稍向敬太郎这面推了一下。

"我从市藏那里已经听到了一些有关你的情况，你究竟希望做什么工作呢？"

说实话，敬太郎并没有特别具体的要求。他只想能得到一个适当的职业，经对方这么一问，才迫不得已稀里糊涂地答道："我对一切都希望。"

田口笑了，他兴致勃勃地为敬太郎做了一番诚挚的开导。他说："在学士数目大量增加的今天，即使再有人帮忙也不可能一下子就找到个好工作。"不过，这个问题已根本不需要田口再来晓喻，敬太郎老早就有切身体验了。

"做什么都行。"

"做什么都行？当铁路上的检票员恐怕做不来吧？"

"不，做得来。因为总比闲逛强。只要能有长期把握的，当真干什么都行。当务之急是让人解除闲逛的苦恼，只要有这一点就足够了。"

"你若有这种想法的话，我这边就再好好留心一下。不过，恐怕也不能保证马上就办成。"

"那就请您先试用一下。这样说可能有点失礼，就当您的私事，您不妨先用一下试试！"

"那种事你也想干干吗？"

"想。"

"好吧，也许会碰上什么特殊情况，到时候会请你帮忙的。时间上没有什么要求吧？"

"嗯，越快越好。"

敬太郎就这样结束了与田口的会见，高高兴兴地来到大街上。

二一

　　冬日里和煦的阳光又连续两三天洒满了大地。敬太郎从三楼的窗口眺望着外面的天空、树木和瓦房顶，心里感到十分畅快。大自然被柔和的阳光染成了橙黄色，显得暖洋洋的，他觉得这阳光恰似在为自己照耀着人间。由于前几天的那次见面，也愈发坚信近期内必将有符合自己心愿的好事落到头上来。而在朝思暮想中最使他感兴趣的是，这件好事将以怎样一种非同寻常的形式出现在自己的面前。他拜托田口给找的工作中，甚至包括了超出一般人要求的职业。他不仅希望承担那种由固定职业带来的义务，而且还盼望田口能交给自己一份充满刺激性的临时差事。他有一个天生的怪癖，就是什么事哪怕只有成功的影子从他头顶一闪而过，他也会心存希冀，以为会有某种与一般杂务决然不同的异常精彩的事件猝然降临到自己面前。敬太郎就是抱着这种期望，在令人心醉的阳光下送走了一天又一天。

　　就这样过了四五天，田口又打来电话告诉敬太郎："有点事想请你帮帮忙，要是特地请你来家一趟也于心不忍，电话里讲太费事，反而显得麻烦，只好给你发了一封快信，详细情况看信后就清楚了。

如果有什么地方不清楚，还可以再打电话来。"接完电话，敬太郎心里高兴极了，就像远处模糊的物体在望远镜里一下子清晰地出现在眼前一样。

他寸步不离地守在书桌前，等候快信的早早到来。而且在等信的这段时间里脑海中又照例展开了想象的翅膀，同时也在琢磨田口所说的究竟会是什么差事。想着想着，稍一走神，上次在须永家门外见到的那个女子的背影又不请自来地闯进了大脑。当转瞬间清醒地意识到应该考虑更具有实际意义的问题时，心中暗自责骂自己尽爱凭空胡思乱想。就在这种思绪起伏之中，敬太郎送走了令人焦躁不宁的每一秒钟。

时间过得很快，心急火燎盼望的那封信终于送到了他的手上。他哧的一声撕开信封，一口气把信从头读到末尾，随后不由自主地轻轻"啊"了一声。因为信里交待给他的工作，比原来凭空设想的还要浪漫多彩。不消说，信内字句十分简单，除了正事没写一句废话。信上只这样写道：今天下午四点到五点钟之间，有一个四十岁光景的男人将会乘坐由三田方面开来的电车在小川町车站下车。这个男人是位头戴黑色礼帽、身穿雪花点黑外套、细长脸高个头、骨瘦如柴的绅士，眉宇间有颗很大的黑痣，你要以这些特征为目标，将他下电车后两小时以内的行动侦察清楚，然后报告给我。敬太郎第一次尝到当了主角时的心情，仿佛自己就要在一部惊险的侦探小说里扮演主人公似的。同时也起了疑心，田口胆敢干这种见不得人的勾当，莫非是为了保护自己在社会上的利益，企图事先抓住别人的把柄以备日后之用吗？想到这里，他觉得有种给人当走狗的羞辱感和缺德感，腋下不禁流出了有难言苦衷的冷汗。他手里拿着信，双眸凝视前方，一动不动地呆立在那里。不过，要把听须永母亲讲到的田口的性格和自己与他见面时的直观印象结合起来加以考虑的话，他的为人似乎也还不至于那么卑劣。因此敬太郎断定：即便田口是要探查别人的隐私，也未必就能肯定他的出发点多么见不得人。做出这种判断以后，敬太郎身上一度变得发硬的肌肉里又开始有温暖的血液流通了，要干缺德事时的令人作呕的那种感觉已经消失，甚至有闲情逸致单从兴趣出发津津有味地揣摩起这份差事来了。而作为接触社会的第一遭经验，敬太郎已经打定主意，不管三七二十一，无论如何也要完成田口交给自己的这项任务。他又格外细心地把田口的来信重读了一遍。然后又估量了一下成功的把握，看只靠信上所写的特征和条件，究竟能否真正获得满意的结果。

二二

在田口信上指明的特征里，真正长在那人身上的，只有眉宇间的那颗黑痣。可是最近太阳下山早了，下午四五点钟时的光线已经开始发暗，要想只以别人指定的某一局部特征为目标，从昏暗中忙于上下车的众多乘客里准确地找出某个特定的男人，实在不是一件容易的事情。尤其应该指出的是，下午四点到五点之间刚好是机关单位下班的时间，仅政府机关工作人员的数目就够瞧的了，因为他们都要从丸之内乘坐唯一的一路电车通过神田桥。而且，还有一个特殊情况，被指定的电车站既然是小川町，对那里的乱哄哄的场面恐怕也得早做精神准备。年关接近了，为随时招徕更多的顾客，小川町电车站附近的商店门面都会添加新的花样，除电灯之外，他们还会在店头悬红挂绿，请来乐队吹吹打打，电唱机里放各种唱片。想象到这些情景，再来考虑能否完成任务，敬太郎立时感到心里有点发毛，觉得单靠自己的本事实在没有把握。可是话又说回来，自己要盯住的那个男人，下电车时的装束将是身穿雪花点黑外套，头戴一顶黑礼帽，若是有这两个条件加在一起，看来似乎也还有一线希望。当然，假如只有雪花点外套这一个条件，无论是什么模样都不好做为线索的；可是若再加上头戴黑礼帽这一条，在当今人们只爱穿戴黑白以外其他杂色的情况下，那顶黑礼帽大概会立即跳入眼底的。只要紧紧盯住黑色礼帽，或许就不会出差错了吧！

敬太郎做了这样一番思索之后，想到还是得到车站去瞧瞧。抬眼看了看钟，刚过中午一点。假定要在三点半之前到达小川町电车站，三点左右从家里出发就足够了，所以还有两个小时的余裕。他准备把这两个小时最有效地利用起来，便一动不动地坐在那里。可是，出现在眼前的只有美土代街和小川町街汇合成丁字形路口处的一片混乱景象，他根本就没有想出一个足以帮助自己获得成功的像样的好主意。愈思愈想，他的思绪就益发被吸附在同一场面上，简直不知改变思路了。就在这时，一种担心伴随着不安在心里引起了一阵骚动，他担心可能根本就见不到自己要盯梢的那个男人。敬太郎想，趁时间还没到，索性到外面去走走吧！决心一下，便两手撑着桌边准备曜地站起身来，就在这一瞬间耳边突然响起了一句话："最近也许会出点什么事，到时候您可千万不要忘了有这么一样东西。"正是前几天在浅草算卦时那个老太婆向自己提醒的。老太婆当时讲的那样东西，简直是个不可解之谜，敬太郎早已忘到脑后去了。尽管如此，为了留作参考，他曾特地把那句话写在纸上放进抽斗里。于是赶紧取出纸条，不厌其烦地反复端详起上面写的那句话来："既像自己的又像别人的，好像很长又好像很短，仿佛要进来又仿佛要出去。"刚开始时，跟过去一样，从字面上丝毫看不出有什么意思，可是慢慢读了几遍之后，心里却好像开了点窍，觉得只要硬着头皮去琢磨，或许当真能想出具有这种奇妙特性的东西来。更何况敬太郎还记得老太婆曾提醒过自己：那是属于你的东西，一旦遇到什么情况，千万不要忘了。因此，敬太郎想出一个主意，不管它是什么，只要能从自己身边的物件中找出"既像自己的又像别人的，好像很长又好像很短，仿佛要进来又仿佛要出去"的那样东西，这个问题就可以在比较小的范围内得到解决，说不定还会意外迅速地迎刃而解。于是当即决定，要珍惜从现在起完全归自己支配的下面两个小时的时间，并将其全部用在解开这个谜的谜底上。

可是，事情的进展却不很顺利。他首先从自己眼前的桌子、书籍、手巾、坐垫开始，一件一件地搜寻下去，甚至连装行李的皮箱、袜子都打量到了，却没碰上任何一件类似的东西，就这样白白地用去了一个小时。他的脑子也随着心情的急躁而乱起来，思绪不肯乖乖地只在房间里转来转去，早就冲破控制飞到户外去自由驰骋了。不一会儿工夫，敬太郎眼前就出现了一个清晰的形象，那是一位绅士，身穿雪花点外套，头戴黑色礼帽，个子很高，骨瘦如柴，颇有自己马上就要去找的那个男人的派头。转眼之间那张脸又变成了正在大连的森本模样。当他在想象中定睛观看长着邋遢胡须的森本的容貌时，突然像触了电似的"啊"了一声。

二三

　　森本二字老早就成了向敬太郎的耳朵里传递某种奇怪音响的媒介，最近则更加糟糕，已经完全变成一种代号了。在过去，只要一出现这位老兄的名字，敬太郎必然要联想到那根手杖；而无论把手杖理解为联系二人的纽带，还是看成隔在二人中间的一个障碍物，反正说明森本和这根竹竿之间还有一段距离，还不可能一下子就从这边飞跃到那边去。现在的情况就不同了，它们已经合二而一，能在敬太郎脑海里引起强烈刺激，以至形成了森本就是手杖、手杖就是森本的条件反射。由于方才受到森本二字的刺激，他脑海里被热血冲上来一个概念，即"既像属于自己又像属于森本的、根本无法断定究竟属于谁的那样东西"。这个概念一出现，敬太郎当即高声叫道："啊，就是它！"并从乱糟糟的模糊不清的一团黑影里牢牢地抓住了这根手杖。

　　敬太郎高兴了，他相信：这样一来，老太婆所说的"既像自己的又像别人的"这个谜就解开了。但是，对于"好像很长又好像很短，仿佛要进来又仿佛要出去"这样两个谜却还没来得及考虑，因此便进一步打起精神，全力以赴地思索起来，他料定剩余的两个特征在这根手杖上也同样可以找得出来。

　　起初，敬太郎以为其含义也许只是指外表上的可长可短，便朝这个思路想了半天，但又觉得这样太平凡了，找到谜底和找不到谜底都是一回事。于是又重新把"好像很长又好像很短"这句话在口里反复念了几遍，同时在脑海里搜寻着答案。可是，却轻易找不到解决的线索。一看钟点，可以自由支配的两个小时只剩下三十分钟了。他对自己的判断产生了怀疑，本来是想走捷径的，结果却错进了死胡同，这岂不是自作自受地闷在进退两难的境地了吗？他还考虑到，如果眼下已"山穷水尽"，那还不如趁早返回去重新寻找"又一村"为妙。不过，另外一种想法也在他脑海里起着作用，时间已经这样紧迫，倘若再从头开始，那是无论如何也来不及了；最简便的办法就是，既然已经走到了这一步，索性就把迄今为止取得的成果作为一个好兆头，不管三七二十一地强行突破最后答案才对。究竟孰是孰非，敬太郎左右为难，脑子里简直乱成了一锅粥。就在这时，他的思路突然离开作为一个整体的手杖，移到了雕成握柄的蛇头上。刹那之间，敬太郎毫无意识地将鳞光闪闪的细长蛇身和近似汤匙的短短蛇头做了比较，随之便茅塞顿开：那仅仅是个扬起的蛇头，照理说肯定是要伸长的，然而却偏偏削得很短，这不正是"好像很长又好像很短"吗？当这个谜底在脑海里像闪电一样掠过时，他高兴得跳了起来。剩下的"仿佛要出去又仿佛要进来"这一条，基本上没费什么脑筋，大约有五分钟就解决了。他想象蛇嘴里有一个半隐半现的东西，既不是鸡蛋又不是青蛙，很难说清是个什么物件，反正既吞不掉又逃不脱，正处在进出两难的状态。按照这一想象，他马上认定：这就是答案！

至此，万事均告顺利解决。想到这里，敬太郎跳也似的离开桌子，将怀表链系到和服腰带子上，手里拿着帽子，准备不穿和服裤裙就出去。但有个问题颇使他费了一番踌躇，就是该怎样把那根手杖带到外面去。有一点是肯定的，不要说用手去触摸那根手杖，就是从伞架里把它拔出来，在森本丢下它走开已经许久的今天来看，即使事先不跟公寓主人打招呼，也没有必要担心会受到责怪。可是，若想等他们不在跟前，就需要很动一番脑筋或做做准备了。敬太郎生长在充满迷信气氛的家庭里，在乡下老家时就常常听母亲讲到人们传下来的规矩，每逢要拿用作咒符的东西（眼下他就准备用于这个目的）时，必须瞅准人眼看不见的空子动手才能灵验。敬太郎下楼走到二楼楼梯半中腰停下脚步，装作看公寓正门入口处的挂钟的样子，偷偷察看了一下楼下的动静。

二四

在那间六铺席大小的起居室里，主人正照例拥着那个瓷制的大圆火盆坐在那里。完全不见女主人的踪影。敬太郎正从楼梯半中腰躬身探头往拉门玻璃里面仔细观察，主人头顶上的传呼铃突然急促地响了起来。主人仰脸查看是几号房间拉铃，嘴里朝隔壁房间吆喝道："喂，没人在了吗？"敬太郎于是赶紧回到自己的房间。

敬太郎特地打开橱柜，取出扔在被褥上面的斜纹哗叽裤裙。穿裤裙的时候，他把后腰的衬垫拖在地上，在屋子里转了一遭，然后脱下白布袜，换上普通袜子。把身上的装束如此这般重新打扮了一番之后，他又从三楼走了下来，探头看了看起居室。女主人的身影依然杳无踪迹。附近也没有女佣。传呼铃这次也不响了。整幢楼里鸦雀无声。只有公寓主人依旧靠着大圆火盆，头朝正门一动不动地坐在原处。敬太郎走下最后一级楼梯之前，从高处斜眼盯住主人滚圆的脊背，觉得这样还是不理想，最后一咬牙来到了正门口。果然不出所料，主人问候道："您出去呀？"随即照惯例想叫女佣来给取出放在鞋架上的鞋子。敬太郎为躲过主人一双眼睛就已经煞费苦心了，若再加上一个女佣在场就更应付不过来了，想到这里便说："不必了。"同时自己动手掀开帘布，忙不迭地从鞋架上取下鞋子。事情很凑巧，在他走下没铺地板的土地房间之前，女佣并没有露面。可是，老板却依然冲着这个方向。

"稍微麻烦你一下，我房间桌子上放着一本这个月的法学协会杂志，请你替我取来好吗？我已经穿上鞋了，再上去太费事了。"

敬太郎晓得这位老板对法律多少有点研究，所以才故意求他给办这件事的。老板知道这件事除自己外别人都办不成，便应了声："好，可以。"说完，很爽快地起身上楼去了。趁这会儿工夫，敬太郎赶紧把那根手杖从伞架里抽出来，迅即塞进外褂抱在怀里，没等主人返回就悄悄溜到外面去了。他顾不上手杖弯头正戳着自己的右腋，便急匆匆地来到本乡大马路。到这里才把手杖从外褂里拽出来，目不转睛地打量起蛇头来。他还从袖口袋里取出手帕，从上到下把灰尘擦得一干二净。而后才像一般手杖那样拿在右手里，使劲挥动着朝前走去。在电车上，敬太郎才得到喘息的机会，他两手重叠按住蛇头，把下颏托在手背上，对自己方才那番努力回顾了一下，如释重负地长出了一口气。与此同时，对自己马上就要到田口指定的电车站后的行动能否取得成功，又担心起来了。仔细一想，自己费了九牛二虎之力偷窃一般带出来的这根手杖，该怎样才能使它成为辨认眉宇间黑痣的必需品呢？觉得这简直不是自己所能逆料的。他只不过是照老太婆所说的那样，竭尽全力找到了"既像自己的又像别人的，好像很长又好像很短，仿佛要出去又仿佛要进来"的东西，而且没有忘记把它带出来而已。这根看似怪异，其实平平常常且轻而又轻的竹竿，你叫它躺倒也好，立起来也罢，无论拿在手上，还是藏到袖子里，在寻找陌生人方面，它到底能起什么作用呢？当敬太郎脑子里闪出这个疑问时，竟像一个摆脱了疟疾的人，浑身感到一阵轻松，两眼朝车内四周打量了一遭。于是对自己方才那番火急火燎的煞费苦心的努力又感到怪难为情的，以至于头皮上都要冒出汗珠来了。为了给方才的行为自我解嘲，他故意把手杖变了个拿法，咚咚咚地轻轻叩着电车的地板。

稍顷，敬太郎到达了目的地，他匆匆忙忙从青年会馆前折回去，来到小川町大街，但因时间距下午四点还有十五分钟左右，他便从来往行人和电车的轰鸣声中横穿过去，到了马路的另一侧。这里有个派出所，派出所前站了一名警察。敬太郎站在红色邮筒旁边，以跟警察毫无二致的神态仔细观察着笔直朝南而去的大马路，和以平缓的弧形朝自己左右两侧弯过来的宽敞的街道。面对马上就轮到自己大显身手的广阔舞台，敬太郎如此这般审视了一番之后，立即着手核实电车站的方位。

二五

　　从身边的红色邮筒向东大约十一二米的地方，有一根铁柱子首先映入了眼帘，上面牌子上用白漆写着"小川町电车站"。只要站在现在这个地方，纵使由于混乱不堪而漏掉了盯梢的对象，自己也算按规定的时间坚守在岗位上了。想到这点，敬太郎认为自己已经取得了主动权，觉得有了相当的把握，这才把视线从需要盯住的铁柱子移开，观察起四周的风光来了。紧靠身后就有一家类似仓形结构的瓷器店。房檐下挂着一个充当匾额用的箱子，里面摆了许多小巧的酒杯。旁边还吊着一个用铁丝编的大鸟笼子，外面绑了几个陶瓷饵罐。瓷器店的邻居是一家皮货店。皮货店里的重头装饰品是一张四周镶着绯红呢绒边的偌大虎皮，虎皮上的眼珠、爪子全保留着老虎活着时的样子。敬太郎站在店前直视着老虎头上那对类似琥珀的眼珠，仿佛要把它们看穿似的。还有一些皮货看上去也够滑稽的，其中有一件细长的用雪白皮革制成的近似围巾模样的东西，它的一端竟带了一张小狐狸似的脸孔。敬太郎掏出怀表估摸了一下时间，移步到了另一家店门前。这是一家宝石商店，他隔着玻璃窗探头细细观看里面摆得琳琅满目的各种宝石，其中有用玛瑙雕刻的透明小兔子，用紫色水晶石制成的各种有棱有角的印章材料，以及翡翠发卡、孔雀石圆坠子等等。此外还有金戒指啦，袖扣啦什么的。

敬太郎就这样一家挨一家地看完一个商店再看另一个商店，不知不觉地走过了天下堂药店，来到一家用热带硬木制作家具的木器店前。正在这时，从后面开来的一辆电车突然在自己脚下这条马路的对面停下了，敬太郎不禁犯了怀疑，便斜穿马路走近一家设在小胡同拐角处专卖进口货的商店前，定睛一瞧，原来这里也有一根铁柱子，上面用白字写着"小川町电车站"，跟方才那个站牌一模一样。为慎重起见，他站在这个拐角处又等着过去了两三辆电车。首先来的一辆上写有"青山"二字，接着来的第二辆上写着"九段新宿"。不过，这两辆都是从万世桥方向笔直开过来的，因此他才勉强放下心来。随之他那莫须有的担心也就不存在了，准备赶紧返回到原来的地点去。当他刚要转身迈步的时候，恰巧从南边开过来一辆电车，在美土代町街角轻轻一转，又在他的旁边停下了。他看到在这辆电车司机的头顶上方挂着一个写有"巢鸭"两个黑字的牌子，这时方发现自己疏忽大意了。原来，要想从三田方面经过丸之内到小川町下车，可以一直开到神田桥大马路的尽头，向左拐，就在敬太郎脚下这个电车站下车；向右拐，又可以在方才他观察好的那家瓷器店前下车。而且两处都同样用白漆写着"小川町电车站"，这样一来，自己即将跟踪的那个戴黑礼帽的男人到底会在哪边下车呢？敬太郎简直无法判断了。他用目光把两根红铁柱子之间的距离飞快地估算了一下，大约也就一百米左右，虽说不过是咫尺之隔，可是他那盯梢的本事只对付一个车站尚且没有多大把握，再要让他拿出同时不出差错地监视两个车站的本领，对于无论怎么爱过高估计自己才干的敬太郎来说，这也是绝对办不到的。由于自己住处的地理位置上的关系，敬太郎通常只是乘坐从本乡到三田之间的电车，所以对另一路电车，即从巢鸭方面经过水道桥同样可以到达三田的这路电车，直到方才为止，竟一直没有注意到它的存在，他对自己的这种疏忽深深感到懊悔。

在束手无策之余，敬太郎突然想到了一个没有办法的办法，要不要去借须永的一臂之力呢？然而时间距四点只剩下七分钟了。尽管须永就住在紧后面那条街里，但若把跑到他家的时间和三言两语让他听懂所求之事的时间加进去，那是根本来不及的。不过，就算还有这么多时间能拉来须永盯住一个车站，而第二步的问题是，如果那位绅士从须永负责的站台下了车，就需要他用个什么办法向敬太郎发出信号。比如扬起手臂示意，或是晃动手帕，在人群如此拥挤的情况下，这类办法恐怕也有点行不通。要想准确无误地让敬太郎了解情况，也许只有一个办法还可行，那就是要用让过往行人吃惊的大嗓门高声喊叫，但这种突如其来的举动须永那样的人是做不来的，因为他平时就是一个很重面子的人。假使万一他丢开面子朝自己喊了，在自己从这边跑到那边去的时间里，保不准那位头戴黑礼帽的关键人物早就无影无踪了——敬太郎在心里作了这番考虑之后，还是一筹莫展，只得下决心听天由命，去守住其中的一个车站了。

二六

虽说像是下了个决心，其实却跟偷懒是一回事，不过是为了不从现在站立的地方挪开罢了。敬太郎委实感到不安，因为这无异于干事之前就故意把成功排除在外了。他伸长脖子再朝东边那个车站望去。不知是由于地形的关系还是方位的原因，要么就是因为自己一直在那里上下车惯了，看上去还是那边显得顺眼。总觉得自己要找的那个人很可能在对面下车。他考虑要不要再次转移监视的站台，但仍然踌躇不决，一时难以做出决策。正在这时，跟前又来了一辆开往江户川的电车，刺溜刺溜地停下了。停下不到一分钟，司机看清没有人下车，便准备继续前进。敬太郎背朝穿到锦町去的一条小胡同站着，心里拿不准是留在这里还是到那边去，以至于对眼前的电车都几乎没有察觉。刚好在这个时候，从背后小胡同里突然跑出一个男人，推开敬太郎飞快地跳上了正要开动的电车的驾驶台。在敬太郎惊魂未定之际，电车已经哐当一声开动了。跳上去的男人半个身子挤进玻璃门，回头朝敬太郎说了声："对不起！"当敬太郎与他视线相遇时，发现他最后的一瞥落到了自己脚下。原来是他撞上敬太郎时一下子把敬太郎带的手杖给踢跑了，手杖从主人手里掉到了地面上。敬太郎立即弯腰去拾手杖。这时他偶然注意到，蛇头倒地的方向刚好冲着东边。于是感到这蛇头似乎成了向自己暗示方位的路标。

"恐怕还是东边好。"

敬太郎快步回到瓷器店前。他站在那里做好了心理准备，要一个不漏地盯住从写有"本町三丁目"电车上下来的所有乘客。开头两三辆倒是盯得很紧，两眼射出凶光，仿佛在寻找杀父仇敌似的，后来神经就有点放松了，心情也随着渐渐踏实了。他把自己视野里的广场看成一片大舞台，发现这个舞台上有三个男人跟自己的态度一模一样。一个是派出所的警察，他站立的姿势跟自己一样，所朝的方向也相同。还有一个是站在天下堂药店前的电车扳道工。最后一个是处于判断力最佳年龄段的中年人，他正站在广场中央，分别挥动着红、绿两面旗帜，煞似神圣的象征。敬太郎想，这几个人里，立在原地期待随时可能发生某种情况而又在人们眼里显得穷极无聊的，恐怕只有自己和那位警察了吧！

电车络绎不绝地停在他的眼前。上车的硬要挤进那窄小的箱子里去，下车的则趁势欺人地从上面猛压下来。敬太郎一遍又一遍地观看着这些在一分钟里发生的战斗场面，那些素昧平生的男男女女为着在电车上的一聚一散，在自己面前上演了一出出蛮不讲理的闹剧。可是，他要盯梢的那个戴黑礼帽的男人，却左等右等也不见出场。弄不好也许早就从西边那个站台下车跑掉了吧？这个念头一闪现，他就觉得自己现在的举动显得太傻气了，老是站在一个地方死死地瞧着那些与己无关的人脸，连眼珠都冒金星了，究竟有什么用呢？敬太郎想起来了，先前在公寓桌子前像烧昏了头似的白白浪费了两个小时，要是把那段时间充分利用起来，跟须永好好商量一下并取得他的帮助就好了，这个办法才是最最符合常识的。从敬太郎痛切地体味到这种难言苦衷的时候起，天空便渐渐失去了光彩，映在眼里的景物也都显得苍白而无生趣了。瓦斯灯和电灯开始出来为冬季这令人感到阴郁的正要降临的夜幕帮忙，左一盏右一盏地把附近商店的玻璃窗点缀得五彩缤纷。敬太郎蓦然发现，距自己两米左右的地方，还站着一个梳着向前蓬起的发型的年轻女子。因为每次电车开始上下乘客时，敬太郎都留心用警惕的余光扫视自己的两侧，所以当他在出乎意料的近距离内看到这个从天而降的女子时，第一个反应便是吃了一惊。

二七

　　这位女子的衣着与她的年龄很相称，身穿一件素色大衣，长得几乎要拖到地面了。敬太郎想象着大衣里面打扮年轻人肉体的鲜艳颜色。女子一动不动地站在那里，好像有意把这一切在人们眼前包裹起来似的。连贴身衬衫的领子都用纺绸围巾围了起来。随着夜幕的低垂，只有那条纺绸围巾的洁白颜色还能透过大气映现出来，除此之外，女子浑身上下没有穿任何一件可引人注目的东西。但是，这单打一的洁白颜色恰恰表明了她本人的高尚爱好，说明她根本不把时令放在心上。对于敬太郎来说，这洁白的颜色比任何东西都要显眼。与其说他的感觉是在光线渐趋昏暗的寒天冻地里碰上了一个不谐调的怪物，毋宁说由于意识到自己在灰蒙蒙的马路上发现了一团皎洁的银光，这才去注意那女子的脖颈的。当女子直接感受到敬太郎的视线时，便有意识地稍稍改变了身体的方向。但看样子仍然觉得不放心，就又把右手招到耳朵处，做出一种把掉到鬓角的头发向后拢去的姿势。女子的头发本来就梳理得很整齐很漂亮，所以这个动作在敬太郎眼里只能看成是没有实际意义的故作姿态；可是当他看到女子的手时，注意力益发被吸引住了。

这位女子并没有像一般日本女性那样戴着丝手套。她戴的是一副山羊皮手套，不大不小刚好合适，服服帖帖地裹着她那纤细的手指。皮肤和羊皮紧紧地贴在一起，连一道皱褶、一丝松弛的地方也没有，看上去简直就跟手背上薄薄地涂了一层粉红色的蜡油一样。女子扬起手时，敬太郎发现这手套竟把女子白白的手腕严严实实地遮去了三寸多。他只看到这里就又把视线移到电车上去了。可是，上下车的一阵混乱结束之后，要找的人并没有出现，这时他心里又可以放松几分钟了。因此，尽管他还没有达到一心要等着利用这段时间的程度，却一直趁电车通过后的间隔，用不被对方察觉的视线留心观察这位女子。

起初，他一直以为这女子大概是要乘"开往本乡"或"开往龟泽町"的电车的。然而，这两路电车都轮流在自己面前停留过，该女子却毫无上车的意思，这使他略微感到有些诧异。他在心里猜想过，这女子大概是一位善于权衡利弊的专家，她不愿勉强坐进拥挤不堪的车里，免得受不住要把人挤扁的窝囊罪，而是宁肯再多坚持一会儿，等着乘稍微空一点的电车。可是有的并没有挂出满员的牌牌，而且看上去还真有一两个空位子，这样的电车开过来后她也丝毫没有露出要上车的架式，敬太郎因此愈发觉得奇怪了。女子似乎意识到自己已经过分引起了敬太郎的注意，于是当敬太郎稍微改换四肢的姿势时，她便乘机立即采取预防措施，故意躲开敬太郎的视线，就像有人趁天还没下雨就打起伞来一样。而且有时还特地扭头朝相反方向望去，有时又往对面走上几步。由于上述种种的表现，敬太郎产生了一种莫名其妙的避嫌心理，尽量约束自己不再把视线公开投到那女子身上。然而后来他又突然清醒地想到了一个问题，这位女子怕不是由于道路生疏才走到一个自己随意选定的电车站前，面对根本不能上的电车永远等下去的吧？要是这样的话，应该善意地给她指出来才对，敬太郎突然冒出来这么一股勇气，于是毫不犹豫地直接朝女子走去。几乎在同一时间里，女子骤然迈步走到五六米远的一家宝石店橱窗前停了下来，好像根本不知道有敬太郎这么个人似的，把脑袋贴近玻璃窗仔细端详起里面陈列的戒指、束腰带用的细绦带和珊瑚树制作的装饰品来了。敬太郎觉得自己好像办了件傻事，本来是出于对一位素不相识的人的好意，人家却不买你的账，结果反而显得自轻自贱了。

女子的长相根本就算不得漂亮。从正面看并不那么动人，从侧面细一端详，无论谁都会认为她那鼻子长得有点过低。不过皮肤很白，一对眸子很有神，显得晶莹透彻。此刻宝石店里的电灯正透过橱窗玻璃照在她的前额、鼻子和一部分丰满的脸蛋上，从站在斜后方的敬太郎望去，呈现出一种由光和影组成的美妙轮廓。敬太郎把这轮廓和她那被长长大衣覆裹着的倩影一并收进心底，转身又守候电车去了。

二八

　　电车又来了两三辆。这两三辆又统统使敬太郎反复尝受到失望的滋味，然后朝东边开远了。他好像已经看穿不会成功似的，从衣带下取出怀表定睛看了一下：五点钟早就过去了。仰起脸看看笼罩在头顶上的漆黑夜空，仿佛刚刚发现天已经这么晚了，不由得苦涩难言地咂了个响舌。一想到要捉的那只鸟没有粘到自己如此劳神费力张挂的网上，竟从西边那个电车站轻松自在地溜掉了，一切的一切霎时间都成了可憎可恨的对象，其中包括老太婆为了骗人而故意编造出来的那套预言，包括小心翼翼带出来的这根竹手杖，以及这根手杖在方向问题上给自己的那个暗示。他朝四周看了看撑住黑暗、在眼前闪烁的电灯光，发现自己正处在一个中心位置上，心想这明晃晃的光亮大概是自己梦中最后一幕的幻影吧？尽管他是这般扫兴，却仍旧抱着这般恍惚的心情站在原地一动没动。过了一会儿才清醒过来，心想还是赶快回家做个头脑正常的人去吧！因为手杖已经成了嘲笑自己愚蠢的见证人。敬太郎暗暗下定决心，准备回去路上找个僻静地方干脆把它折断，蛇脑袋和挂地的铁箍也通通捣它个稀巴烂，然后再从万世桥上把这些东西扔到茶之水河里去。

他刚迈步准备动身返回公寓时，眼角里无意之中又映进了那个年轻女子的身影。那女子不知什么时候已经离开宝石店的橱窗，又站到了距他有两米的原来那个位置。女子身材修长，两条腿和两只胳膊也比一般人长得好看，敬太郎从端详她的第一眼起就觉得舒服，不过这次却是女子的右手引起了他的特别注意。那只细长的手臂极其自然地下垂着，女子根本没料到会有人去注意它。敬太郎借着夜光看到，五根手指乖乖地并拢着，手腕紧紧地裹在柔软的皮革里，手腕和袖口之间微微露出一点细白的皮肤。对于长时间伫立在一个地方的人来说，冬天夜晚的寒冷是够受的。女子将下颌稍稍缩进围巾，双目低垂一动不动地站着。敬太郎相信已经得到了反证，在女子故意不睬自己的眼神深处，似乎反而正在注意着自己。方才他只顾瞪大眼睛搜寻戴黑礼帽的绅士了，在那段时间里，有谁能保证这女子不和他一样集中了敏锐的观察力，并把视线始终射到自己身上呢？有谁能保证在这儿度过的一个多小时里，在他等着某个男人出现的同时，又被另一个女子给盯了梢呢？正像他根本没考虑过自己为什么要监视一个素昧平生的男人那不知底里的行动一样，自己为什么要被当成不知会干出什么冒失事的人受到一个素昧平生的女子的监视呢？想到这里，敬太郎仍然是丝毫不得要领。敬太郎动了个念头，如果自己稍走几步，做个样子给她看看，也许会更明确地摸准对方的态度吧？于是便蹑手蹑脚地绕过派出所后朝西边移动过去。自然，为了不让女子察觉，他严格控制住自己不扭头往后看。可是，若始终目不斜视地走下去的话，就会失去达到目的的最宝贵的时机，因此当他认定已经走出了二十米左右后，便故意探头去望根本不感兴趣的玻璃橱窗。橱窗里摆着一件天鹅绒领的女式风衣，敬太郎做出一副仔细观察那件风衣的样子，同时暗暗朝后扫了一眼。这时才发现，自己身后根本见不到那女子。各色人等就像要超过自己似的，络绎不绝地走了过来，挡住了敬太郎的视线，即使伸长脖子也看不到对方，至于白围巾和长大衣就更跳不进眼帘了。他怀疑自己是否还有继续向前的勇气。那位头戴黑礼帽的男人，就此罢休也没有什么可遗憾的，因为那刻早已过了预先说好的五点钟；而对于这位女子，纵使最终得不到什么有价值的结果，敬太郎也还是想再进一步观察一番。他怀疑自己被女子盯了梢，为了反过来报复一下，他也起了好奇心，想从现在起对女子的行动严密监视一会儿，就像丢了东西的人赶回来找东西一样。敬太郎又步履匆匆地来到那个派出所附近，把身子躲进暗处一瞧，女子依然面向马路一动不动地站在那里。看上去似乎丝毫也没发觉敬太郎又返回来了。

二九

　　这时，敬太郎脑海里产生了一个问号，这女子是个姑娘呢，还是已经结婚了？这个问题从一开始就无法做出明确判断，因为她头上梳的是现代大多数日本妇女中间流行的向前蓬起的发式。然而，当敬太郎来到更近一点的暗处目不转睛地打量女子半侧身的背影时，一个新的疑问又首先向他袭来：这女子究竟是属于哪个阶层的人呢？

　　从外表上看，给人的印象是似乎已经嫁人了。然而身体的发育情况远比一般人要好，保不准很可能比想象的还要年轻。若果真如此，她为什么要穿那么素雅的衣服呢？关于妇女服饰的花色问题，敬太郎还是个没有任何发言权的小青年，但根据日常观察得出的模模糊糊的印象还是有的，那就是这女子若还年轻的话，身上应该穿几件艳丽的衣服，甚至艳丽得把眼下这寒冬腊月里令人郁闷的空气都驱散了才对。他感到十分纳闷，这位女子竟没有露出任何刺激性的曲线来，这种曲线本应给正处于青春年华的敬太郎的血液里注入强烈的热情。在女子着身的衣物中，略微能引人注意的只有那条围在脖子上的雪白的纺绸围巾，而它本属于冷色，只能给人以清新的感觉。身体的其余部分则被与冬日的萧索天空相似的长大衣严严实实地裹了起来。

敬太郎又从背后把这身与年龄不相称的过于缺乏魅力的打扮观察了一遍，得出的结论是：肯定是因为她已经与男人发生过关系。而且，这位女子的举止还有一种近似成年人的稳重劲头。对于这种稳重劲儿，敬太郎无法把它只看成是品性和教育的结果。他甚至怀疑，怕是由于接触了家庭以外的环境，她那天真无邪的羞耻之心才像撒在手帕上的香水一样早就自然而然地消失殆尽了吧？不仅如此，他方才还亲眼看到，在这位女子稳重的举止中，常常会有一种不稳重的表现，那就是有时全身肌肉都在动，有时是眉头和嘴部在动。他老早就发现，动作最敏锐的，恐怕要数她那双眼睛了。但是，与此同时也不能不承认，女子的表情正好说明她在竭力控制自己那双灵敏欲动的眸子。所以，敬太郎判断，这位女子的稳重乃是与有意识地自我控制联系在一起的。

然而，从后面望去，女子的身体也好，情绪也好，现在都比较稳定，给人的感觉是两方面配合得十分和谐。与方才不同的是，她站到了比马路高出一截的人行道边上，这时的姿态简直可以形容为文静典雅四个字。因为她既不怎么改变姿势，也不准备马上走开，既没有凑到宝石店橱窗跟前去的意思，也没有表现出顶不住寒冷的样子。旁边零零散散地站着几个等候乘坐下一趟电车的人。他们都直勾勾地望着从对面开过来的电车，看样子是很想把电车尽快招呼到自己跟前来。由于敬太郎已经撤出第一线，看来那女子大大松了一口气，这会儿成了其中最热心等待什么的一员，开始目不转睛地注视起斜对面的拐角来了。敬太郎从派出所背后绕到电车站上方，走到比人行道低的马路上。并且以涂着油漆的交通岗楼为掩护，从警察所站位置的一旁紧紧盯住女子的脸。随之又为女子的表情变化吃了一惊。因为先前自己躲在暗处端详女子背影时，只是以她那修长的身材、向前蓬起的发型和裹在身上的素淡的大衣为依据，在想象的王国里随意得出可以说是过于自由的结论。可是，当自己现在背着女子毫无顾忌地细细观察她的相貌时，不得不承认产生了一种全新的感觉，仿佛又见到了另一个人似的。要而言之，这女子看上去比刚才年轻多了。她那急切等候什么人的两只眼睛和嘴角上只有充满青春活力的熠熠生辉的神色，此外再找不出任何其他表情。敬太郎甚至从中看到了少女的纯洁和天真。

从女子注视的方向很快就有一辆电车沿着弓形轨道慢吞吞地转弯开过来了。当电车滑到女子面前停下来时，从里面下来了两个男人。一个手里提着用纸包起来的类似纸盒子的东西，步履匆匆地从警察面前走过去跳上了人行道；另一个则一下来便径直朝那女子走去，并在她跟前停住了脚步。

三〇

　　敬太郎这时才第一次看到了女子的笑脸。敬太郎最初打量这女子时就发现唇薄嘴大是她的一个特点，可是当她此刻露出美丽的牙齿、熠熠放光的又黑又大的眼睛眯成一条细缝、上下睫毛几乎要合在一起时，还是在敬太郎脑海里留下了一个意想不到的新印象。敬太郎并没有只为女子的笑颜而心荡神驰，他还十分惊讶地把视线移到了对面那个男人的身上。因为就在这一瞬间，敬太郎发现那男人头上戴了一顶黑色礼帽。至于他身上的黑外套是否有雪花点，尚无法看得真切，只是光泽与黑礼帽的颜色差不多。还有一点值得注意，此人个头很高，也是骨瘦如柴。唯独在年龄问题上敬太郎难以做出明确判断。但是，有一点是确凿无疑的，从生命的刻度表上来看，这个男人所处的位置远在自己之上，因此敬太郎毫不犹豫地得出结论：他有四十上下岁。当这些特点不分次序、几乎同时进入敬太郎的大脑时，他不得不承认，方才自己像个大傻瓜似的等着要跟踪的那个真正目标，现在才终于从电车上走下来了。他暗自庆幸，本来限定的五点钟早就过去了，然而自己却偏偏产生了一种莫名其妙的兴趣，始终在同一个地方转来转去，结果反倒走运了。他觉得应该感谢那位女子，正是由于她的偶然出现，才引起了自己的好奇心，才使自己产生了那种莫名其妙的兴趣。同时还值得庆幸的是，那位女子为了等候她要找的人，以超出自己一倍以上的自信心和忍耐力一直坚持到了最后。因为敬太郎相信，他可能从两个方面得到收获，一是自己可以为田口提供这位暂且称之为X的男人的某些情况；与此同时，自己对称之为Y的女子的好奇心也可以同样得到几分满足。

看样子，这一男一女对敬太郎的存在根本就没有发现，对周围环境也无所顾忌，只顾一个劲地站在那里说话。女子脸上始终挂着笑容，男人也不时放声大笑。从二人刚见面时互相问候的情景来看，他们的关系也绝非疏远。在他们任何一方的身上都看不出有男女之间恭敬客气的礼节，这种礼节往往貌似连结异性的纽带，实则是在双方之间筑起了一道堤坝。眼下那男人甚至连扬手到帽檐处表示问候的动作都嫌麻烦，公然给免了。那帽檐下应该有个大黑痣的，敬太郎很想设法与那男人来个照面把这个问题搞清楚。假如没有那女子在场，为了查明男人肉皮上留下的这个怪异的黑点，他也许会毫不客气地走上前去，只消随口问个什么事就解决了，反正不管怎样都没问题。即使不问什么，他大约也会直接凑到男人跟前，把人家那张脸仔细瞧个够的。而此刻妨碍他采取这种大胆行动的，正是站在男人面前的那个女子。因为他亲眼看到，由于自己有好大一会儿工夫同她并排站在同一个地方，女子对自己的举动好像早就有了戒心。至于女子是否怀疑敬太郎别有用心，那倒是另当别论。既然明知对方已经产生戒心，却硬要把自己的脑袋毫不客气地再次伸到人家的视野之内，这就多少有失绅士体统；更何况这等于故意加深人家对自己的怀疑，其结果无异于搬起石头砸自己的脚。

考虑到这里，敬太郎得出的结论是，在水到渠成之前，在辨认是否有黑痣这件事上还是不要造次为好。不过敬太郎已经暗下决心，准备悄悄地跟在二人后头，可能的话，哪怕是断断续续的也好，要把他俩的谈话装进耳朵一些。他认为，没得到对方许可就把人家的言谈行动记录在脑海里，从道德层面上讲，没有接受良心裁判的必要。而且，他还有一种隐隐约约的感觉，即相信自己费尽周折得到的成果肯定会为熟谙世故的田口用到善意方面去的。

　　过了一会儿，男人做出了邀请那女子的样子。看来女子笑着拒绝了。最后，半侧身相向而立的二人肩并肩朝瓷器店房檐下走去。然后又从那里朝东走去，二人挨得很近，只差手挽手了。敬太郎急步赶上五六米，紧紧地跟在他们背后，并且把自己的步伐改成和他们一样的速度。为了避免万一女子回过头来引起怀疑，他根本就不把视线盯在二人背后，而是两眼故意瞧着其他方向，就好像在天下人共有的马路上偶然碰到一起，脚前脚后朝同一方向走去一样。

三一

"不过，也太过分了。叫人家等了这么长时间。"

这是钻进敬太郎耳朵里的第一句话，是女子抱怨的声音。可是男人的回答却半句也没听清。接着估摸又走了十多米远时，二人脚下一下子失去了刚才的节奏，挨在一起的影子几乎要拦住敬太郎的去路了。而从敬太郎方面来说，要想避免从后面与对方撞上，唯一的办法就是超到前面去，否则就太难堪了。他怕二人掉身回来，便当机立断靠到旁边一家果品店橱窗前，把身子隐蔽起来，并且装作注视摆在里面的一个大玻璃罐子里的饼干的样子，同时在等着二人的动静。看上去男人仿佛把手伸进了外套，过后又马上略微把身子侧向一边，迎着店里的灯光看右手提着的一样东西。这回敬太郎看清了，原来是块金壳怀表正在男人脸下闪闪发光。

"才六点嘛，还不算太晚。"

"不早了，已经六点了。再过一会儿我就该回去啦！"

"那可太遗憾了。"

二人又迈动了脚步。敬太郎也不再注视罐里装的饼干，从后面跟了上去。二人来到淡路町，从这里拐进一条通向骏河台下的窄巷。

敬太郎也想跟着拐进去，却发现二人进了拐角处的一家西餐馆。趁这个机会，他从侧面朝二人脸上看了一眼，因为这一男一女正处在餐馆门口射出来的明晃晃的光线照耀之下。离开电车站时，敬太郎简直猜不出二人要一块到哪儿去，现在竟突然进了这么一家实在不怎么样的饭馆，因而不能不使敬太郎深感意外。这家西餐馆叫"宝亭"，敬太郎过去就知道，因为他以前常经过这里进出大学。最近经过修缮以后，外面都油漆一新，有半面朝向通电车的马路，看上去像是斜劈下来的屋脊则朝着正南方向，他从这里路过时常常看到。他甚至还记得，当仰头观看制成横额的"慕尼黑啤酒"的广告时，有好几次从这堵闪着淡蓝色油漆光泽的墙壁里面传出了刀叉激烈碰撞的声音。

关于二人的去向问题，敬太郎既没有明确的把握也没有准确的估计，甚至说不定会被引进弥漫着濛濛紫气的迷宫里去。正是因为有这种预感在暗地里起作用，敬太郎才跟踪到这儿来的，不过这家不断从厨房里往街上飘出一阵阵油炸土豆和油煎牛肉香味的西餐馆，在他看来实在是太平常了。但他马上又转念一想，比起躲进自己根本无法靠近的幽密场所而再不露面相比，还是进了这家西餐馆对自己更为有利。同时他也想通了，这一男一女钻进任凭谁都可以靠近的新油漆的普通西餐馆里面，反倒令人觉得安全保险。幸好，他身上还带着钱，对于在这种水平的饭馆里打发掉由冬季室外空气引起的食欲，还是绰绰有余的。他准备紧跟二人之后走上这家餐馆的二楼，但当来到明晃晃的电灯光射向街面的门口时，蓦地想到了一件事。既然已经被那女子记住了自己的长相，倘若脚前脚后同时赶到二楼上去，那就未免失算了。弄不好，简直就等于故意让对方怀疑：这人是来跟踪自己的。

敬太郎做出一副若无其事的样子，从射到街上的光亮中横穿过去，沿着黑乎乎的小巷往前走了不到一百米远。随之又在小巷尽头下坡处的黑暗中站了一下，宛如把自己的影子收进自身内部一般，然后又悄悄返回明晃晃的餐馆门口，一低头钻了进去。由于过去经常到这里来，他对餐馆内部情况了如指掌。纵使下面没有了接待顾客的房间，二层和三层也足够应付的，不过在客人不太满的情况下决不往三层上招待，大体上二楼就足够了。所以敬太郎心里做好了准备，上楼后只消观察右手尽里面或左手旁边的大厅，就肯定能看到二人的座席；如果不在这两个地方，那就只好打开阳面的那个细长房间了。敬太郎怀着这种想法刚要登上楼梯，发现上面入口处已经站了一名白衣侍者，正准备给他带路。

三二

　　敬太郎是拿着手杖走上楼梯的，所以在带他入座之前，侍者首先把那根手杖接了过去。同时口里说了声："请到这边！"转过身去把他带到了右手的大餐厅。他从侍者身后一眼就看清了自己手杖的下落。同一瞬间他还发现，那里挂着刚才曾引起注意的那顶黑色礼帽。近似雪花点的黑外套和女子身上的素底大衣也全部挂在那里。侍者掀动大衣下摆把竹手杖戳进去时，素底大衣的纺绸里子在敬太郎眼前闪了一下。待到蛇头隐进了大衣后面，他才把目光转向大衣的主人。幸运得很，女子正与那男人相向而坐，只把后背朝着进门方向。敬太郎瞧着女子的背影，首先感到心里的一块石头落了地。因为敬太郎考虑到，对于一般妇女来说，听到新来顾客的响动，纵使满心想回头看看，也怕一转身破坏了落座后的优雅风度，所以除非十分必要，在正常情况下她们是不会这样做的。果然不出他所料，女子没有扭过头来。趁这个工夫，他走到女子的座位跟前，准备坐在与女子背靠背的第二排餐桌边。这时，男人抬起脸，朝既未坐下也未扭转身的敬太郎看了一下。男人餐桌上点缀着一盆盆景，在一只中国格调的圆盘里栽着松梅。男人面前有一碗汤。他和敬太郎四

139

目相视时，手里的大汤匙照常伸在碗里。他俩中间相距不过六尺，明亮的电灯照耀着每一个角落，而铺在桌面上的雪白餐布又恰似为这亮光助兴似的，从四面八方的餐桌上把水银般的光线反射过来。在具备如此方便条件的餐厅里，敬太郎把男人的面孔瞧了个够。正像田口事前通知的那样，在这个男人的眉宇之间，确实长了一颗很大的黑痣。

除去这颗黑痣，男人的相貌再没有任何值得一提的特征。眼睛、鼻子、嘴，全都长得普普通通。可是，当这些分开来看似平庸无奇的器官聚在一起，并在一张细长脸蛋上占有各自的位置时，无论谁都只好承认他是一个具有非凡品格的绅士。当他与敬太郎目光相遇时，他把匙子伸在汤碗里，暂时停止了喝汤，从这种态度来看，甚至还可以说带有某种高尚的派头。看到这里，敬太郎转过身去，背朝男人坐到自己的座位上，心里琢磨着"侦探"这两个字的字面含义，觉得这男人的举止风度和侦探简直是风马牛不相及。敬太郎发现，从长相上看，这个人没有任何值得侦察的东西。取下摆在他脸上的眼、口、鼻或任何一个器官来看，都长得极为平常，根本甭指望在那里面藏住秘密。敬太郎坐到自己席位上时，不禁有股失望的情绪袭上心头，因为自己对从田口那里接受过来的今晚这项任务的兴趣，至少有三分之一早已消失。首先，连接受这项任务本身在道德上能否站得住脚都值得怀疑。

他点好菜后就愣怔怔地坐在那里，连面包都没碰上一碰。男人和女子看样子对坐在他们旁边的这位新顾客产生了几分顾虑，暂时中止了谈话。但是，在敬太郎面前出现了热气腾腾的白盘子之后，二人似乎又添了几分兴致，声音交替着飘进了敬太郎的耳朵。

"今晚不成啦。我还有点事。"

"什么事?"

"什么事? 重要事嘛。是轻易不能讲的事。"

"哎呀,你真是的! 其实我知道得一清二楚。亏你让人家等了个够。"

女子有点挑理地说。男人好像对四邻有所顾忌似的低声笑了,二人的谈话到这里又静了下来。稍停了一会儿,男人仿佛突然想起来似的说道:

"总之,今天晚上有点太晚了,还是算了吧!"

"一点也不晚! 坐电车去马上就到嘛!"

女子的劝说,男人的犹豫,敬太郎全都能理解是什么意思。可是,他们究竟打算去哪儿呢? 一到这关键的目的地问题,敬太郎就一点也摸不着头脑了。

三三

　　敬太郎望着残留在自己面前盘子里的西式餐刀和旁边那堆切成一块块的红萝卜，心里在想：再听一会儿或许就会有眉目的。看样子女子仍坚持硬要男人照自己的主意办。男人则每次都找各种借口加以推托，然而态度却总是那么和蔼，竭力避免激怒对方。敬太郎面前送上来肉和青豌豆时，女子也终于开始让步了。敬太郎内心里一直在暗暗求老天保祐，要么是女子坚持到底，要么是男人适可而止地表示屈服，这两者能居其一就好了。所以，当发现女子并不如原来想的那么坚强时，他不禁感到甚为遗憾。别的还都问题不大，唯独二人要去的目的地，敬太郎很想在一个偶然的机会里探听出来，而这个目的地的名字却始终没有被提到，因为它在二人中间是不必讲出来的。不过照现在这种情况，谈话是不会有任何结果了，这一男一女的话题势必要自然而然地转到其他方面去，因此敬太郎的指望也就暂且落空了。

　　"好吧，不去也行，把那个给我。"过了一会儿，女子开口了。

　　"那个？只说这两字我可不明白。"

　　"嗳，就是那个嘛！前几天的。嗯？明白了吧？"

"一点也不明白。"

"你呀，太不像话了。你明明知道的。"

敬太郎真想扭头朝后面看上一眼。就在这时，传来了咚咚的上楼梯的脚步声，一下子乱哄哄地闯进来三名顾客。其中一名是军人，穿着土黄色军服，脚下蹬的是长筒皮靴。当他走在地板上时，腰里挂的剑发出哗哗啦啦的声响，跟皮靴踩出的声音合成了一曲二重奏。三人上来之后，被领进了右侧的一个房间，由于这通响动搅乱了那一男一女的谈话，在剑光闪烁之中，敬太郎也只好半路收住好奇之心。

"就是前几天给我看过的东西嘛。明白了吧？"

男人没有明确表态。敬太郎自然更无法想象。他真恨这女子，既然自己坦然自若地想要一样东西，为什么不清清楚楚地把名字讲出来呢？他毫无理由地就是想知道那究竟是个什么东西。这时，男人开腔了：

"那种东西，现在能带到这儿来吗？"

"谁也没说带到这儿来呀！我只是说送给我嘛！下次也可以。"

"既然那么想要，送给你也行。不过……"

"啊，太好啦！"

敬太郎又产生了回头看看女子表情的欲望，顺便也想看看男人的态度。可是，自己坐的位置刚好与女子成一直线，而且是背靠着背，想到这儿便只好慎重地暂时不轻举妄动，做出一副目光窘迫的样子，只是心不在焉地朝正面扫视了一番。这时，从厨房入口方向又有一名侍者端着两个白盘子走了过来。侍者把盘子放到二人面前，换下已经用过的盘子，然后又走开了。

"是只嫩鸡哩！吃点吧？"男人说。

"我已经吃好了。"

听口气女子并没有伸手去动嫩烧鸡，反而腾出口来比男人讲得更起劲了。从二人的一问一答来推测，女子硬朝男人要的，似乎是十分贵重的珊瑚珠之类。男人以精于此道的口吻向女子做了各种说明。然而那只不过是些时髦人物津津乐道的知识而已，敬太郎既无兴趣也不了解。男人耐心地叮嘱女子，有一种伪造的珊瑚珠，往上面按一些指纹，常常可以骗过人的眼睛，不过用手摸上去却显得有点粗糙，所以和真正的古物一下子就能区别开。把前前后后的情况综合到一起，敬太郎听出，原来是女子在向男人要一样古代的珠宝，而且这件珠宝很贵重，又很珍奇，现今已经轻易找不到了。

"给是可以给的，不过你要那种东西准备干什么呢？"

"倒是该问你要它干什么。一个男人家，还要留着那种东西。"

三四

　　沉默一阵之后，只听男人朝女子问道："你是吃点心，还是要水果？"

　　"什么都成。"女人答道。

　　这简短的对话也可以看成是一个信号，说明他们的进餐终于临近了尾声，而在一直全神贯注窃听二人谈话的敬太郎的耳朵里，这声音顿时成了促使自己注意肩负责任的警钟。他自己给自己规定了任务，认为对离开这家西餐馆后的二人的行动还有进行观察的必要。他十分清楚，若和二人同时下楼就失策了。假使在二人之后离开席位，结局也是很明显的，那就是一支烟还没来得及吸完，他们的身影就会消失在漆黑的夜幕和杂沓的人迹之中，找不到了。敬太郎考虑，如果想不出纰漏地紧紧盯住他们的身影，那就必须抢先一步离开这里，守候在对方不易发现的隐蔽处或别的什么地方，除此之外再没有其他更好的办法。敬太郎意识到，三十六计莫若赶快结账为上计，于是赶紧叫侍者把账单拿来。

　　那一男一女还在不紧不慢地说着话。不过二人之间已经再提不出什么固定的话题，靠这些话题交流感情和意见的机缘也就不存在了，眼下只不过云里雾里漫无边际地东拉一句西扯一句而已。可以列为男人特征的眉宇间的那颗黑痣也从女子口里偶然冒了出来。

"你怎么在那个地方长了颗黑痣呢？"

"反正不是最近突然长出来的，一生下来就有了。"

"不过，长在那个地方倒并不难看。"

"再难看也没办法喽！天生的嘛。"

"赶快到大学去让他们给挖掉就成了嘛。"

敬太郎这时正低着头在映出自己面部倒影的洗手盆里洗手，听到这里不禁偷偷地笑了，同时用两手遮住面颊，尽量忍住不笑出声来。正巧侍者把找回的钱放在盘里给端回来了。敬太郎悄悄站起身，为了避免惹人注意，他从容不迫地走到楼梯口，立在那里的侍者立即放开嗓门朝楼下通知道："送客啦——"与此同时，敬太郎想起忘记去取方才交给侍者保管的手杖了。那根手杖至今仍被置于室内一角的衣帽架下，躲在女子那件长大衣的下摆后头。敬太郎怕惊动还在餐厅里的那对男女，于是蹑手蹑脚地折回身来，轻轻地取出手杖。当他握住蛇头时，觉得光滑的纺绸里子和柔软的外套衬布甜滋滋地触到了自己的手背。他格外小心地几乎是踮着脚尖走到楼梯上，随后突然改变节奏，急步咚咚咚地跑下楼梯。刚一来到外面，立即从电车路上朝对面横冲过去。跑到快撞墙的地方，正好有一家又像旧衣店又像西装店的大店铺，他便扭身背冲店内的电灯站下。只要站在这个地方，那两人从西餐馆出来后，不论他们沿大马路朝右拐，还是往左转，也不管他顺着中川拐角朝连雀町方向穿过去，还是一出门立即踏小巷直奔骏河台下，怎么走都不必担心逃出自己的视野。想到这里，敬太郎满有把握地挂着手杖，紧紧锁定西餐馆正门。

大约等了十分钟以后，在等于监视焦点的光亮中却根本不见人影出现，敬太郎心中不禁产生了怀疑。无奈，只得朝二楼望去，两眼仿佛要看穿那层只有窗子还闪着亮光的内部似的，心中则暗暗祈祷他们能快点离开餐桌。每次移开疲劳不堪的视线时，他都要仰起脸看看屋顶上方无边无际的漆黑夜空。直到方才为止，照耀地面的人间灯火蒙蔽了自己的眼睛，竟让他把这浩瀚夜空的存在给忘掉了。而它，似乎从方才开始就在墨黑墨黑的头顶上酝酿着一场冷飕飕的细雨，这使敬太郎的心变得寂寞凄楚起来。一个想法蓦地涌上敬太郎的心头，情况会不会是这样：刚才二人因为顾忌自己，只讲了一些一般的话题，自己走后他们才趁机商量起最为关键的问题来了呢？自己的任务就是无论如何也要把这些事情窃听到手。他带着这种疑惑的心情仰头望着黑洞洞的天空，仿佛从中清清楚楚地看到了两个相向而坐的人影。

三五

　　他后悔瞻前顾后过了头，反而过早地离开了西餐馆。可是既然那二人对他已经有所顾忌，即使在原席位上一屁股坐到底，也不可能听到超出普通闲聊范围的话题。所以，假定像刚才那样坐着不动，其结果也仍然和提前离席相差无几。想到这里，他也就只好忍住寒冷继续监视下去了。这时，他感到帽檐上好像落了两滴雨点，于是又仰起脸朝漆黑的空中望去。跟他脚下的电车路不同，头顶上异常静谧，除了黑暗之外，没有任何东西遮住视线。他仰起脸，想等着有一滴雨点掉在面颊上。他久久凝望着混沌一片的漆黑夜空，怕马上会下雨的担心随即跑得无影无踪了，他偶然想到一个问题：在如此从容不迫的夜空下面，自己为什么要心甘情愿地替别人干这种不得安生的勾当呢？与此同时，觉得一切责任似乎都在自己正挂着的这根竹手杖身上。他依旧抓住蛇头，把手杖挥动了几下，好像要把郁积在胸中的对寒冷的怨恨发泄出来似的。正在这时，等得不耐烦的那一对人影从西餐馆门口走了出来。敬太郎第一眼就看到了围在女子细长脖颈上的雪白围巾。二人快步来到大马路上，沿敬太郎对面一侧朝来时走过的路折回身去，方向同刚才正好相反。敬太郎也毫不犹豫地横穿马路到了对面。他以缓慢的步履迈动着双脚，好像在挨家观察点缀得花花绿绿的商店橱窗。跟在后面的敬太郎必须与二人的步伐协调起来，因而对他俩过于迟缓的速度简直伤透了脑筋。男人嘴里叼着香味浓烈的雪茄，边走边朝夜幕吐出微呈白色的烟雾。由于风向的关系，这烟雾常常带着一股香味钻进跟在后面的敬太郎的鼻孔里。他一面嗅着这浓烈的雪茄香味，一边强忍着踩着缓慢的步伐，老老实实地跟在后面亦步亦趋。男人个头很高，从背后望去，颇有点像西洋人。在这点上，他衔在嘴里的香味浓郁的雪茄，也多少帮忙给人造成了错觉。紧接着，联想又一下子移到了伴侣身上，那女子看上去就像一个给外国人做了小老婆的日本妇女，连手上戴的皮手套也像是外国丈夫给买的。敬太郎心里蓦地泛出这么一种假想，虽说觉得好笑，却自己一个人愈想愈来劲。正在这时，二人来到刚才碰头的那个电车站前稍稍站了一会儿，随即跨过电车路又转到对面去了。敬太郎也照二人的样子走了过去。走着走着，二人又在莫土代町街角处从这边蹭到对面去了。敬太郎也跟着来到了同一侧。二人又开始朝南移动。走到离街角大约五十米的地方，这里也竖着一根涂了红漆的铁柱子。二人走到那根柱子跟前停住了脚步。敬太郎这时才发现，他们又要坐三田线往南回家，或是到那边的什么地方去。于是自己也做好了必须坐上同一辆电车的思想准备。二人不约而同地朝敬太郎这边扭过头来。这固然是因为电车要从他所在的方向拐过胡同开过来，但敬太郎仍然觉得心里很不自在。他把帽檐翻过来，用力往下拉了拉；有时又用手摸摸脸蛋，或是把身子尽量靠到房檐底下，或是故意目不转睛地望着莫名其妙的目标，就这样受罪似的急切地等着电车的到来。

不一会儿，一辆电车开过来了。敬太郎煞费苦心地避开嫌疑，故意要等二人上去之后再登上电车。当他正为此在后面磨磨蹭蹭的时候，女子怕被人踩上那件大衣的下摆，朝后撩着移步上了驾驶台。然而，出乎意料的是，紧跟其后的男人却毫无要上的架式，只把双手插进外套口袋并拢脚跟站在那里。敬太郎好不容易才醒悟过来，男人是为送那女子上车才特地来到这里的。说实话，他对这男人倒无所谓，真正感兴趣的是那个女子。假定他俩在这里分手，自己当然要丢开男人而只盯住那女子的去向。可是自己从田口那里接受的任务与女子无关的，只是头戴黑色礼帽的男人的行动，因此他便强行忍住冲动，没有跳上电车。

三六

　　女子上车时，曾以目光向男人微微致意，随即走进里面不见了。因为时值冬季夜晚，玻璃窗子统统都关得严严的。女子也没有再打开车窗从里面探出头来向男人打招呼。尽管如此，男人却依旧直挺挺地立在那里等候电车开走。车开动了。仿佛看清二人之间已不再需要彼此致意似的，电光照耀着车窗急匆匆地往南驶远了。男人这时才把衔在口里的雪茄丢到地上，然后转身来到一个三岔路口，从这里往左拐后停在一家出售进口货的商店前。这里是敬太郎记忆犹新的电车站。他左躲右藏地跟踪男人来到这里，又伸长脖子看起这家商店橱窗里陈列的自己根本不想看的商品来，其中有什么新式领带呀，西式大礼帽呀，花纹新颖的裹在腿上保暖的毯子呀，等等。脑子里却没有停止思考，他觉得若照这样顾虑重重，当侦探的念头也就只好打消了。如果说女子走开，敬太郎对自己的工作也就厌倦起来了，这种讲法也未必尽然；但有一点却十分明显，那就是与以前程度相仿的压抑感又急剧地充塞于心头而不能自已。他的任务只限于侦察戴黑礼帽的男人在小川町下电车后两小时以内的行动，到这里早就完成了，他甚至想干脆还是回家睡觉去吧！

就在这时，来了一辆似乎是男人一直在等的那路电车，只见他伸出长长的手臂抓住车门两边的铁棍，说时迟那时快，十分自然地一下子把身体送上了还没停稳的车厢。方才正在犹豫的敬太郎猛然想到此刻机不可失，也立即跳上了同一辆电车。车内并不太挤，乘客有充分条件彼此自由地打量对方的面孔。敬太郎刚走进车厢，立即有五六个已经落座的乘客同时把视线射了过来。其中也夹有刚刚坐下的戴黑礼帽男人的视线，他的眼神里现出吃惊的样子，好像记得见过敬太郎，但没有进一步表现出怀疑自己正在被盯梢的神色。敬太郎好不容易才使神经松弛下来，选了个与男人同一侧的座位坐了上去。这辆电车将要把自己带到哪里去呢？想到这里，看了看牌子，只见用黑字写着"开往江户川"。他暗自做好思想准备，只要男人换车，自己也赶快下去，所以每到一个电车站都要偷偷看一下男人的动静。男人始终把手插在衣袋里，大多数情况下都是目不斜视或把视线落到自己的膝盖上。若把他这副神态形容一下的话，似乎可以说什么也没想，又好像在想什么。然而从快到九段下的时候起，他就不时地伸出本来就很长的脖子，好像要认准什么东西似的，探头朝窗外望去。敬太郎也情不自禁地受到影响，目不转睛地盯着什么也看不清的车窗外边，仿佛要把它看穿似的。没过多久，在电车行驶的轰响声中，雨点撞击窗玻璃的声音就稀稀拉拉地在耳边响起来了。他端详着随身携带的竹手杖，想到要是不带它，而把雨伞带来就好了。

　　自从离开西餐馆以后，敬太郎一直留心观察头戴黑礼帽的这个男人的人品和他那对世界根本不存疑虑的眼神，结果这时才忽然想到一个好主意：与其这样窝窝囊囊地搜集毫无价值的材料，还不如索性公开主动地跟他搭话，然后只把得到他本人同意的事实报告给田口，尽管这样做似乎已经为时过晚，但也还是够痛快的。想到这里，敬太郎便开动脑筋研究起向他做自我介绍的良策妙计来了。就在这阵工夫，电车终于开到了终点站。雨看来是越下越大了，电车刚一停下，哗哗的雨声就骤然袭进了他的耳膜。戴黑礼帽的男人说了声："太糟糕啦！"边说边竖起外套衣领，把西服裤脚卷了起来。敬太郎拄着手杖站起身子。男人走到雨里，立即抓住一辆靠过来的人力车。敬太郎也不甘落后地雇了一辆。车夫驾起车把问："去哪儿？"敬太郎命令道："跟在那辆车后面！"车夫说了声："好！"便没命地跑了起来。沿着唯一的一条路跑到矢来交通岗下面，车夫又停住脚步放下车把问道："先生，往哪边走啊？"那男人乘坐的人力车，从车篷内怎么张望也找不到影子了。敬太郎一动不动地用手杖撑住车身，在哗哗的落雨声中不知该向何处去了。

报告

一

一觉醒来，敬太郎发现自己和往常一样正躺在这住惯了的六铺席的房间里，感到十分奇怪。觉得昨天发生的一切既像真的，又仿佛是个说不清的梦幻。若形容得更仔细一些，也可以说宛如一场"真正的梦"。记忆中也还有醉醺醺地在街上活动的情景。不仅如此，感受最深的还是人世间充满了这如醉如痴的气氛。电车站和电车都充满了这种气氛。珠宝商、皮革店老板、摇红绿旗的，统统都在这种气氛中陶醉了。涂着淡蓝色油漆的西餐馆二楼，在那里落座过的眉宇间长着黑痣的绅士，肤色白皙的女子，无一不被笼罩在这种气氛之中。二人谈话中提到的不知位于何处的地名，男人答应送给女子的珍贵的珊瑚珠，也全都带有一种陶然欲醉的气氛。而其中这种气氛最足、最活跃的，莫过于那根手杖了。当他一动不动地拄着那根手杖，在淋着冬雨的车篷中迷失方向，不知该向何处去的时候，这种气氛在他心里达到了最高潮，若把此情此景作为演出剧目的一个场面，给他的感觉是自己完全成了一个被狐仙迷住心窍的人。当时，他两眼环视四周，望着店铺冷冷清清的灯光照耀下的湿漉漉的街道，坡道顶上显得矮小的交通岗楼，还有左侧那片朦朦胧胧中显得黑魆魆的灌木林,他简直不相信这竟是今天工作的结局。他还记得,当时是迫不得已才命车夫掉转车把朝根本就未想到的本乡跑去。

他躺在被窝里直瞪瞪地望着天花板,眼前一遍又一遍地反复映出昨天那万千景象,这些景象第一次使他大开眼界。他有两天是在醉眼蒙眬中度过的。这两天里,他不厌其烦地一直凝视着这些犹如春蚕吐丝一般不断涌现出来的富有纪念意义的画面。可是,最后他对这种闹哄哄地总在眼前飘来浮去的烦人的梦境忍受不住了。尽管如此,那些东西还是一个接一个地随心所欲地在眼前浮现出来。因此,虽然他精神很正常,却也竟怀疑起自己是不是被什么邪魔迷住了。

由这种肤浅的疑虑,他心里不由地想到了那根手杖,昨天那一男一女在他眼里清晰得如同画上人物一般。容貌就不用说了,从穿着打扮到走路的姿态,一切的一切都还记忆犹新。尽管如此,又总觉得二人似乎都在遥远的国度里。虽说是在遥远的国度里,可又仿佛近在眼前,以极鲜明的色彩和形象映入眼帘。敬太郎总有那么一种感觉,认为也许是那根手杖带来了这种莫名其妙的影响。昨天晚上,车费也被敲了竹杠,他钻进公寓正门时,无意中把那根手杖带进了自己的房间。他有些迟疑了,觉得这个东西不能放在人眼能看到的地方,临睡前把它扔到橱柜里边的箱子后头去了。

今天早晨又觉得蛇头似乎也不会有那么大的作用。特别是马上就要去见田口,并向他报告侦察的结果,这个实际问题在脑海里一出现,那种感觉就更深了。他确实意识到了自己从下午到夜里忙活了一天,一直陶醉于一种莫名其妙的气氛中。可是,一旦到了要把这种结果总结成一般人也可以理解的、合乎情理的报告的阶段,就几乎弄不清自己接受的任务究竟是成功了还是失败了。因此，也就说不清是沾了手杖的光，还是吃了它的亏。敬太郎躺在被窝里反反复复地想了好久，认为似乎确实沾了手杖的光，但又觉得好像根本就没得到它的好处。

他心里想，不管怎样，反正要等摆脱了两天来一直缠在身上的醉魔之后再说。于是他突然脱掉睡衣跳了起来，然后到洗漱间用冰冷的水哗哗地猛洗了一阵头。这才觉得似乎把昨天的梦从头发根上甩掉，还原成了普通的人，于是轻松愉快地上了三楼的房间。他麻利地敞开室内的窗户，面向东方笔直地站在那里，让全身沐浴在从上野森林上方直射过来的阳光之中，同时做了十来次深呼吸。像一般人那样做完这种刺激神经的动作之后，他一边吸烟，一边切实地开动脑筋考虑应向田口报告的事项的顺序和条目。

二

　　仔细一思量，竟觉得几乎没有对田口有用的内容。敬太郎心里发慌了。但是对方很急，今天早晨就要等他的报告。他很快给田口家打了个电话，问现在是否可以去。等了很长时间，那个书生转达说可以，于是他毫不迟疑地动身到内幸町去了。

　　田口家门前有两辆车等在那里。正门那里有一双鞋和一双木屐。和前些天不同，他被让到了日本式房间里。这是间大约十铺席大小的会客室，高高的壁龛上挂着两幅大画轴。书生端来了用茶碗泡好的粗茶。还是这个书生，又拿来了一个桐木旋的手炉。劝敬太郎坐在柔软的褥垫上的也是这个书生，没有一个女人露面。敬太郎端坐在宽敞的会客室正中，耐着性子等待主人走过来的脚步声。可是看来主人关于工作方面的谈话还没有结束，等了很久还迟迟不露面。敬太郎无可奈何地琢磨起已经变成褐色的旧画轴的价格，有时一圈又一圈地抚摸手炉的边沿，有时还把两手规规矩矩地放在裤裙遮盖的膝盖上，独自一人正襟危坐。因为周围的一切都布置得十分整洁谐调，他心里感到新鲜极了，可是一时很难安定下来。后来想要取下书架上放的像是画册样的东西来看，可是，那画册封面出奇地漂亮，闪光夺目，似乎在告诉人们：这是装饰品，不能摸。因此他终于没好意思伸手。

如此折磨人的主人，让敬太郎等了将近一个小时之后，才好不容易从客厅里出来了。

"对不起，让你久等了。客人老不走，所以……"

对主人的道歉，敬太郎也讲了一通自认为与之相称的客套话，同时恭恭敬敬地弯下了腰，然后准备立刻就谈昨天的事。可是先讲什么，怎么讲才合适，事到临头又突然不知所措了，结果终于失去了开口的机会。说来也怪，从一开始，主人的声音、动作就使人感到他似乎忙得不可开交，然而又好像胸有成竹似的，根本不急于听有关侦察结果的报告，只顾问一些没用的事。什么本乡一带结冰了吗，三层楼上风很大吧，住宿的地方有没有电话，如此等等，好像对这类问题十分感兴趣。敬太郎针对主人的问话，也相应地做了使主人感到满意的回答。不过，对方却好像在这种无意义的谈话中，暗地里观察着他的动静。这一点，他已经影影绰绰地感觉到了。然而，主人为什么要这样注意自己，其原因却全然不得而知。

"怎么样？昨天还顺利吗？"主人突然开口问道。敬太郎早就有精神准备，知道对方是会这样问的。可是如果老老实实回答的话，就有可能造成慢待对方的后果，所以他稍微停顿了一下，然后回答说：

"是的，您信里讲的那个人，我终于找到了。"

"是眉头上有黑痣的吗？"

敬太郎回答说从侧面看到有一块微微隆起的黑肉。

"穿的衣服也和我说的一样吗？头戴黑礼帽，身穿雪花点黑大衣。"

"是的。"

"那大概就不会错啦。是四点到五点之间在小川町下车的吧?"

"时间好像晚了一点儿。"

"晚了几分钟?"

"几分钟可不知道,不过好像是五点过了很长时间了。"

"过了很长时间? 要是那样的话,就不必等他了嘛! 我特地给你规定了时间界限,就在四点到五点之间,过了五点就等于你的任务完成了。你怎么不马上回来如实向我报告呢?"

敬太郎做梦也没有想到会受到这位长者如此严厉的批评,因为在此之前这位长者一直情绪很好,同自己谈话的态度也是很平静的。

三

迄今为止，在敬太郎眼里对方一直是东京工商业区出身的一位老板，可是当这位老板突然以满口纪律的军人形象向他威压过来的时候，他的心即刻就乱了。对朋友还可以讲"因为是为了你"之类的话语或其他现成的应酬话，可是眼下这一套是完全不顶用的。

"因为我的私人原因，时间到了还没离开那个地方。"

正当敬太郎要这么回答，但还没说出口的当儿，田口却一反刚才那种严肃的态度说：

"那对我倒是大有好处的。"听来是高兴的口吻。他接着又问道："你说私人原因，那是怎么回事？"敬太郎一听，有些踌躇了。

"没什么，我不听也没关系的。因为那是你的事。不想说就不说，无所谓。"

田口说着把手提烟盘拉到自己跟前，打开抽屉，从里面找出一个用兽角做的细长的掏耳勺。他把掏耳勺伸进右耳朵里来回掏了起来，似乎很痒。敬太郎看着田口这副眉头紧皱的样子，心里有些紧张。田口表面上装作不看的样子，实际上却在有意观察着自己，有时又仿佛只是把精力集中到耳朵上似的。

"实际上，有个女子一直站在电车站上。"他终于照实说出来了。

"是上年纪的还是年轻女子？"

"是年轻女子。"

"噢，怪不得！"

田口只说了这么一句，就不再吭声了。敬太郎也中途打住了话头。二人面面相觑地坐了一会儿。

"哎呀，是年轻的也好，上年岁的也好，我不该问这个事。那只和你有关，算了，不说啦。我只想了解一下对那个脸上有黑痣的男人的调查结果就行了。"

"不过，那位女子是始终和有黑痣的男人在一起行动的。首先，那女子是在等那个男人。"

"啊？"

田口脸上现出有点意外的神情。他问道："这么说，你根本就不认识那个女子，对吧？"敬太郎当然不敢承认原来认识，尽管觉得很不好意思，也不得不老老实实地说："是一个既没见过、也没讲过话的女子。"田口只是很平静地听着敬太郎的回答，不在意地说了句"是吗"，并没有显出任何想刨根问底的意思。可是他突然以非常缓和的语气说：

"你说的那个年轻女子是个什么样的人啊？从长相上来说……"田口显出很感兴趣的样子，把脸探到了手提烟盘的上方。

"不，没什么。长得不怎么样。"事到如今，敬太郎只好这么回答了。实际上，他心里也确实觉得不怎么样。不过，依据不同的对象和场合，本来也不难说：是的，长得很标致。田口听到敬太郎说"长得不怎么样"，突然放声大笑起来。敬太郎虽然弄不清是怎么回事，却觉得好像有一个巨浪劈头盖脸地扑了过来，脸上有几分发烧。

"好吧，不多说她啦。后来怎么样了？那个男人到女子等他的电车站来了吗？"

田口又恢复了正常的语调，打算认真地听听事件的经过。说实在的，敬太郎本想一开头首先讲讲自己是怎样下了一番苦功才理好了要报告的内容的，然后再为显示一下自己的功劳，把经过详详细细地叙述一遍。他准备从自己因为有两个同名的电车站而茫然不知所措开始，直到如何利用了那不可思议的起到神话般作用的手杖为止，全都一五一十地报告一番。可是，一见面就因为四点钟和五点钟的问题被训了一通，再加上造成自己随意拖延监视时间的那个女子竟是一个根本构不成原因的、毫不相干的女人，因此，要炫耀自己的劲头一下子就消失了。于是，只好轻描淡写地讲了讲男女二人进了西餐馆以后的事。这样一来，自己的报告正如离开公寓时所担心的那样，最终还是成了一个内容空洞、毫无可取之处的东西，就像把一团灰色的云雾捧到田口的鼻子底下送给他看一样。

四

　　尽管如此，田口并没有显露出格外不满的表情。只是始终平静地抱着胳膊，不时地向敬太郎投去几句帮腔的词句，什么"哼"、"噢"、"原来如此"、"然后呢"等等。可是当报告快结束时，他还是像要等待什么似的轻易不肯改换姿态。敬太郎只好带着抱歉的口吻说："情况就是这样。实在没有什么价值，很对不起。"

　　"不，还是很有用的。你辛苦啦。费了不少力气吧！"

　　当然，田口这句应酬话里的确没有包含明显的谢意，然而对于一直被人小瞧的敬太郎来说，只这一句好话，听起来也就够意思了。他这时才好不容易放下心来，心想费了好大力气，总算没太丢脸。与此同时，轻松下来的心情又促使他向田口去摸底了。

　　"那个人到底是干什么的呢？"

　　"啊，怎么说好呢？你是怎么看的？"

　　敬太郎眼前清晰地浮现出那个头戴黑礼帽、身穿开领雪花点黑大衣的男人的身影。他的风度也好，言谈举止也好，甚至连走路的姿势，这一切统统都历历在目。可是对田口却连一句也答不上来。

　　"我实在说不清楚。"

"那么，你看他人品怎么样呢？"

说到人品，敬太郎大体上还能估计出几分。"我看似乎是个很稳重的人。"敬太郎按自己观察的结论做了回答。

"你这样说，是看到他和那个年轻女子说话了吧？"

讲这句话时，田口嘴角上露出一丝微笑的影子。看到这种情景，敬太郎到嘴边的话又憋回去了。

"对年轻的女子，无论谁都会是亲切和蔼的。恐怕你也有不少体验吧！尤其是那个男人，在这方面他也许是更胜别人一筹的。"田口毫不掩饰地笑了。不过，笑是在笑，眼睛却一直在盯着敬太郎。敬太郎心想，在旁人眼里，自己恐怕要被当成一个没有半点机灵劲的蠢货的，然而他还是不得不十分尴尬地随田口一起笑了起来。

"那么，那个女子是个怎么样的人呢？"

田口这时突然把焦点从男人身上转向了那个女子，而且这次是主动向敬太郎发问的。敬太郎当即回答说："女方比那个男人更难判断。"

"是良家妇女，还是青楼女子，连这个大体区别都弄不清吗？"

"是的。"敬太郎一边说，一边想了想。皮手套，雪白的围巾，美丽的笑脸，长长的大衣等等，一个接一个地上升到记忆的表层上来。可是一旦要综合起来，却又无从下手，抓不住能应付田口问话的要领了。

"穿着比较素雅的大衣，戴了一副皮手套……"

那女子身上的东西，特别引起敬太郎注意的就是这两点，而田口对此却似乎毫无兴趣。他很快认真起来，问道："那么，对这一男一女的关系，你有什么看法？"

自己刚才的报告总算顺利地完成了。证据就是，他听到对方说了句"辛苦了"的谢辞。但敬太郎绝没想到在那之后又有这么多难题接二连三地提了出来。而且，或许是因为穷于应付，他觉得这些问题简直像逐步升级似的一个比一个更难回答了。田口看到敬太郎那窘迫的样子，就又用别的话把问题重新解释了一下。

"比方说，是夫妇呢，还是兄妹？是一般的朋友呢，还是一对情夫情妇？各种关系之中，你认为是哪一种呢？"

"我观察那个女子的时候，也曾在心里琢磨她究竟是个姑娘还是位少妇。不过，我总觉得不像夫妇。"

"即使不是夫妇，你看他们有没有肉体上的关系？"

五

在敬太郎的心里，这种怀疑最初也不是没有过。若重新解剖自己内心活动的话，一种认为那二人之间已经存在某种神秘关系的假定，或许正在遥控着自己，并使自己的侦察兴趣浓厚起来。敬太郎不是个理论家，他不认为除去肉体关系之外，男女之间就不能再发生有研究价值的交往了。但是他认为，作为人之常情，具有满腔热血的年轻人往往爱从这个角度观察男女之间的关系，而且往往在这种时候才会有一种符合男女特性的心理被诱发出来。因此，他很想尽可能根据这个观点来观察整个世界。在他这个年轻人的眼里，尽管对人类这个大千世界还不十分了解，但对男女这个小天地却是异常清楚的。因而，他总是喜欢把一般的社会关系都尽可能地缩小到这一点上来看。在电车站遇到的这一男一女的关系，在敬太郎没意识到的大脑深处，似乎一开始就已经作为这样一对男女被联系到一起了。他也不是一个道德家，用不着因背地里想象人家的罪恶而产生不必要的恐惧心理。作为社会上一个具有普通道义良心的人，他只是比比皆是的人群中的一员。但是，这种道义良心和他的空想能力不同，常常是在万不得已的情况下才发挥作用的。因此，即使把电车站上那两个人还原到自己最感兴趣的男女关系上来看，也没有出现什么格外不愉快的感觉。他只是对二人的年龄差距太大有些怀疑。而另一方面，这种差距反映到他的眼里，反而把"男女世界"的特色更加鲜明地突出出来了。

他对二人的兴趣在不知不觉之中就这样淡漠下来了。而当田口正式问起是否真有其事时，他没能做出肯定的回答。这倒不是关系到什么责任问题，而是在他的脑海里很难形成一个完整的概念。因此，他才这样说道："至于肉体上的关系，也许有，也许没有。"

田口只是微笑不语。这时那个穿和服裤裙的书生端着托有名片的盘子进来了。田口取过那张名片，对敬太郎说："好啦，你大概是真的不知道吧！"随即把目光转向书生吩咐道："先请到客厅去……"敬太郎早就没话可说了，正好借来客的机会，想赶紧就此收场。刚想要欠身，田口特地在他要站起来之前，又把他阻止住了。田口根本不理会敬太郎早已发窘而想趁机溜掉的心理，仍然继续提出问题。敬太郎的回答几乎没有一条是明确的，他觉得此刻真比在大学里接受口试还难受。

"好，这是最后一个问题。那一男一女的名字你知道了吗？"

对于田口声明是最后的这个问题，不用说，敬太郎也没有做出使对方满意的回答。在西餐馆留心听二人讲话的那段时间里，他就曾暗自盼望能在话里夹杂着出现姓名或其他什么叫法，然而那两个人却好像有意避开似的，不用说彼此间的名字了，就连第三者的名字也没有提到过。

"根本不知道名字。"

听到这句答话，田口抬起捂在手炉上的手，仿佛打拍子似的用指尖敲起桐木手炉的边沿来了。敲了几次之后，他说："不知怎么搞的，还是不得要领啊！"接着又说，"不过，你是诚实的。也许这正是你的可贵之处吧。比起不懂装懂，把不知说成知的报告来，不知要好多少倍。如果说赞许，我就是赞许你这一点呢！"说完，田口便笑了起来。敬太郎发现自己的观察结果果然没有实际用途，尽管对自己的粗心也多少感到有点害羞，但他还是坚信，仅靠两三个小时的观察、忍耐和推测，即使是委托给比自己细心十倍的人去办，也不可能使田口得到满意的结果的。所以，对于田口的这种评价，也没有感到有什么不舒服。相比之下，对于夸奖自己诚实这一点，也没有感到特别值得高兴。因为在他看来，这种程度的诚实，只不过是世上顶一般的罢了。

六

　　敬太郎从刚才起就一直在考虑，哪怕只讲上一句也好，要在自己抬不起头的田口面前干干脆脆地把已经想好的心里话端出来。于是心中萌生出一个念头，觉得现在要是不说，以后恐怕就再没有机会了。

　　"尽是些不得要领的东西，我也深深感到很对不起您。不过，您问的那些根底上的详细情况，我认为用那么点时间，像我这样的粗人是不会看透的。我这么说，您听起来可能会觉得有些狂妄，可我还是认为：与其玩弄小伎俩搞什么跟踪，莫如直接去会见对方，把想问的事统统直率地提出来，这样会省去许多麻烦，而且还可以弄清确凿无误的真实情况。"

　　敬太郎说完这些话，抬头盯着田口的脸，心想一定会被久经世故的对方奚落和嘲笑的。谁知田口的态度竟意外地认真，他说："这些事你都懂啊！真令人佩服。"敬太郎故意控制住自己，没有搭腔。

　　"你所说的办法，似乎是最愚蠢，其实又是最简单、最正当的。若是能注意到这一点，作为一个人来说，那才是了不起的。"田口又重复讲出这种称赞话语的时候，敬太郎愈发感到无言以对了。

"你有这样深刻的考虑，我竟托你干那种无聊的事，这都是我不好。因为这和看错了人是一样的。不过，市藏在介绍你的时候，确实是那么讲的呀！说你对当侦探很有兴趣。因此就把这毫无道理的事情托给你了。当初不这样就好了……"

"不，我记得的确跟须永讲过那种意思的话。"敬太郎尴尬地答道。

"是有这回事吗？"

田口把敬太郎的矛盾一语道破，便再没愚蠢地穷追下去。接着又立即摆了个新问题。

"好吧！怎么样？别偷偷地跟在后边了，就照你说的，大大方方地从正门进去。你有这个胆量吗？"

"也不是没有。"

"在那样尾随了之后还……"

"虽然是尾随了，但我自信决没有做过有损于他们名誉的侦察。"

"说得不错。那样的话，就请去试试看吧！我来给你介绍。"

田口说着放声大笑起来。不过，敬太郎觉得这个提议也并非完全是开玩笑，因此，他产生了个念头：想带着介绍信和眉宇间长着黑痣的那个男人面对面地谈上一谈。

"我去会会他。请您给写个介绍信吧！我很想和他本人谈一谈。"

"好吧。这也是经验之一嘛。就请你去见见他，当面研究一下吧！你这个人一定会把受田口之托，在前些天的一个晚上曾经跟踪过他的事说出去的吧？不过，那没关系。想说你就说好了。不需要对我有什么顾虑。其次，关于和那个女子的关系，如果有勇气，也请你问一问。怎么样？你有勇气问这些事吗？"

说到这里，田口稍微停顿了一下，看了看敬太郎的脸色，在没有得到回答之前，自己就又接着讲下去了。

　　"不过，在双方都能说出口的那种自然气氛形成之前，千万不要问，也不要说。因为任凭你再有勇气，也会被人认为是个不识时务的家伙。况且，他可是个轻易很难见到的人，如果胡乱谈起那些事，难保他会立即下逐客令的。我给你写封介绍信，不过在这些问题上，你可要当心哪……"

　　不用说，敬太郎的回答是：我明白了。但是，心底里却无论如何也做不到像田口那样看待那位戴黑礼帽的人。

七

　　田口取出笔墨和卷纸，刷刷地写起介绍信来。不一会儿，当他最后写完收信人名字的时候，随即说道："只罗列了一堆官样文字，这样就可以了吧！"说着就把遮在手炉前的信，给敬太郎念了一遍。信里写的和他本人讲的完全一样，没有任何值得特别注意的事。写的只是，此人是今年大学刚毕业的法学学士，我因为种种原因不得不关照他，因此请接见并和他谈谈。田口看到敬太郎脸上并没有不同意的表情之后，立刻把信卷起来装进了信封。然后又在信封上写上了"松本恒三先生"几个大字，故意不封口地递给了敬太郎。敬太郎十分认真地看了看"松本恒三先生"这六个字，字体肥大而松散，显得很笨拙。敬太郎想：这个人就写这么一手字啊！

　　"不要那么直愣愣地欣赏个没完啦！"

　　"住址好像还没写上呢。"

　　"啊，对了。这可是我的疏忽。"

　　田口又把信接过去，填上了收信人的地址。

　　"这回可以了吧！字不好看，又大，真可以说得上是土桥寿司饭店的那种大饭团了。反正能管用就行，凑合点吧！"

"不，写得挺好。"

"顺便也给那个女子写一封吗？"

"那女子您也认识吗？"

"说来，或许也认识。"田口回答道，脸上露出似乎别有含义的微笑。

"如果没别的什么妨碍的话，就请顺便多写一封吧！"敬太郎半开玩笑地说。

"哎呀，还是不写更保险。介绍你这么个年轻人，万一出了什么差错，就有个责任问题啦。像你这样的年轻人，不是被称为浪漫派还是什么的吗？我没有学问，现今流行的时髦词儿，听了就忘，真没办法。小说家们用的词都是怎么说的？……"

敬太郎也没心教他那些，只是嘿嘿地傻笑。像这样待的时间越长，就会受到更厉害的嘲笑。因此，他心想：等这件事告一段落，赶快告退回去。他把田口写给他的介绍信揣在怀里说道："那么，两三天之内我就拿着信走一趟。根据情况，我再来打扰吧。"一边说，他一边从柔软的坐垫上站起身来。田口只是一本正经地道了声"你辛苦了"，随着也站了起来，脸上的那种表情，像是把浪漫派和发蜡都忘得一干二净了。

敬太郎在回去的途中，对刚见过的田口和将要见的松本，还有一直等松本的那个标致的女子这三人的关系反复进行了思考。脑子里一会儿把他们联系到了一块儿，一会儿又把他们分开来。这样，越考虑越感到有意思，好像是在一步步地被引向迷宫的深处。今天在田口那里得到的收获，只是松本这个名字，但他觉得这个名字就像一个神奇的宝囊，正在为自己归拢那些形形色色且错综复杂的事实。因此，越是不知道那里面会出来什么东西，就越觉得有趣。据田口的说法，松本像是一个不好接近的人，可是按他自己的看法，似乎要比田口好说话得多。今天在与田口的对话中，他觉得在待人接物这点上，田口的确很老练，使他为之赞叹。而且，作为一个人物，令人觉得也很有几分高贵，有时甚至金光闪闪，耀人眼目。尽管如此，坐在田口面前的时候，总觉得像是被什么东西束缚着，不能自由行动。在他看来，如同不断被置于监视之下的这种状态，并不是暂时的，而是无论再见多少次面，也不会有所缓和的。而对松本，他却总是想象，与令人感到拘谨的田口相反，会是一个言谈话语中充满令人恋慕之情的人，任凭你毫不客气地提出什么问题，松本也是不会发火动怒的。

八

第二天早晨，急忙做好准备，正要动身去会见松本，不巧又下起了冷森森的雨。把窗子打开一条细缝，从三楼上往四下里一瞧，整个世界早就被淋得湿漉漉的了。面对这仿佛要浸透屋顶瓦似的凄凉景象，敬太郎一动不动地观望了一会儿，然后把田口写的介绍信放到桌子上，想了想是否还要去。最后还是尽早会会松本的心情占了上风，他终于离开桌边朝楼下走去。这时，外面马路上传来卖豆腐的尖利的喇叭声，像是要把那阴沉的空气撕裂开似的。

松本家在矢来。一路上，敬太郎想象着前几天晚上使他产生如同狐仙附体般感觉的交通岗楼周围的景色。而当来到这里时才发现，坡上和坡下都分成两股道，只是坡道的中央部位鼓成个椭圆形。他不顾雨水淋湿裤裙，停住脚步向四周张望。他觉得那天晚上车夫两手紧握车把进退维谷，可能就是在这一带。今天也同样，雨哗哗地下着，他脚下的大地已经湿得一塌糊涂，看样子连铝制的地下管道都会给腐蚀坏的。只因为是白天，站在这儿的心情与前几天相比，情趣截然不同。敬太郎沿着坡道朝上走去，两眼不时眺望目白台背后那黑糊糊的、高高耸起的森林和右手远处"高田稻荷明神"寺院里那朦胧重叠的树丛。矢来这里同一个地址就有好多人家，他只得在矢来的地界中七拐八弯地转了起来。起初沿一条小巷，一会儿向右转，一会儿又向左拐，一会儿眼里映进湿淋淋的枸橘篱笆，一会儿又从多年山茶覆盖的像是块坟地的前面走过去。可是费了很大劲，却没能找到松本家。最后找得不耐烦了，向一个胡同拐角处车铺里的年轻人一打听，对方马上就给他指出来了，没费吹灰之力。

从这个车铺的斜对面走进去，顶头上竹篱笆墙围着的一所漂亮住宅，就是松本家。一进大门，耳边就传来了小孩子敲小鼓的声音。走到房门前向里面喊话，那鼓声也没有停下来。四周寂静无声，简直不像个有人住的地方。因为下雨，门紧闭着。一会儿，从里面走出来一个十六七岁的女佣，客客气气鞠躬施礼接过介绍信，一声没吭就又返回里面去了。过了一会儿又出来了，她说："说起来实在很失礼，请您在不下雨的日子再来吧。"敬太郎为了找工作到处去求人，也曾被拒绝过。可是，这次这个拒绝法听起来简直令人莫名其妙。他想当即反问一下，为什么下雨天不会客。但是，在这种场合，向一个女佣发牢骚也不成体统，为了消除疑团就又问了一遍："这么说，天气好的日子就可以见啦？"女佣只答了声"是"。敬太郎无奈，只得又返回雨里去。这时，雨又突然大了起来，小孩子敲鼓的声音还在哗哗的大雨声中咚咚地响着。他顺着矢来的坡道，一边往下走，一边反反复复地想：还真有这么怪的人呢！同时又想到，田口所说的轻易很难见到，会不会就是指这种情况呢？当天，回到家里也感到很别扭，碰了个钉子，无论干什么都提不起精神来了。他心想：很久不见须永了，到他家去聊聊天，把近来遇到的事和他说说，这样半天就过去了。可是转念一想，反正早晚要去，等把现在这件事告一段落之后，自己也好有个前因后果跟他吹吹，不然就没有什么说头了。因此，最终还是没有去。

第二天刚好和昨天相反，是个大好天气。早晨起床时，敬太郎抬头望着令人目眩的绚丽多彩的苍穹，仿佛一切污浊都被雨水洗涤得一干二净似的。他十分高兴，心想今天就能见到松本了。取出前两天晚上藏到箱子后边的那根手杖，考虑今天还是把它带上碰碰运气。他拄着这根手杖，又沿矢来的坡道向上走去。一边往上走，一边想象着今天将会出现什么情景。如果又是昨天那个女佣出来接待，并且说：难为您特地又来，今天天气过于好了，请您在稍有点阴的日子再来吧。那又当如何是好呢？

九

可是，和昨天不同，进了大门没有听到孩子敲鼓的声音。房门前竖着一个上次来没见到的屏风。屏风上有一只淡彩的仙鹤伫立，细长的形状很像个穿衣镜，与一般屏风的尺寸大不相同，这一特点引起了敬太郎的注意。不错，又是那个负责通报的女佣出来了，不过在她身后却响起了咚咚咚的脚步声，两个不管不顾的孩子跑到屏风后面很稀奇地打量着敬太郎。敬太郎心想，这与昨天相比，变化简直太大了。最后，随着一声"请"，他被让到玻璃门紧闭的客厅里。客厅正中有一个像金鱼缸那么大的陶瓷火盆，女佣在火盆两侧各放了一个坐垫，其中一个是敬太郎的座席。坐垫是圆形的，布面上印着花鸟图案。敬太郎惶惑地坐了上去。壁龛里挂着一幅用刷笔粗口勾勒的山水画轴。敬太郎仔细端详着这幅画，上面画的哪是树木，哪是岩石，根本分辨不清，仿佛是一件一文不值的装饰品。再一看，旁边还挂着一面铜锣，连同敲锣槌也一并挂在那里。敬太郎愈发感到这间客厅有些异样。这时，中间的隔门开了，长着黑痣的主人从隔壁房间走了进来。道了声"欢迎"，就在敬太郎对面坐下了。那声调可绝不是和蔼的。不过倒也很庄重，并没给对方以沉重的压力,这反倒使敬太郎感到轻松。因此,虽然只是以一个火盆为界,脸对脸地相向而坐,却没有使敬太郎产生任何心情紧张的感觉。此外,他一直认定这位主人在那天晚上就把自己的相貌牢牢记下了,谁知今天见面一看,对方竟毫无反应,到底记下还是没记下,从嘴角和神态上都没有任何表示,因此,敬太郎就更感到没有顾虑重重的必要了。关于昨天因为下雨谢绝会客的理由或辩解之类的话语,主人始终没有提到一句。是不愿讲,还是认为不屑说呢,敬太郎连这一点也无从判断。

谈话自然而然地从介绍人田口身上开始了。"你是想今后为田口服务啰!"以这句话为开端,主人就敬太郎的志愿、毕业成绩等,问了一通。接着又不时地提出一些很难应答的问题,使敬太郎大伤脑筋。其中包括他从未考虑过的什么社会观、人生观之类的问题。松本把这些玄妙的理论讲得天花乱坠,以至使敬太郎心里怀疑起这位松本会不会是一个在社会上还没崭露头角的学者。不仅如此,松本还揪住田口不放,大骂他是个有用而没有头脑的人。

"首先,整天那么忙,脑子里没有系统考虑问题的闲空,那怎么行?说到那家伙的头脑,简直像整年整年在研钵里用研磨棒捣出来的黄酱一样。活动过于多了,根本就没成形。"

主人为什么这样大骂田口,敬太郎简直摸不到头脑。不过,使他感到奇怪的是,尽管主人使用的言词如此激烈,但无论态度也好,口吻也好,却根本看不出有任何恶毒或让人厌恶之处。主人这些骂人的话,全是通过他那好像不懂得骂人似的慢条斯理的声音,传到敬太郎的耳朵里的。因此,敬太郎也就无法产生强烈的对抗情绪了。他所得到的一个最新印象,只是觉得松本属于古怪的那一类人罢了。

"他还下围棋，哼哼歌谣，什么都干。可是什么都干不好。"

"这不正说明他有空闲吗？"

"有空闲？我告诉你，昨天下雨，我拒绝见你，让你好天再来。对吧？这里的原因我现在没必要讲，不过，可能你会感到奇怪，世上怎么还有这种随意拒绝会见客人的理由。若是田口，他决不会采取这种拒绝方法。你说说看，田口为什么喜欢会见客人？因为田口是对社会有所求的那种人。也就是说，他不是我这样的高等游民。高等游民不怕伤害别人的感情，再怎么伤害也不在乎。而他可没有达到这种从容的地步。"

一〇

"其实，我这次到府上来，事前并没有从田口先生那里听到过任何介绍。刚才您用了高等游民这个词，您讲的当真吗？"

"和字义一样，我是个地地道道的游民呢！怎么？你不信吗？"

松本把两肘拄在大火盆的边沿上，用一个拳头支撑着下颏，两眼瞧着敬太郎。敬太郎感到松本的态度好像是没有把初次见面的客人视作客人，这似乎正体现了高等游民的本色。看来烟是松本的爱好，今天他叼着一只又大又圆的木制西洋烟斗，一直没有离嘴。里面不时地喷出几股浓烟，宛如烽火台上点起的狼烟，表示还没熄灭。浓烟在他脸旁不知不觉消散开去的景象，和他那看上去毫无令人感到紧张之处的鼻眼刚好相映成趣，使敬太郎心里产生了从未有过的镇定情绪。松本那已经开始有些稀疏的头发是从正中往两边分开的，头顶平平的，因而看上去显得平凡而又安详。他穿着一件普通人不穿的那种无花纹的褐色和服短褂，白布短袜外面又套了一双和短褂同样颜色的袜子。这种颜色使人立刻就联想起和尚的法衣，敬太郎更觉得他是一个异常特殊的人物。尽管敬太郎还是第一次遇到自称为高等游民的人，并感到有些意外，然而松本的仪表也好，风度也好，都确实使他感到对方像那种阶级的代表。

"对不起，请问您家里人很多吗？"

不知什么缘故，敬太郎对眼前这位自称高等游民的人，首先提出了这么个试探性的问题。松本随即答道："嗯，有好几个孩子呢。"接着，从敬太郎快要忘记的烟斗里，又噗地冒出了一股烟。

"您太太……"

"妻子，当然有啊。怎么问起这个问题来啦？"

敬太郎后悔自己提了个难以挽回的愚蠢问题，因而不好收场了。尽管对方并没有显出伤了感情的样子，但却迷惑不解地盯着自己的脸，等待着明确的回答。事已至此，敬太郎不得不说点什么了。

"我在想，像您这样的人，还能和普通人家一样过那种有家庭趣味的生活吗？所以才斗胆问了一句。"

"我，家庭趣味？为什么？因为我是高等游民对吗？"

"也并不完全是这样。不知怎么就突然冒出来这么一个想法，所以就随口问了一下。"

"高等游民可比田口什么的更懂得家庭趣味哩！"

敬太郎再也无话可说了。他脑海里同时有三种思绪在翻腾，一是无法做出明确回答的困窘，一是想要就此改换话题的努力，再则是打算以此为线索弄清松本和戴皮手套那个女子的关系的强烈愿望。由于这个缘故，他那本来思路就不清的大脑又被蒙上了一层阴影。可是松本却好像根本就没有留心，他神态自若地望着进退维谷的敬太郎。敬太郎心中暗想，他要是田口就好了。因为田口有一种不同凡响的手段，不仅能很巧妙地把对手镇住，而且把对方镇住后，还能立刻反过来为对方解围，决不使对方陷入进退两难的尴尬境地。

虽然说松本很坦率，但在接人待物方面却一窍不通，缺乏练达的功夫。正是在这位松本的面前，敬太郎觉得似乎在无意之中看清了他和田口的差异之处。这时，松本突然问道："你好像是没有考虑过这些问题吧？"

"啊，是的。根本就没考虑过。"

"既然你是独身寄宿，就更没有必要去考虑啦。不过，再是独身，对于从广义上来讲的男女间的问题，恐怕还是会想想的吧！"

"要说是考虑，莫如说是感兴趣更合适些。要说兴趣的话，那自然还是有的。"

一一

二人就这个与社会上任何人都有切身利害关系的问题交谈了一会儿。但是，不知是因为年龄的不同，还是因为地位有别，松本讲的好像尽是抽掉重要内容的抽象理论，对于敬太郎来说，根本不具有渗透到自己的血液中并与之融合的那种切实的力量。相反，敬太郎那杂乱无序、支离破碎的片断言语，也是刚一脱口就即刻失去了热度，似乎一点也没说到松本的心坎里去。

在进行这种彼此格格不入的谈话的过程中，唯有一个名叫高尔基的俄国文学家在敬太郎身上引起了新的反响。松本说，高尔基为了实行自己所主张的社会主义，感到需要资金，为了筹集这笔资金，在夫人的陪伴下到了美国。当时高尔基简直是集众望于一身，在为招待、欢迎而忙得不亦乐乎的热烈气氛中，毫不费力地一步一步向着自己的目标前进。可是，他从本国带来的所谓夫人，并不是真的，只不过是他的情妇。这件事不知从哪里暴露出去了。于是，他那已经达到狂热化程度的名声，霎时间一落千丈，在辽阔的新大陆上再没有一个人同他握手了。因此，高尔基迫不得已又跟来时一样离开了美国。

"俄国和美国在对男女关系的看法上，差别就是那么大。高尔基的做法，如果是在俄国，就可能是几乎不成为问题的区区小事了，可是……太无聊了。"松本脸上显露出煞是无聊的表情。

"日本属于哪种情况呢？"敬太郎问道。

"大概是俄国派吧。我要做个俄国派，条件足够。"松本说着又从嘴里噗地吐出了一股像狼烟似的浓烟。

话谈到这里，敬太郎觉得要询问前两天那个女子的事，似乎已经水到渠成。

"我觉得前几天的一个晚上，在神田的一家西餐馆里，您可能看到过我。"

"对，是看到了。我现在还记得很清楚。后来在回去的路上，不是又在电车上遇到了吗？好像你也是坐到江户川下车的嘛。是在那一带寄宿吗？那天晚上下雨，遭罪了吧？"

松本果然还记得敬太郎。从松本对这件事的态度来看，他既不想一开始就讲出来，又不像故意装作现在才意识到的样子，似乎是讲也行，不讲也可。这种态度究竟是因为他心地纯洁呢，还是因为胸襟开阔？或者是源于他那天生的豁达大度的本性呢？敬太郎有些不好判断了。

"好像还有个伴儿？"

"是的，带着一个漂亮姑娘。你好像就是一个人吧？"

"一个人。您回去时不也是一个人吗？"

"对。"

颇为顺利的爽快的回答，到此一下子就止住了。敬太郎还在等着，以为松本还会讲起那个女子，谁知松本却向敬太郎提出了个毫不相干的问题。"你寄宿的公寓在牛込，还是在小石川？"

"在本乡。"

松本以一种很不理解的神态望着敬太郎。松本好像在想：他住在本乡，可是为什么要乘到江户川终点站才下车呢？当看到松本这副急于想听听原因的表情时，敬太郎觉得事情复杂，决心在此把所有一切都干干脆脆地讲个明白。他也做好了思想准备，万一对方发了火，就只好道歉，倘若道歉也不成，那就恭恭敬敬地鞠个躬一走了事。

"其实，我是特地跟踪您到江户川来的。"说完后看了看松本的脸。完全出乎意料，松本脸上根本没有出现任何变化，敬太郎心里这才一块石头落了地。

"目的是什么呢？"松本几乎还是以平时那种慢条斯理的口气问道。

"是受人之托。"

"受人之托？谁？"

松本反问了一句。在他这略带惊讶的声音里，第一次加进了比平常要强烈得多的语气。

一二

"是受田口先生之托。"

"田口？是田口要作吗？"

"正是。"

"可是，你不是特意拿着田口的介绍信来见我的吗？"

敬太郎觉得与其这样被一句一句的追问，莫如横下一条心，主动把全部经过都讲出来更痛快，因而便把从接到田口的快信后立刻动身到小川町电车站去盯梢的这场探险活动的第一步开始，直到乘电车在江户川终点站下车后在雨中狼狈不堪的经过，全都毫不掩饰地讲了出来。他觉得只要讲得条理清楚就行了，所以不用说夸张，连敷衍的麻烦也尽可能地避开了，因此也就没用很多时间。或许是由于这个缘故，在整个讲述过程中，松本一次也没打断过敬太郎的话。在敬太郎讲完之后，松本也没有表现出立即要开口的样子。面对主人的这种沉默，敬太郎猜想大概是因为伤了他的感情，于是心里想：最聪明的办法还是赶快趁对方没发火之前道歉为好。就在这时，突然主人自己开口了。

"田口这个人，真是个混账东西。还有被他利用的你也真够可以，算得上是个傻瓜了。"

只要看看主人讲这番话时的表情，谁都可以看出他确实十分惊讶，然而却没有露出任何怒容。敬太郎终于放心了，这种时候被骂成傻瓜，对他来说根本是无所谓的。

"实在是办了件不光彩的事。真对不起。"

"我从没想到让你道歉。我这么说，不过是觉得你也真够可怜的啦。竟被那么一种人利用……"

"他那么坏吗？"

"你究竟有什么必要才决定做这种蠢事呢？"

处在这种场合，敬太郎无论如何也说不出是"由于好奇才接受的"。没办法，只好说什么由于生活上的需要，非得求田口帮忙不可，因为有这么一种苦衷，所以明知无聊，最后还是应承了下来。

"要是生活有困难，那倒是没办法的事。不过，还是不干为好嘛。天那么冷，又赶上下雨，跟在别人屁股后头有什么意思，这岂不是多此一举吗？"

"我也有点尝够苦头了。今后决不再干了。"

松本听了敬太郎的这番心里话，什么也没说，只是一味地苦笑。这种苦笑，既可以理解为对敬太郎的蔑视，也可以理解为对他的怜悯。然而，无论从哪一方面来讲，敬太郎都觉得自己实在是脸上无光。

"看你这个劲儿，像是觉得做了对不住我的事似的。是这样的吗？"

假若溯本求源的话，敬太郎并没感到自己的感受达到了那种程度，可是经松本这么一问，也就只好顺水推舟地默认了，而且还不得不在口头上也回答说确实如此。

"那么，你再去找田口，就说我亲自证明前天我带的那个年轻女子是个高等娼妓。"

"真是那种女人吗？"

敬太郎脸上显得有些吃惊。

"噢，没关系的。你就告诉他说是个高等娼妓好了。"

"啊？"

"你不要'啊'嘛！你务必要这么说。能办到吗？啊？"

作为一个受过现代教育的青年人，敬太郎还不是那种能在长者面前毫无顾忌地把这类意思的词句说出口的人。可是松本却想强迫他把这四个字塞到田口的耳朵里去。这使他感到松本心底里似乎潜藏着某种不愉快的东西，因此，敬太郎根本不想那么轻易答应。当他无法应酬，脸上显出为难的神色时，松本见状说道："怎么，你尽可不必担心嘛！对方不过是个田口罢了。"又过了一会儿，仿佛好不容易才意识到了什么似的，问敬太郎："你还不知道我和田口的关系吧？"敬太郎答道："我还一点都不知道呢！"

一三

"若把我们之间的关系说出来，你就很难再有勇气到田口面前讲那个女子是高等娼妓了，所以归根结底吃亏的还是我。不过，总让你这位无辜的年轻人蒙在鼓里也实在过意不去，干脆还是讲给你听吧！"

松本先作了这么个开场白，然后就向敬太郎说明了自己和田口是怎么一种社会关系。这个说明最简单不过了，但越是如此，就越发使敬太郎惊讶。一言以蔽之，田口和松本原来竟是至亲。松本有两个姐姐，一个是须永的母亲，一个就是田口的妻子。敬太郎这时才第一次弄清他们之间的这种亲戚关系。也就是说，松本是田口的内弟，论辈数则是田口女儿的舅舅。如此说来，舅舅和外甥女约好时间在电车站见面，然后到一个饭馆共同进餐，这是社会中再平常不过的事了。然而自己却像是要把这极其平常之事用复杂的色彩给装饰起来似的，浑身冒着热汗，费九牛二虎之力跟在人家后头到处转。想到这里，敬太郎感到自己简直是个愚蠢透顶的大傻瓜。

"那位小姐为什么要跑到那么远的地方去呢？难道只是为了诱我上钩吗？"

"不，那是去须永家回来的顺路。当时我正在田口家聊天，碰巧那孩子打回来电话说四点半左右在电车站那儿等我，要我回去时在那儿下车。我觉得太麻烦，本来想不去的，可是她左说右说非要我下车不可，于是才在那儿下了车。她见到我时说：今天早晨听爸爸说，舅舅说要给我买个戒指作新年的礼物，爸爸叫我先在电车站等着，别让舅舅跑了，还让我和舅舅一同去买，所以我从刚才就一直在这儿等。我根本不知道这回事，她却自作主张随心所欲地提出要求，而且还硬要让我买下。没办法，我就想先用西餐对付她一下，就这样把她领进了宝亭西餐馆。田口这个人实际很愚蠢，煞费苦心干了那么件狗屁不值的事，实在是划不来。比起你这个受骗上当的人，田口就更笨得多啦。"

敬太郎情不自禁地感到，上当受骗的自己真是蠢得不能再蠢了。如果早就了解这种内情，在报告侦察结果的时候，也许会多少处理得更好些。想到这里，自己的脸也就不能不红了。

"您当真一点也不知道吗？"

"我怎么能知道呢？再怎么是个高等游民，也不会有那种闲工夫吧！"

"那位小姐怎么样？我想她早就知道了吧！"

"是啊！"松本说着，略微思索了一下，随即以很明确的口吻断定说，"不，不会知道的。"又说："田口这个笨蛋，要说可取之处，倒有一点。他这个人哪，无论搞什么恶作剧，被他耍弄的人快要丢丑的时候，他要么就急刹车，要么就亲自出马，总之在不影响当事人的体面之前就会漂漂亮亮地来个圆满收场。这么说来，他是个笨蛋不假，可毕竟还有令人佩服之处呢。也就是说，尽管手法恶劣，结局却总是令人莫名其妙地感到他似乎还是一个热心肠的人。就拿这次这件事来说，恐怕也只有他一个人心里明白吧！如果你不到我家来，我肯定是不知道就过去了。他还不至于那么狠心，不会一开始就把考验你愚蠢程度的策略告诉给他自己的女儿的。所以，本来趁便就该适可而止地停止这种恶作剧，可是，他却欲罢不能了。总之一句话，这恰好说明他是个笨蛋。"

敬太郎默默地听着松本对田口性格所作的这种评论。心里在想，自己因回顾愚蠢行径而后悔，对耍弄自己的总导演产生了怨恨，但他终究对导演这场恶作剧的田口本人感到信赖。他意识到这种心理在自己心中占据了压倒一切的位置。然而，如果田口真是这么一种人，那么为什么自己在他面前谈话的时候，会出现那样窘迫的感觉呢？这种疑虑也不无道理地自然而然地冒了出来。

"从您的话里，我好像对田口先生有了个大致的了解。不过，我一到他的面前，总感到自己心里发慌，而且格外地难受。"

"那是因为对方对你也还没有放心嘛！"

一四

经松本这么一说，田口那种对自己不放心的眼神和话语，都清清楚楚、十分鲜明地浮现在敬太郎的脑海里。但是，敬太郎完全不理解，像田口这样老练的人，为什么要对自己这么个刚出校门的幼稚无知的小青年大动脑筋呢！过去，敬太郎一直抱有一个坚定的信念，觉得自己就是客观存在的这个样子，无论走到谁的跟前都别无二样。他有一种自卑感，总觉得像自己这样一个初出茅庐的年轻人，根本没有资格让人产生顾忌或拘谨的心理。正因为如此，对于从经历大不相同的长者那里得到很不合自己心愿的待遇，敬太郎倒是感到不可理解，奇怪万分了。

"您看我是那种表里不一的人吗？"

"究竟怎么样，这入微的细节问题，只见一次面是不可能了解的。不过，表里如一也罢，不如一也罢，这和我对你的态度毫无关系，就不要说了吧！"

"可是，田口先生要是那么认为的话……"

"田口并不是只对你才有那种看法。无论对谁他都是那样看，没办法呀！长期那样使唤别人，难免上当受骗啦。即使偶尔有那种心地坦白、心灵很美的人来到眼前，他也照样是不放心的。如果说这正是他那种人自作自受，那倒是满恰当的。田口是我的姐夫，我这样讲，你听起来可能觉得很怪。不过，本来他的品质还是好的，绝不是那种心术不正的人。只是多年来眼里把事业的成败看得很重，一味与世相争，所以对人的看法总是偏得离奇。他脑子里尽想些什么'这个人有用吗，那个人使用起来能放心吗'一类的问题。照这个样子，他即使是被女人迷恋上了，也会不由自主地胡疑乱猜起来：这是迷上自己了吗？是看上自己的金钱了吧？对美人尚且如此，像你这样还没成人的小伙子，受到让人不知所措的待遇，那就更是理所当然的啦！你必须有这种充分的思想准备。因为这正是田口之所以成为田口的关键所在。"

听到这些评论，敬太郎似乎自己也清楚地了解田口这个人了。但是，把这些使人心悦诚服的判断像用铁锤砸进自己脑子里去的这位松本，究竟是个什么样的人物呢？说到这一点，敬太郎感到依然犹如面对茫茫云海一般，同样是看不清摸不到抓不着。与眼前这位先生相比，他感到没有遭到这通批评之前的田口反而更像个有血有肉的人了。

即使就同一个松本而言，前几天在神田的西餐馆的那位就显得活泼多了。当时他跟田口女儿谈论起珊瑚珠那类贵重的装饰品，这样那样地讲个没完没了。而眼下坐在敬太郎面前的这位松本，给敬太郎的感觉简直就像一尊木头佛像，只不过是嘴里叼了个大烟斗，还会张嘴说话而已。因此，在探索其人的真面目方面，就只有徒自苦恼了。敬太郎一方面真心佩服松本那明晰的评论，另一方面又在心里琢磨松本到底是个什么样的人物。同时他又开始怀疑自己了，他在想：难道自己就是一个头脑呆笨、感觉迟钝、比普通人还要低下的人吗？正在胡思乱想的时候，眼前这位令人捉摸不透的松本又开口说话了。

"不过，田口做了件蠢事，你反倒因此能交上好运呢！"

"为什么？"

"他一定会给你弄个什么位置的。如果就这样把你丢开不管，那他就不是什么田口了。这件事我也可以负责为你担保。不过，最没趣的还是我。完全成了别人搞侦探的牺牲品了。"

二人四目相视笑了起来。敬太郎从布面上印有花鸟图案的圆坐垫上站起身来，主人特意把他一直送到房门口。装饰门面的画有彩墨仙鹤的屏风依旧摆在这里，身体瘦高的松本直挺挺地站在屏风前，从背后望着正在穿鞋的敬太郎。过了一会儿，只听松本说道："还带来一根怪有趣的手杖呢！请让我看看。"说着便从敬太郎手里接了过去，然后又问道："噢，还是个蛇头呢！刻得很不错！是买的吗？""不是。是一个外行人刻的，送给我了。"说完，敬太郎就挥动着手杖，顺矢来的下坡路朝江户川方向走去。

下雨天

一

　　关于松本在下雨天谢绝会面的原因，时间过去很久了，却始终没有机会直接向他本人问起过。敬太郎也由于近来十分忙乱，把这件事忘得一干二净。由于田口的关照，他得到了一个差事，从而也就有了随便出入田口家的资格。在那段时间里，他脑海中关于电车站的那一段经历的记忆已经开始淡漠了。这桩事常常被须永端出来，每次他都只有苦笑而已。须永常常当面追问他为什么事前不到自己家来说个明白，有时还责怪说："内幸町的姨父好捉弄人，这我早就从母亲那儿听到过，可你……"最后还总不忘嘲弄他说："你真是个色鬼！"而敬太郎每次也都只是说一句"别胡说"，就算过去了。可是，内心里却总是想起在须永家门前只望到个背影的那个女子。一联想到她就是在电车站碰上的那个女子，一种羞愧感便油然而生。那个女子的名字叫千代子，她妹妹叫百代子，这对现在的敬太郎来说也已经不再是珍奇的新闻了。

　　他在见到松本并得知所有内幕情况之后，对于到田口家去，多少有些不好意思。但转念又想，反正不露面事情就不会了结，所以还是抱着被耻笑的心情去登了田口的家门。当时，田口果然放声大笑。不过，敬太郎觉得那笑声中并没有炫耀他自身智谋的盛气凌人的味道，听起来倒像是一种使人迷途知返的胜利喜悦。田口根本没有使用令人感恩戴德的词句，比如什么当时是为了使你得到教训呀，什么那只是一种教育方法呀等等，而只是道歉般地解释说："我那样做并不是出于恶意，请不要生气。"他还当场说好给敬太郎安排一个相当不错的位置。然后拍手唤出在电车站等候松本的那个大姑娘，特意介绍说："这是我的女儿。"并且向女儿介绍敬太郎说："这位是阿市的朋友。"姑娘似乎有点不理解为什么要把自己引见给这么一个人，但还是以极其冷淡而又很有礼貌的语气寒暄了几句。就是在这一次，敬太郎记住了千代子这个名字。

这是敬太郎第一次有机会接触田口的家庭，后来借公事或者访问之由出入田口家的机会就更多了。有时还钻到正门一侧学仆的房间，同曾在电话里打过交道的那位书生谈论家常。当然也有了到内宅去的机会。有时还被太太叫进去干家里的事。田口上中学的长子问他英语问题，答不上来的时候也不在少数。随着进出次数的增多，敬太郎和两位姑娘接近的机会也就自然而然地多了起来。不过，他那慢吞吞的劲头和田口家那比较紧张的作风以及缺少相对而坐的机会，往往把他们置于一种难以开诚布公的境地。他们之间交换的语言，当然不只是注重形式、枯燥无味的话语，但是，因为每次要办的事大抵不过三五分钟，所以没那么多得以亲近的工夫。直到正月中旬的加留多纸牌会上，他们才有机会促膝而坐，并破例长时间地一直无所顾忌地交谈到深夜。那时，千代子对敬太郎说道："你可真够笨的啦！"百代子还很不高兴地对他说："我真不愿和你一组，准会输的。"

那以后又过了一个月，当报纸上有了梅花盛开的信息时，好久没有登门的敬太郎又在须永家二楼上度过了一个星期天的下午。那天恰巧遇上了偶然来玩的千代子。三个人东拉西扯，天南海北地聊了起来。聊着聊着，千代子嘴里突然提到了松本。

"我那位舅舅也真够古怪的。听说有一段时间，一下雨就不见客人了。不知现在是不是还这样？"

二

"其实，下雨天去他家遭到拒绝的，我也是其中的一个。不过……"敬太郎刚刚说到这里，须永和千代子就不约而同地笑了起来。

"你也是一个很不走运的人呢！大概你是没有带那根手杖去吧！"须永又开始戏弄他了。

"不过，这你可就没道理了，下雨天怎么能让人家带手杖去呢？对吧，田川先生？"

听了这貌似有理的辩护，敬太郎也只好笑苦了。

"田川先生那根手杖究竟是什么样子呀？我也真想见识见识哩。让我看看吧！怎么样，田川先生？我下楼去看看好吗？"

"今天没有带来。"

"怎么不带来呢？跟你说，今天可算个好天气呀！"

"那么宝贵的东西，不管天气有多好，听说平常是不带出来的。"

"真的吗？"

"啊，是这样的。"

"那么说，只有在挂国旗的日子才挂着出来喽？"

敬太郎一个人对付两个人，真有点招架不住了。答应下次去内幸町时一定带给她看，这才总算摆脱了千代子的纠缠。作为交换条件，当场请千代子谈了松本在下雨天谢绝会客的原因。

十一月的一天，那是个秋季罕见的阴霾日子，晌午刚过，千代子遵照母亲的吩咐，带着松本喜欢的海胆酱来到了矢来。好久不来了，想多玩玩再回去，于是特地把坐来的车子放走，从从容容地留了下来。松本原有四个孩子，老大是个十三岁的女儿，接下来是男、女、男这样很有次序地交错排列。他们都相差两岁，个个发育得很正常。除了这些为家庭增添热闹气氛、生机勃勃的点缀品之外，松本夫妇还有一个领养来的、虚岁两岁的小女儿宵子，整天像镶在戒指上的宝石一样，小心翼翼地时刻抱在怀里。这个小女孩的皮肤像珍珠一样晶莹白嫩，长着一双黝黑的大眼睛，是去年女儿节的前一天晚上落在松本夫妇手里的。在这五个孩子当中，千代子最喜欢这个小女孩。每次来的时候，都要给她买些玩具。有时因为给她吃了过量的甜食，甚至惹得舅妈很不高兴。这时千代子就非常疼爱地把宵子抱到外边廊檐下，嘴里说着"乖——宵子小宝宝"，故意让舅妈看她们那股亲近劲儿。舅妈笑着说："怎么啦？又没跟你吵架。"松本打趣儿地说："你那么喜欢这个孩子，就作为贺礼送给你吧。出嫁的时候把她带上好啦。"

和往常一样，千代子这天也是一坐下就和宵子玩了起来。宵子生下来一直没剃过胎毛，头上的毛发长得又细又柔软。或许是因为皮肤白嫩的缘故吧，卷曲的毛发被阳光一照，亮晶晶地泛着紫色光泽。"宵子，大姐给你把头梳起来吧！"千代子说着就轻轻地把梳子梳进了卷曲的胎毛里。然后把稀疏的头发拢到一侧的鬓角上方，在发根儿处扎了一根红发带。这么一打扮，宵子的头就像供神的年糕似的又平又圆。她举起小胳膊，好不容易才摸到梳起的发辫，还用小手摁着发带梢儿，跌跌撞撞地走到妈妈跟前，因为发不清"发带"的音，嘴里喊着："发大，发大。"妈妈说："呀！这小头梳得真不错嘛。"千代子高兴地笑着，望着宵子的背影教她说："再到爸爸那儿去叫爸爸看看。"宵子又迈起刚才那东倒西歪的步子，跑到松本的书房门口趴下了。她给爸爸行礼的时候，照例是趴在地上的。宵子在那儿把自己的小屁股使劲抬得高高的，把供糕似的脑袋低下门槛两三寸，嘴里喊着："发大！发大！"松本只好放下书，说："啊！这小头真好看！谁给你梳的呀?"宵子依旧低着头回答："千——千——"这是舌头还转不过弯的宵子称呼千代子时常用的代号。一直站在宵子身后的千代子听到宵子的小嘴里喊出了自己的名字，也开心地大笑起来。

三

不久，孩子们都陆续从学校回来了。一直被一条红发带占领的家庭又增添了几种花色，变得五彩缤纷了。上幼儿园的七岁的小男孩挎着印有漩涡状花纹的小鼓，一回来就逗宵子："来，宵子，我让你打小鼓。"说着就把宵子领了出去。千代子目不转睛看着那用红毛线织成的口袋状的小袜子在走廊下一点点地挪动过去。在小袜子上缀着的圆圆的绣球，随着小脚的走动蹦跳着。

"那袜子是你给她织的？"

"是。真可爱呀！"

千代子坐下来和舅舅叙谈了一会儿。在这当儿，乌黑的天空落下来几滴清冷的雨点儿。瞬间雨声大作，把光秃秃的梧桐洗得湿淋淋的。松本和千代子不约而同地望着玻璃窗外的雨势，把手伸到手炉上。

"因为有芭蕉，声音格外大。"

"芭蕉是真能活呀。好多天前我就想：今天要枯了，今天要枯了。可是天天这么看着它，它就是不枯。山茶花败了，青桐也成了光杆了，可是芭蕉还是那么绿。"

"您对一些异常的事都是那么赞叹，所以人们都说恒三是个大闲人呢！"

"你的父亲至死也不会研究芭蕉吧！"

"他不愿搞那个研究。比起家父来，舅舅可是个大学者啊！我是非常敬佩的。"

"别乱抬举啦！"

"哪里，是真的呀，舅舅！无论问什么，您都是知道的嘛。"

两个人正在交谈，女佣拿着一封介绍信似的东西进来交给松本说："这位先生刚才到了。"松本笑着站起身来，说："千代子，等我一下。一会儿我还要告诉你一件有趣的事呢！"

"我可不爱听。又像前些天那样让人家记好多西洋烟草的名字。"

松本没作任何回答就到客厅那面去了。千代子也返回了用膳的房间。云雨笼罩天空，光线暗淡，房子里点起了电灯。似乎厨房已经开始准备晚饭，煤气炉两个孔都喷吐着蓝色火苗。过了一会儿，孩子们两两相对地对坐在一张大饭桌旁。宵子历来另有女仆照料吃饭，今天晚上由千代子管了。她把一只朱漆小碗和盛着鱼的小碟子放在托盘上，把宵子领到旁边的一间不足十平方米的小屋。这是间更衣室，有两个衣橱和一面穿衣镜，它们活像从墙壁上拱出来的似的。千代子把托着像玩具一样的小碗和碟子的托盘放在穿衣镜的前面。

"来，宵子！让你受等啦。好好吃啊！"

千代子用小勺喂宵子吃粥，每喂一勺，便硬逗着她说"香香"、"给给"。最后宵子要自己吃，当她从千代子手中接过勺子的时候，千代子又十分疼爱地细心教她用法。宵子本来只会说些简短的词句，当千代子说她"不能那么拿"的时候，她总是歪着那供糕一样的平平的头反问："这样？这样？"千代子觉得很有趣。就在这么反反复复的当儿，宵子同样刚说了个"这"字，就翻起白眼往上斜视着千代子，突然丢下右手里的小勺，趴在了千代子的膝下。

　　"怎么啦?"

　　千代子毫无意识地抱起宵子，就像抱着一个沉睡的孩子似的，只是觉得托在手里的躯体软绵绵的。千代子猛然大声喊叫起来："宵子！宵子！"

四

宵子像昏昏睡去似的，半睁着眼，嘴也半张着，倚在千代子的膝上。千代子用手掌在她背上拍打了几下，没一点反应。

"舅妈！不好了，您快来！"

妈妈吃了一惊，丢下碗筷慌忙跑了过来。"怎么啦？"妈妈一边问，一边把宵子的脸转过来，在电灯下一看，嘴唇已经发紫了。用手掌捂在嘴上试试，也觉不出有呼吸了。妈妈像窒息似的发出哽咽的痛苦声音，喊叫女佣拿来了湿毛巾。她把湿毛巾搭在宵子额头上，口里问千代子："有脉搏吗？"千代子立刻抓过小手腕摸起来。可是，脉在哪儿？一点也摸不出来了。

"舅妈，该怎么办啊？"千代子脸色苍白，哭了起来。妈妈命令呆呆地站在一旁看着的孩子们："快叫爸爸来！"四个孩子都撒腿跑向客厅。脚步声在走廊尽头刚一停下，脸上疑云密布的松本便走了进来。"怎么啦？"他一边问一边躬下腰从妻子和千代子的上方向宵子望了望，立刻就皱起眉头。

"医生……"

医生即刻就到了。"情况不大好。"医生说着就打了一针。可是，没有任何效果。"不行了吗?"痛苦而又紧张的发问从主人那僵硬的嘴唇里吐了出来。三双充满恐怖和疑虑的绝望的眼睛同时盯在医生的身上。拿出镜子察看完瞳孔的医生,此时撩起宵子的后衣襟正在看肛门。

"这就没有办法了,瞳孔和肛门都张开了。实在对不起。"医生口里这样说,可还是抱着一线希望在心脏部位又打了一针。本来这也没有什么必要了。当女儿那像冰霜一样雪白透亮的肌肤被针刺穿的时候,松本眉头上本能地现出一副凶相。千代子的眼泪吧嗒吧嗒地散落在膝头上。

"病因是什么呀?"

"很奇怪。除了奇怪,我再说不出什么来。怎么考虑都……"医生歪着头回答。"用芥末水试试怎么样?"松本提出了个门外汉的看法。"可以吧!"医生顺口回答说。可是脸上没有任何赞赏的表情。

很快就倒了一盆开水,又把一袋芥末全部倒进热气腾腾的开水里,妈妈和千代子默默地脱去了宵子的衣服。医生把手伸进热水里,提醒说:"再稍放些凉水吧!不要太热弄出烫伤来。"

医生手托着宵子在芥末水中浸了五六分钟。三个人都屏住呼吸,眼盯着那柔软皮肤的颜色。"好了吧!时间太长了……"医生说着,把宵子从盆里托了出来。妈妈即刻接过去,小心翼翼地用毛巾擦干,然后又给宵子穿上了原来的衣服,可是,像散了架似的宵子没有任何变化。她满腹怨恨地望着松本的脸说:"先这样让她躺一会儿吧!"松本答了声"好吧",就又返回客厅,将来客送出了大门。

他们不久从柜橱里为宵子取出了小被子和小枕头。看着同往日夜里一样安睡的宵子,千代子"哇"地一声扑了下去。

"舅妈，是我闯的祸……"

"唉呀！根本没你的事……"

"可是，是我喂她吃饭的……无论如何我都实在对不起舅舅和舅妈。"

千代子断断续续地把刚才自己照料宵子吃饭时她那和平常一样的活泼神态，反反复复地讲了好几遍。

"真是不可想象的事啊！"松本抱着胳膊说。他催促妻子："我说阿仙，让她躺在这里怪可怜的，移到那面的客厅里去吧！"于是千代子也跟着帮忙。

五

　　因为没有合适的屏风，只选择了一个合适的位置，在一片没有任何遮拦的地方把宵子头朝北地安安稳稳地停放下来。阿仙从餐厅里把宵子早晨还在玩的气球拿了来，放到宵子的枕边，还在宵子的脸上盖了一块白布。千代子时时揭开来看着哭。"哎，我说，你看！"阿仙回去叫松本，"脸型多可爱，真像是观音菩萨。"她说着感到一阵鼻酸。"是吗？"松本说着离开自己的座席，仔细观察宵子的遗容。

　　不久，当白木桌子上摆放好了莽草、香炉和白米团子，蜡烛放射出微弱光芒的时候，三个人似乎才知道再不能从睡梦中醒来的宵子远远地离开了，从而陷入了凄凉的绝望之中。他们轮番为宵子上香。香烟缭绕，不停地刺激这些被拖到与两小时之前完全不同的世界中来的人们，使他们鼻酸眼花，悲痛欲绝。其他几个孩子和平日一样被早早安排睡下了，只有十三岁的大女儿咲子守在香案旁。

　　"你也去睡吧！"

　　"内幸町和神田还谁也没来吧？"

　　"快来了吧。没事啦，你早些去睡吧！"

咲子起身去了。她在走廊回过头来招呼千代子。当千代子也起身来到走廊的时候，她小声央告说："我害怕，跟我一块儿去厕所吧！"厕所里没有灯，千代子划了根火柴，点着了纸灯笼，和咲子一块儿拐过了走廊。回来的时候，窥视了一眼女佣的房间，做饭的和常来的车夫正围着火盆叽叽喳喳地说什么。千代子觉得他们好像是在谈论宵子的不幸。一个女佣为准备接待来客正在餐厅擦盆摆碗。

　　得到通知的亲戚，有几位不一会儿就到了。也有的说了声"过一会儿再来"，就又走了。每当有人来，千代子都反反复复地讲述宵子突然死去的原委。十二点过后，阿仙特意为打通宵的人们备了个火盆，提到屋里，可是没有一个人去烤火。主人夫妇被人们好说歹劝才退到寝室里去了。后来，千代子又几次将即将燃尽的香火重新续上。雨还在不停地下着。傍晚雨点打落在芭蕉上的那种声音已经听不见了，可是，拍打铁皮屋顶的声音仍不断地把凄凉和悲伤灌进她的耳朵。千代子在雨声中不时地掀开盖在宵子脸上的白布啜泣。夜就在千代子的啜泣中过去了。

　　那天白天，妇女们一齐为宵子缝白寿衣。百代子也从内幸町来了，此外还有两名热情帮忙的主妇，大家分头做起小袖子、小衣襟来。千代子拿来习字纸、笔和砚台，让人们都写上"南无阿弥陀佛"六个字。"阿市也给写一个吧！"说着来到了须永面前。"怎么写？"须永莫名其妙地接过笔和纸。

　　"写小字，尽量写得满满的。然后把这句话分别剪成长方形诗笺那样，撒到棺枢里去。"

　　大家都正襟危坐，恭恭敬敬地写下了"南无阿弥陀佛"六个字。"我不愿让人看。"咲子一边说一边用袖子遮挡着写了一行弯弯曲曲的字。十一岁的男孩说:"我用平假名写。"于是像电文一样,写下了几行。到了过午要入殓的时候,松本向千代子说:"你给她换衣服吧!"千代子默默地流着眼泪,脱光宵子的衣服,把冰凉的宵子抱了起来。宵子的后背上满是紫色的斑点。换完衣服之后,阿仙把一串小念珠挂在宵子的小手上,还把小草帽和草鞋装到棺木中。又把昨天傍晚还穿的那双红色线袜子也装了进去。那袜子上缀着的绣球蹦跳的景象顿时又浮现在千代子的眼前。大家送给她的玩具也都塞在头和脚的下面。最后,大家把写着南无阿弥陀佛的纸片,像雪花一样撒在宵子的遗体上,盖好棺盖,用白绫子覆盖起来。

六

　　阿仙说日子不好，出殡便向后拖了一天，全家笼罩在阴森的气氛中，却比平素更显得热闹。名叫嘉吉的七岁男孩和平常一样敲鼓玩，被大人训了之后，悄悄来到千代子身旁，问："宵子再也不回来了吗？"须永笑了，逗他说："明天准备把嘉吉也带到火葬场，和宵子一块儿烧了呢！"嘉吉一听，说："那我可不干！"一边说一边大眼珠子乱转，看着须永。咲子赖着阿仙："妈妈，明天出殡我也想去。"九岁的重子也央求说："让我也去。"愣愣怔怔的阿仙像是好不容易才清醒过来似的，朝着正在里面同田口夫妇说话的丈夫喊道："你明天去吧？"

　　"去，你也去才好呢！"

　　"啊！我决定去。让孩子们穿什么好？"

　　"穿礼服不好吗？"

　　"可那打扮就太花梢了。"

　　"套上裙子就可以了，男孩子穿海军服就足够了。你穿黑色礼服吧！有黑色腰带吗？"

　　"有。"

"千代子，你若是也有，就穿上丧服陪着她吧！"

做了这些安排之后，松本又回到屋里去了。千代子站起来上了香，一看棺枢上面，不知什么时候又多了个漂亮的花圈。"什么时候来的？"她问身边的妹妹百代。百代小声回答说："刚才。"又说，"舅妈说是个小孩子，光是白花太素了，特意让加上了红花。"姐妹二人在那里并排坐了下来。大约过了有十分钟，千代子把嘴凑到百代的耳边，问："百代，你看宵子的小脸了吗？"百代点头说："啊，看了。"

"什么时候？"

"哎呀！刚才入殓的时候不是看了吗？怎么？"

千代子早就忘了，她本打算如果妹妹说没看，就想两个人打开棺盖再看一遍。"算了吧，挺害怕的。"百代说着直摇头。

晚上，有守夜僧人念经。千代子在一旁听着。松本常跟和尚谈论一些莫名其妙的东西，什么"三部经"如何如何，"和赞"怎样怎样。在他们的谈论中，亲鸾上人和莲如上人的名字出现了好多次。

刚过十点的时候，松本就把点心和布施摆到了和尚面前，说："已经可以了，师傅请回吧！"和尚走了之后，阿仙问让和尚走的理由。"让和尚早点歇息也方便些。宵子也会讨厌听诵经什么的。"松本就这么应付了过去。千代子和百代子面对面会意地笑了。

翌日，晴朗无风，高天之下有一个小小的棺枢在静静地移动。路两旁的人们惊异地目送这不可思议的神秘之物。松本说白纸灯和白木轿不好，把宵子的棺枢装入了灵车。随着车轮的滚动，四周垂吊着的黑幕布不停地摆动着，装饰在白绫子覆盖的小棺枢上的花圈时隐时现。路边玩的孩子们都跑上来新奇地向车内张望。也有的人在和灵车相遇时脱帽致意而去。

在寺院里，念经、烧香等一套程序结束了。千代子在宽阔的正殿里坐着的时候，说也奇怪，连一滴眼泪也没有。看舅舅和舅妈的表情，也不见有明显的忧愁。烧香的时候，重子搞错了，本该拿香往香炉里去点的，她却抓起一把香灰塞进沉香炉里，连她自己也觉得怪有趣的，甚至扑哧一声笑了。仪式结束后，松本、须永和另外十二个人随着棺柩转向火葬场去了。千代子和其他人则返回矢来。在车上，她觉得比起现在这多少好受些的心情，似乎悲痛欲绝的昨天和前天的那种气氛才会有更多清新和美的内容，反倒思恋起当时亲身体验到的那种猛烈袭来的悲哀了。

七

收骨灰是阿仙、须永、千代子，还有平素照看宵子的女佣阿清四个人一起去的。如果从柏木电车站下来，也就是二百多米远，可是没注意到，结果从家乘车出来，反而多费了好多时间。千代子是生平第一次到火葬场。很久不见的郊外景色使她像发现了失物一样格外高兴。绿油油的麦田，嫩绿的萝卜地，常青树中点缀着红、黄、褐等颜色的森林景色相继映入眼帘。走在前面的须永不时回过头来给千代子讲什么穴八幡的高田八幡宫和诹访的森林等等。当车子来到有些阴暗的平缓坡道时，他又指给千代子看坐落在略微高起的杉树丛中那细高的塔。上面雕刻着"弘法大师千五十年供养塔"的字样。塔身下面有一座临着一口四周长满茂密山竹的自流井的茶店，使得桥头显出宛如乡间小路一样的气息。从那快光秃的高大树枝上不时有一片片变了色的树叶飘落下来。树叶在空中急速旋转的舞姿，在千代子的眼底留下了鲜明的印象。那树叶难得径直落地，久久在空中飘舞的情景，对千代子来说真是新奇极了。

火葬场在朝阳的一块平地上，面南而立。车驶进大门里的时候，有一种比想象的还要轻松的气氛涌入千代子的心房。阿仙在办公室窗前说："我姓松本。"坐在像邮局办公窗口似的窗子里面的男人问道："钥匙带着吧？"阿仙顿时神色有些慌乱，急忙在自己的怀里、腰带间摸了起来。

"哎呀！糟了。我把钥匙放在餐厅的小柜橱上了……"

"没带来吗？那可不好办啦。还有时间，赶快让阿市回去取吧！"

在二人身后不动声色地听他们一问一答的须永说："钥匙吗？我带来了。"说着从袖筒里拿出个冰凉的重物交给了舅妈。当阿仙拿到办公窗口给里面看的时候，千代子把须永责怪了一顿。

"阿市，你这人真可恨。既然带着就该早点拿出来。你不知道舅妈为宵子的事头脑发僵记不住事了吗？"

须永只是微笑着站在那里不搭腔。

"像你这样不通情理的人，在这种时候不来倒好。宵子都死了，可你一滴眼泪也没掉。"

"不是不通情理。因为我还没有过孩子，对母子之爱还不大懂嘛。"

"算了吧！竟敢在舅妈面前说出这种赖皮话。你看我怎么着了？我什么时候有过小孩？"

"有没有过我不知道，不过，千代妹妹是个女的，大概有一颗比男人美好的心吧！"

阿仙像是没听他二人争论似的，办完手续立刻就往接待室那面走去了。在那里坐下之后，她向站着的千代子招了招手。千代子马上来到舅妈身边坐了下来。须永跟着也进来了，坐在她们二人对面一张像是乘凉用的长凳子上，说了声"阿清也坐吧"，并挪开了个位置。

在四个人喝着茶等候的这段时间里，看到有两三拨收骨灰的人们。最先头的是一位乡下味很浓的老婆婆。她可能是对阿仙和千代子的穿着有些顾虑，没怎么说话，接着是撩着后衣襟的父子俩。他们以一种明快的声调说："请给我一只罐子。"他们用一角六分钱买了一只最便宜的走了。第三拨是一位披头散发、扎着硬窄带、判别不出是男还是女的盲人，由一个穿紫色裙的女孩牵着手。他叮问说："还有时间吧！"接着从袖筒里拿出香烟，吸了起来。须永一看这位盲人的脸，霍地站了起来，很不耐烦地走了出去，许久也没有回来。正在这时，火葬场的管理人员来到阿仙身旁催促说："一切都准备好了，请过去吧！"千代子这才从后门出去叫须永。

八

心惊肉跳地穿过左右两排普通等级的、黄铜挂牌上写着某某氏的焚尸炉，来到了后院。宽阔空地的角落里堆放着山一样的松木劈柴。四周长满美丽的江南竹，郁郁葱葱。下方是麦田，麦田的对面又有一片高冈延伸开去，北面一侧的景色尤为秀丽。须永站在这空场的边上，视野顿觉广阔，他出神地朝四下眺望着。

"阿市！快来吧，人家说都准备好了。"

须永听到千代子的喊声，默默地走了回来。他向千代子说："那片竹丛长得真好，我想会不会是死人的油成了肥料才有那样的长势。这么粗的竹笋一定好吃的！""哎呀！恶心死了！"千代子说了一句就快步走过了普通等级的焚尸炉。宵子的炉子是上等一号，炉门上挂着紫色的帐幕。帐幕前方的台子上倒放着昨天那个花圈，花稍微有些枯萎了。一想到那好像是昨夜焚烧宵子尸体时热气熏的痕迹，千代子心里凄楚万分。三个焚尸人走了过来。其中一个最年长的说："这封印……"须永当即说："没关系，打开吧！"彬彬有礼的焚尸人扯开封印，哗啦一声抽去了锁。黑铁门向左右一开，模模糊糊地看到昏暗的炉膛里有一堆不成形的圆形的灰色东西，还有黑色的、白色的东西。"现在往外掏吧！"焚尸人说着先往里面放上两根铁条，然后把两个像铁环一样的东西挂在置棺台的头上，接着突然咕噜咕噜一阵响声。与此同时，那不成形的一堆烧剩下的东西就出现在站在那里等候的四个人的眼前。千代子从中认出了宵子那像供糕似的突起的头盖骨，还是生前的那个样子，她突然咬住了手帕。焚尸人拿开那块头盖骨、颊骨和另外两三块大一点的骨头，说："其余的都筛干净带走吧！"

四个人每人拿起一根木筷和一根竹筷，各随己愿地把台上的白骨夹起来放进白色的罐子里。好像是相互影响似的，四个人全都掉了眼泪。只有须永脸色苍白，紧闭嘴唇，鼻子也没抽动一次。"牙齿另外放吗？"焚尸人一面问，一面灵巧地把牙齿分了出来。这时，看到他把颌骨拨得不成样子，从中挑出两三颗牙齿来，须永像是自言自语地说："这么一来，简直就不觉得是个人啦。跟从沙子里拣小石头一个样。"女佣的眼泪滴滴答答地掉在水泥地上。阿仙和千代子放下筷子用手帕蒙起了脸。

坐上车的时候，千代子抱着装在杉木匣子里的小白罐，把它放在自己的膝盖上。车子一开动，冷风嗖嗖地从膝盖的垫布和杉木匣间直朝胸部猛灌进来。高高的榉树支撑着它那已经变成茶褐色的身躯，排列在道路的两旁，像是在迎送他们一样挥动着细长的树枝。那细密的枝条在人们的头顶上高高地盘曲交错着从两侧伸出来。然而，他们通过的地方却很亮堂。千代子觉得非常奇怪，不时仰头遥望高高的蓝天。回到家里把遗骨安放在佛坛前的时候，跟着跑上来的孩子们要打开盖子看，千代子把他们挡住了。

不一会儿，全家人就在这同一房间开始用饭了。"看来，好像孩子还是很多啊。可是，已经缺了一个。"须永开了腔。

松本说："活着的时候，并不觉得怎样，可是一旦去了，好像是最可惜呀！我想，现在这帮孩子里能有一个替她死了就好了！"

"真狠心哪！"重子跟咲子耳语道。

"舅妈再奋发一下，生一个和宵子长得一模一样的女儿吧！我一定疼爱她。"

"和宵子一样的孩子，那是不可能的啦！这跟饭碗和帽子是不一样的，就是能代替，也是不会忘却失去的那个呀！"

"在下雨天拿着介绍信来访的男人，我最讨厌了！"

须永的话

一

　　敬太郎自从在须永家门前见到那位女子的背影以来，经常想象使他们二人结缘的线索。那是一条如同梦幻一般似有若无的线，当二人在自己眼前时，看看须永或是望望千代子，常常是反而不知道那条线消逝到哪里去了。但是，他们作为普普通通的人，在不给敬太郎的肉眼以现实性刺激的时时刻刻，那逝去的线却又像天定不可离开他二人之间似的把他们系在一起。在能够出入田口家之后，关于须永和千代子的关系，从没有听任何人说过一句，而且，就是直接观察他二人的动静，当然也看不出有丝毫超出正常的表兄妹关系的迹象。不过，受这种一开始就产生了的联想左右，他的脑子里总是有一种将他二人作为一对男女看待的倾向。总之，没有女人陪伴的男人或者是不挽男人手臂的女人，在敬太郎看来是有损自然的一种缺陷，是不完美的。所以，他把自己所了解的这两个人在头脑里如此编配，或许是出自一种道义心的要求吧。他想尽早地赋予他们自然生就的那种资格，因为那二人仍在缺陷的领域中彷徨徘徊。

　　这是一种令人费解的理论，所以无论是谁的请求，都没有必要为敬太郎申辩。不过，到了这种时刻，偶然听到有关千代子婚事的敬太郎，为自己头脑中的世界和头脑外边的社会之间的矛盾，确实有些不知所措了。事情是从书生佐伯那里听到的。但是，像佐伯这样的人是不可能在事情还没有明朗之前就知道内中详情的。他只是神情比平时紧张，含混不清地说："反正有这种传闻。"他当然还不知道要娶千代子的那个人的姓名，不过听说是一个有身份的实业家。

"我总认为千代子应当到须永君那里去，你说是不是这样？"

"那恐怕行不通吧。"

"为什么？"

"要说为什么，那我也难说得清楚。看来是有些难呢！"

"是吗！我倒认为他们俩是一对很般配的夫妻呢。又是亲戚，就是年龄相差五六岁，这也没什么奇怪的嘛！"

"不了解的人来看，或许会这么想吧！不过里面还有各种复杂的情况呢。"

敬太郎很想刨根问底地探听佐伯所说的那个"复杂的情况"，可又对于他把自己当成毫无关系的外人来这一点很有反感，而且，如果让别人说充其量只是从看门的书生那里听到一些家庭内幕的话，会有失自己的身份。再说，敬太郎根本无须担心佐伯还会知道比说过的这些更详细的情况，所以就停止了谈话。随后顺便到内宅给夫人请安，说了一会儿话。因为没有见到什么与平日异常的情况，所以也就没有勇气说句道喜的话了。

这是敬太郎在须永家听千代子讲述矢来的舅舅家发生不幸的前两三天的事。他很久不到须永家了，那天去访问，实际上也是打算就这桩婚事了解一下须永的想法。须永和谁结婚，千代子要嫁到哪里去，这与敬太郎毫无关系，可是，这两个人的命运到底如何呢？

是那样干脆一东一西毫无留恋地分开呢？还是如自己所想象的那样，那条梦幻般的线成为两个人姻缘的无形的纽带，神不知鬼不觉地将他们系在一起呢？也许，就像形容得十分贴切的所谓在梦幻中织成的锦带，它飘飘荡荡，时隐时现，有时在二人眼前清晰可见，有时却又断成两截而使他们天各一方呢？这些都是敬太郎很想知道的。本来这不过是一种单纯的好奇心理。他自己也完全清楚，就是如此。不过，他又觉得，对须永来说，即使满足自己的这种好奇心，也并非失礼。不仅如此，他甚至相信有权被满足。

二

　　那一天，不巧被千代子妨碍了。而且，后来连须永的母亲也出来了。所以尽管坐得时间很久，却没有机会谈得更深更多就告辞了。当时敬太郎突然发现排列在自己眼前的三个人以毫无修饰的壮态构成了两组相称的关系——夫妻和婆媳。想到这里，他觉得以社会的一般形式把他们结合在一起似乎是一件再简单不过的事。

　　接着的一个星期日，又赐给所有的职员们一个难得的暖和天。敬太郎一大早就跑到须永家，想邀他到郊外去玩。又懒又任性的须永被拉到屋门口，还没有答应的意思，经母亲好说歹说才好不容易穿上了鞋。既然穿上了鞋，就可以按敬太郎的意志到任何地方去了。然而，不管怎么和他商量，他总是不赞成一定要一同到某个明确的方位去。他和矢来的舅舅一起出去的时候，两个人都是不考虑去处，盲目地信步而行，所以，有时候竟一块儿走到完全不该去的地方。敬太郎从须永母亲嘴里听说过这样的例子。

　　这一天，他们从两国坐火车，到鸿之台下车，然后，顺着宽阔美丽的河，在堤坝上慢悠悠地信步走去。

　　敬太郎好久没有这样高兴了，他看看水，望望山，又眺望河里的帆船，眼睛忙个不停。须永也很欣赏这里的景致，可是他说："现在还不是在这冷风吹打的河堤上漫步的季节。"抱怨敬太郎在这么冷的天把他拉了出来。敬太郎说："快点走就暖和了。"于是就大步流星地走了起来。须永无可奈何愣愣怔怔地跟在他后面。二人来到柴又的帝释天寺院附近，进了一家叫川甚的饭铺吃了饭。在那里点的烤鳗鱼片，须永说是太甜，又不高兴起来。从开始两个人之间就未造成融洽的气氛，所以没有出现可以从容地倾心谈话的机会。敬太郎为此有些焦急，于是向须永说："江户人很有些奢望啊！娶老婆的时候，奢望也那么大？"

"如果说奢望，谁都可以有嘛！也并不只限于江户人。对你这样的乡巴佬也是一样吧！"

须永说着板起了面孔。敬太郎没办法，又说了一句："江户人很不惹人喜欢啊。"说完笑了起来。看来须永也感到可笑，突然也笑出了声。最后，和他们二人高涨起来的情绪一样，谈话也进行得很顺利、很圆满。"好像近来你也稳当多了。"敬太郎听了须永的评价，老老实实地说："好像认真了些。"同时又嘲弄须永说："你越来越乖僻啦。"须永听后也爽快地承认了自己的弱点，说："有时连自己也觉得讨厌。"

在这种融洽的气氛中，二人面对面相互透过眼底看到对方内心，羞耻感也就飞到九霄云外去了。这个时候提到了千代子的事，这对于要探明其真相的敬太郎来说，的确是千载难逢的时机。他首先把一周前听到的关于千代子最近要结婚的传闻抛给了须永。这时，须永没有一点激动的样子，反倒操着比平素更消沉的语调回答说："好像又有了什么提亲的事。这次能顺顺利利地谈成才好呢！"接着突然改变了腔调，宛如老生常谈一般给敬太郎解释说："这种事以前有过好几次啦。"

"你不想娶她吗？"

"看我像是要娶她的吗？"

两个人的谈话就这样你一言我一语，我拉你扯，慢慢地向前发展。可是在要么公开最后的秘密，要么就不得不改换话题的关键时候，须永终于对敬太郎苦笑着说："又把那根手杖带来了吧？"敬太郎也笑了，接着到走廊取来了手杖。"确实。"把蛇头伸过去给须永看。

三

须永的谈话比敬太郎预料的要长得多……

我的父亲很早就过世了，是在我还不懂父子之情的幼年时突然死去的。我没有孩子，对于由自身精血结成的骨肉的感情，可能现在也还比较淡薄，不过怀念生身之父的心情从那以后强烈了起来。如今我常常发这种感慨：当时我若是有现在这颗心……一句话，我那时对父亲是太冷淡无情了。但是父亲对我也绝不是那么慈爱。今天我心中的父亲的面容不过是一副高高额骨、脸色不佳、感情淡薄、表情严肃的肖像。每当我照镜子看自己脸的时候，感到很像心中收藏的父亲的面容，总觉得不愉快。我非常痛苦，生怕自己给人一种和父亲一样令人讨厌的印象。当然，这不光是因此而产生的羞怯之感，这种愁云密布的额头和紧锁的双眉并不代表一个人，我的血液中那不断增长的炽热的情爱在奔流，以我的今天来推测，看上去是那样冷酷的父亲，在他的心底里不是也储存着远比我自己要多得多的热泪吗？一想到这里，我就觉得只把他那不好的外表当做纪念，正是做儿子的可悲之处。父亲在临死前的两三天，把我叫到他的枕边嘱咐说："市藏，我一死，你就得由妈妈照看了，知道吗？"我从生下来的那一天开始就受母亲的照看，现在父亲又重新讲给我听，使我感到莫名其妙。没办法，我默默地坐了下来，父亲吃力地鼓动着只剩骨头的脸上的筋皮，接着说："像现在这么顽皮不懂事可不行啊！再不学老实点，妈妈也就不管你了。"当时我满心觉得妈妈过去一直都在管我，我这个样儿就行了。因此，我若无其事地离开了病房，觉得父亲的嘱咐完全是多余的。

父亲死去的时候，母亲大哭了一场。到了临出殡的时刻，我被改换了装束，觉得非常别扭，就一个人跑到廊檐下，呆呆地仰望那蔚蓝的天空。这个时候，穿着里外一身白的母亲不知想起什么，突然来到我的身后，田口、松本以及跟着来的人们都在对面乱哄哄地忙着，这里一个人也没有。母亲突然把手搭在我光秃秃的头上，一双哭肿了的眼睛直直地从上边望着我。接着用很小的声音说："虽然爸爸没有了，可妈妈会像以往一样心疼你的，放心吧！别难受。"我一句话也没有说，也没有掉一滴眼泪。当时就那么过去了。可是到我长大以后渐渐意识到，我之所以双亲的记忆远在天边，模糊不清，正是当时那些话造成的。这种感觉后来越发明显了。对于他们那些没有必要附加任何意思的话语，我为什么一定要裹上一层厚厚的疑团呢？我扪心自问，完全得不到任何答案。有的时候也想直接向母亲问问看，可是常常是和母亲一照面突然就又失去了勇气。这样，在我的心里总是有另外一个人和我私语："把事情完全挑明之后，亲骨肉就会分离，永远不能再重享现在这样和睦的母子情谊了。"即便并非如此，母亲看着我这一本正经的样子，也会笑着搪塞说："哪会有那种事呢？"当我预想到这种回避的残酷的后果，我意识到说出口来是很不近人情的，于是缄口不语了。

对母亲来说，我绝不是个顺从的儿子。正因为父亲临终前把我叫到枕边嘱咐过，所以从小的时候就总拗着母亲，后来渐渐长大，懂得了正因为是母亲就更应当温顺地对待她之后，还是没有完完全全地顺从她。这两三年更是光让她担心了。不过，无论相互说过什么出格的话，母子是生来的母子，还没有损伤过这个神圣的观念，无论是重创还是轻伤都还没有经验过。从这种情况考虑，如果说出那件事，母子二人同时受到不能不遗恨的千古创伤的话，我想那才是无法挽回的不幸。我也曾经怀疑过，这种恐惧之感会不会是因为我生来就是神经质，因而在自己头脑中臆造出来的。而且对我来说，恐惧明显更多地存在于未来。所以，一想到当时没能将父母亲的话过耳就忘掉，至今仍然感到是一件可悲的事。

四

父亲和母亲之间美满到怎么个程度，我是不知道的。我还没有娶过妻子，所以很可能没有谈论这些事的资格。不过，我想无论感情多么好的夫妻，有时闹点不愉快也是人之常情吧！他们在长时期一起共同生活的过程中，总会发现对方心里的令人不快的污点。恐怕不会告知外人，也不相互倾吐，而是自己一个人咀嚼那不满的苦果吧！尤其是我父亲，是个性情暴躁却又忧郁的人，而母亲则除了唱三弦曲时之外，从不大出声。所以，直到父亲死我从未见过他们争吵的场面。总之，按社会上的说法，像我们家这样安宁和睦是不多见的。我确信就连那么爱说别人坏话的松本舅舅至今也还是这么看的。

母亲每逢向我讲起死去的父亲时，总是说父亲是人间的丈夫中最趋于完美的，而且说起来就没完。我总觉得这是一种辩护，是为了把沉没在我心底的混浊不清的父亲的印象清洗得更鲜明一些。此外，也似乎是想用时间的抹布把她身上的记忆渐渐擦出光泽来。但是，当把父亲作为充满慈爱的家长介绍给我的时候，她的态度就完全判若两人了。平素我眼中看到的那位温柔和善的母亲，有时甚至竟然板起面孔以十分严厉的神态盯着我，令我十分惊讶。怎么她会这么严肃呢？不过，那是在我从初中升高中的时期了。如今，即便我央求母亲重说一遍同样的话，自己也再没那份高雅的心情了。我的情操从那个时候直到毕业这一段时期，像近来小说中出现的主人公一样，简直荒唐透顶了。我悔恨诅咒自己在现代社会中中毒太深，每当此时，我就燃起欲望，哪怕是再来一遍也好，非常希望能在母亲面前重新感受那种崇高的感情。可是，与此同时，一股悲伤也就涌现在我的心头。我的这种愿望已成为再也不能实现的既往的梦了。

说到母亲的性格，只要用我们历来惯用的慈母二字来形容就足够了。依我来看，不如说她是为此二字而生，又为此二字而死。实在是太可悲了。尽管如此，既然母亲把对生活上的满足完全倾注在这一点上，那么只要我能充分尽到孝心，她的喜欢也就莫过于此了。可是，如果我做出更多违背她意愿的事，那么对她来说也就再没有如此程度的大不幸了。一想到这些，我内心就非常痛苦。

想起来一件事，我就在这里说说。我并不是生来就是个独生子。记得小时候每天都和叫阿妙的妹妹玩耍。妹妹平时穿着一件很大的印有花纹的无领外罩，留着像洋娃娃一样的刷子头。总是叫我"市藏"、"市藏"，决不叫哥哥。这个妹妹在父亲去世的几年前得白喉病死了。那时还没有发明血清注射，所以治疗也是很困难的。本来我连白喉这个名称也不知道，当时来家看望妹妹的松本舅舅逗我说："你也是白喉吗？"我回答说："不！不是。我是大兵！"这件事至今我还记得。妹妹死了之后，一时闷闷不乐的父亲脸上的表情看来也缓和多了，他对母亲说："真是可怜你了。"表情极为平静。尽管我还是个孩子，却连当时的话语都牢牢地刻在小小的心灵上，可是，母亲是怎么回答的，我却一无所知。无论怎样冥思苦索也想不起来。看来恐怕是从开始我就没有记住啊！我在幼年时代就具有锐敏地观察父亲的能力，可是却缺乏对母亲的留心，这也是个不解之谜。如果说人都希望能比了解自己更多地了解别人的话，那么我的父亲或许是比母亲更大程度地被我看成了外人。反过来说，母亲对我亲到了不需要观察的程度——总之，妹妹死了。从那以后，无论是对父亲还是对母亲，我都成了独生子，父亲过世后的今天，我就是母亲一个人的独生子了。

五

　　所以，我应当尽可能地爱护母亲。但是，实际上，同一个原因反而使我更任性了。我自去年从学校毕业后到今天，关于就业的问题连一天的脑筋也还没有费过。毕业时的成绩还算好。如果利用目前这种以名次为标准选用人的习惯，那么我也不是没有机会爬上足以使朋友们羡慕的位置。事实上，甚至曾一度被一位受某方面委托选用人的教授招去谈过志向。尽管如此，我仍然毫不动心。当然我并不是自吹才说这些的。如果和盘托出老底的话，倒是自满的反面，完全是一种因缺乏自信而产生的畏缩心理，因此是令人不愉快的。然而，尽管从早到晚劳心费力并受到社会上众口一词的称赞，从你拒绝的那一刻起，蛮不讲理的莫须有的罪名也就把你无休止地纠缠住了。我认为自己不是那种为大走红运而生的人。假使当初不学法律而搞一搞植物学或者天文学什么的，或许老天会赐给我一个符合我性情的工作。我面对社会是十分懦弱的，可是对于自己却是一个很有耐性的人，所以才有这种想法。

　　我的任性之所以能通行无阻，不用说，是父亲留下的仅有的一点遗产。若是没有这点遗产的话，无论我内心多么痛苦，也不得不顶着法学士的帽子去与社会周旋了。一想到这里，我就要深深感谢死去的父亲，同时我也想到，正是因为有了这份财产，我的任性才勉强有了存在的条件，因而，一定也是不安的浅薄的。于是，我觉得更对不起作为我任性的牺牲品的母亲。母亲是个受过旧的正统教育的妇女，作为这类妇女的通常的观念是，做儿子的首要义务就是光宗耀祖，母亲就最看重这一条。不过，她心目中的光宗耀祖，意味着什么呢？是名誉，是财产，还是权利，或者是威望？一讲到这里，就说不清了。只是笼笼统统那么想，若有其中一个落在头上，那么其他所有的就会接踵而至，云集门首。但是，对这种问题，我没有勇气为母亲做任何说明。因为要说明，首先就得用我的意识里认为正确的光宗耀祖的方法来说，否则我就没有资格说。无论从哪方面意义上来讲，我都不是一个能光宗耀祖的人。只是头脑中装了个不玷污家庭名声的想法而已。而这种想法非但不能让母亲高兴，甚至是与她相距十万八千里的毫无干系的东西，因此，母亲感到忐忑不安，我也感到百无聊赖。

我使母亲挂心的事很多，而第一个就是我现在说的这个缺点。但是，母亲很爱我，即使不改掉这个缺点也能和母亲和睦地生活下去。所以，抱着一种对不住母亲的心理，硬是这样任性下去也不是不行。不过还有一个婚姻问题，这似乎比任性更使母亲大失所望，也是我感到十分痛苦的一件心事。与其说是婚姻问题，莫如说是围绕着我和千代子的周围环境更为合适。要说明这一点，作为谈话的顺序有必要先追溯到千代子出生之前。那时的田口决不像现在这样有势力，也不是什么资本家，只是由于认为他是个将来有前途的人，所以父亲从中斡旋把母亲的妹妹，也就是我那个姨母嫁给了他。田口本来是把我父亲作为前辈敬仰的，有什么事都找我父亲商量，麻烦我父亲。在两家新结下的这个亲戚关系正与日俱增地以加速度圆满发展的时刻，千代子降生了。那时，不知母亲是怎么想的，据说，她向田口夫妇提出：等长大了，能不能把这个孩子嫁给市藏啊？据母亲说，当时他们很爽快地答应了母亲的要求。当然，后来又生下了百代。名字叫吾一的男孩也随后出世了。如果要想把千代子嫁人，嫁给谁都是可以的。我也不知道母亲是否确确实实地得到了一定会嫁给我的保证。

六

　　总之，我和千代子之间，在双方都还不懂事的时候就已经有了这样一条红线。但是，在系结我们二人这点上，那是一条极不可靠的红线。不用说，两个人都如同钻天的云雀一样自由地成长。就连牵线的人，恐怕也觉得并没抓牢它。我对于现在不能把"不可靠的红线"变为"奇缘"而深深地为母亲感到悲伤。

　　在我进入高中的时候，母亲曾含而不露地提到过一点千代子的事。当然，那个时候我已经知春了。但是，关于未来妻子的观念，在脑子里还根本没有，就连认真理会这类事的心情也没有。千代子是从小就和自己在一起玩耍、吵闹的少女，关系亲密得如同在一个家庭里长大的。也许正是因为这样，才使她看起来很平凡，不足以引起对异性的刺激。这恐怕不只是我这么认为，我想千代子也会有同感的。通过长时期的交往，我从未有过她把我作为一个男性对待的印象，这就是证据。无论我发火还是哭泣，也无论我故作正经还是眉目传情，在她的眼里，我都只不过是她永恒不变的表兄而已。但是，其中也有几分是从她那纯真的天性和性格带来的。说到这一点，还是我最了解她的底细。不过，恐怕也并不是单凭这一点男女

漱石枕流，悠悠百年

——纪念夏目漱石诞辰一百五十周年

吴树文

在日本，提到作家夏目漱石，可说无人不知。最常用的一千日元纸币正面曾以夏目漱石的肖像为图案。至于夏目漱石的作品，从袖珍型的文库本到各种开本的文集、全集，始终是书店常备的热门书。而且，儿童读物、青少年读物、知识教养丛书、中老年爱读书目以及各种文学名著书目里，都少不了夏目漱石的作品。

夏目漱石在世四十九年，正是日本明治维新后的四十九年。近代日本确立时期的日本社会中发生的种种社会现象、社会事件乃至明治文明的形式及表现，都在夏目漱石的作品里有所反映和论述。

夏目漱石的出现，使日本近代文学面目一新。在自然主义文学主导文坛、浪漫主义文学席卷文坛的时候，漱石文学独树一帜，摆脱劝善惩恶式的教训主义故事格局，对人间社会洞察细微，连用"讲谈"、"落语"中的传统手法和写生文的技法，针砭日本文明社会的弊端，揭露金钱支配社会的丑恶现象，反映人们内心深处的孤独，可谓嬉笑怒骂皆成文章。漱石作品的读者层次广泛，知识分子尤其青睐，置身其间，倍感亲切。

夏目漱石亦是一位德高望重的文坛领袖。其住所的书斋漱石山房，不啻是当时文人的殿堂。有才能的文学青年和作家，多在漱石的奖掖、薰陶下，成名成家于文坛。作品脍炙人口的芥川龙之介就是其中之一。从夏目漱石致芥川龙之介与久米正雄的一则普通的复信中，足可窥见夏目漱石诲人不倦的形象。对于当时尚未为人所知的两名青年，夏目漱石谆谆告诫，一丝不苟。夏目漱石大概从这两名才情横溢的青年身上感到了一种不祥气氛，遂殷切直言：宜超然于世间文史之评，如牛之强稳有力迈步向前。旨在指出：勿为文坛之区区评价而喜而忧，勿介意世间文士，要努力于己之所见、己之所尚，则佳作必为世间所承认。

其实，此乃夏目漱石一贯之思想。对人也好，对社会也好，夏目漱石极为注重其内在内发的因素，批评明治的日本社会不过是在模仿西欧的外表形态，绝非内在真髓的变革。所以，当日本因在日俄战争中获得胜利而沉浸于自视世界一流强国的兴奋中时，夏目漱石在《三四郎》里借广田先生之口，喊出了日本要亡国。

有人分析说，也许是因为日本尚未真正成为内在内发的国家吧，所以夏目漱石的作品至今在日本盛销不衰，夏目漱石亦始终是超越了时代的日本热门作家。一百年来，漱石文学在日本社会中举足轻重，今后仍会有不同凡响的影响。

夏目漱石生于一八六七年一月五日，旧历是日为庚申。民间流传，生于庚申之日者，名中须带有"金"字，否则成人后多当大盗。于是父母命名"金之助"。翌年，江户幕府倒台，日本改年号为明治，步入近代化新阶段，史称"明治维新"。如若按照日本人多用实足年数计算年龄的习惯,则漱石与明治同龄。

夏目家曾是世袭的行政官僚。夏目漱石在东京新宿区诞生时,家道已经中落,其父只是该区属下的一名小官吏。其母是续弦。夏目漱石是众多子女中的幼子,出生后未受重视,不久被送入旧货商盐原家当养子。婴儿时期的漱石常坐在箩筐里,同那些旧货旧物一起陈置于地摊。五年后,漱石被送回夏目家。至于复籍生家,漱石已二十一岁。当时夏目家的长子次子相继因肺病而死亡。看来,自小不运的经历,使漱石对"人间爱"敏感不凡,以至于后来的漱石文学在表现"人间爱"方面亦丰富多姿。

一八八一年,夏目漱石十四岁,他离开东京府第一中学,转入二松学舍求学,打下了汉学的基础。汉文的素养使漱石文学别具一格,使他驰骋文坛得心应手。比如"浪漫"的汉字译词,就出于漱石之手而被沿用至今。当时,"浪漫主义"这一受西欧影响而风行日本的时髦流派,由森鸥外译作"传奇主义"。

其实,夏目漱石为生计虑,起先是想学建筑的。后来听从朋友米山的建议,感到选建筑专业是出于一己之得失,有志者当以天下为己任而改选文学。

一八九三年,夏目漱石从当时的东京帝国大学英文专业毕业,因爱吟咏汉诗,兼受中学时代的好友正冈子规的影响,便致力于俳句的创作。这在后来的漱石文学摆脱俗气、俗臭,显示出脱俗性上,有着无与伦比的作用。"漱石"这个笔名典出中国南北朝时期的名著《世说新语·排调》,涵有固执异癖之意。由此亦可窥见夏目漱石之情趣所在。

此时,夏目漱石有志于英文和英国文学的教学及研究工作,在旧制高等学校执教鞭,讲授英文,没有写小说的打算。

一九〇〇年,夏目漱石作为日本文部省第一批公费留学生,赴伦敦研究英文,颇感夙愿得偿。但是,赴英伊始,伦敦生活费之高昂使他拮据不安,经常嚼饼干充饥,闷闭于宿舍攻读英国文学著作。不久,他似有所悟,对这种研究产生狐疑,开始探索文学之真髓。为了这个新的大课题,夏目漱石节衣缩食,购买参考书籍,潜心研究,以致疏忽了向文部省的汇报,受到重责。

发愤研究的结果,夏目漱石写出了《文学论》。与此同时,留学经费之不足,贫困的生活现状,加上可怕的孤独感,使他的神经衰弱症日益严重。在留学期限临近之时,文部省闻说夏目漱石有病态发作之虞,遂发电,命另一名旅欧留学生护送精神异常的夏目漱石提前回国。

一九〇三年,夏目漱石回国,作为小泉八云的继任者,在第一高等学校任教,并在东京大学讲授英国文学、《文学论》以及《文学评论》。但是,两年有余的极不愉快的留学生活和苦痛体验,使他对研究英国文学日益感到不安和空虚。加上精神状况每下愈况,夏目漱石遂在朋友的怂恿下,走上了创作之路。换言之,夏目漱石年近四十才开始写小说,这是小说家中颇为罕见的。但是,正因为如此,夏目漱石的小说往往蕴藉着圆熟深邃的人生哲理。第一部小说《我是猫》是借猫之眼来洞察人类社会,痛快淋漓地讽刺并鞭笞社会的功利、卑俗、傲慢、野蛮,描写了明治时代知识分子的良心,使人感受到人生和人性深处的真相。

夏目漱石是日本较早接触西洋文化和西洋文明的知识分子,亦较早洞察到日本的西洋文明化有重大弊端。

一九〇七年,夏目漱石不堪教师生涯的身心折磨,应朝日新闻社予以大学教授同等待遇之聘,进入朝日新闻社,成为报社专职作家,一年须发表十二篇作品。嗣后,夏目漱石在《朝日新闻》上络绎发表连载小说。入社后的第一部长篇连载小说是《虞美人草》。接着是爱情三部曲《三四郎》《后来的事》《门》。

夏目漱石在不失为优秀的青春小说《三四郎》里,描绘了纯朴无邪的青年三四郎与明治新女性美祢子之间不存在爱情的爱情模式。而《后来的事》则旨在表明,爱的价值源泉当存在于"自然天成"之中,不在于神,亦不在于近代西欧的个人主义。换言之,爱的源泉是日本人心灵深处的自然天成。《门》描绘了自然天成左右人生的幸与不幸。至此,在爱情问题上承上启下的三部曲长篇小说谱完终章。但弦外余音,不一而止。譬如:人们在内省之下,决心不顾社会制裁也要归依自然之昔我,其结果,会不会陷入以更深的内省再度否定目前之自我的境地呢?

兼有东西文化教养的夏目漱石,在爱情三部曲里描绘了受西欧影响的"恋爱",这种"爱"既不同于日本旧有的上对下之"恩爱",也不同于男女之间的"性爱"。这使当时的读者饶有兴味,与此同时,漱石又融入东洋文化的特点,强调"爱"受"自然"所涵,爱的形式须以自然为源泉。读来隽永可亲。

《门》完成后,夏目漱石到伊豆的修善寺静养,一度严重吐血,生命危笃。起死回生后,心境有颇大的变化。在此期间,漱石坚决推辞文学博士的称号,令世人惊叹。

在嗣后的三年里,夏目漱石发表了以缀短篇为长篇形式的《春分之后》、描绘身心疲惫与文学生涯的长篇小说《行人》、描述三角恋爱中日本人文学理念观的长篇小说《心》和自传体性质的长篇小说《路边草》。

一九一六年,夏目漱石在上一年连载完《路边草》后,发表连载小说《明暗》,但未及完成而病逝。终年四十九岁。

夏目漱石还撰有众多"意余于言"的随笔。就其文章来说,乃是日本语的范文。在中国,文学本源于经史一类的正统文章,有"言无文,行不远"之说。日本自古以来受中国的影响,亦以随笔、日记文学为正统,体现文人的品学和地位。

夏目漱石在去世前一年写下的杂感性质的小品集《玻璃门内》,多为生与死的思索。漱石认为"死"是至高的境界,同时慨叹人无法摆脱"生"的本能和执著。

夏目漱石本擅长刻划人心深处的葛藤,小说很少直接道及其个人的生活和思想。但随笔一卸小说樊篱,剖析内在的自我,诙谐、困惑、敦厚、淳朴、真实,乃是洞察漱石内心世界和复杂人生观的重要途径。

夏目漱石年谱

一八六七年（庆应三年）出生

二月九日（旧历正月五日），生于江户牛込马场下横町（今新宿区喜久井町一番地），为第五子。本名金之助。父名小兵卫直克。母名千枝。父亲掌管牛込十一町，明治维新后任区长。

一八六八年（庆应四年·明治元年）一岁

十一月，成为曾为夏目家门生的盐原昌之助的养子。

一八七二年（明治五年）五岁

养父盐原昌之助，为养子金之助办理入籍手续。

一八七四年（明治七年）七岁

十二月，入读户田小学。同年，养父母关系不和。回生身父母家一段时间后，被养母接去同住。

一八七五年（明治八年）八岁

由于养父母正式离婚，户籍虽还在盐原家，却被夏目家带回。

一八七六年（明治九年）九岁

转读市谷小学。常去说书场旁听。

一八七八年（明治十一年）十一岁

转读锦华小学。

一八七九年（明治十二年）十二岁

三月，入读东京府第一中学。

一八八一年（明治十四年）十四岁

一月，母千枝去世。四月，转入汉学堂二松学舍，学习汉学。

一八八三年（明治十六年）十六岁

七月，为备考大学预备学校，入读成立学舍。

一八八四年（明治十七年）十七岁

九月，入读东京大学预备学校预科。与柴野（中村）是公、太田达人、佐藤友熊组成"十日会"，成为亲密好友。

一八八六年（明治十九年）十九岁

四月，东京大学预备学校更名为第一高等中学。九月，决意自立，与柴野是公一起成为江东义塾教师。初见正冈子规。

一八八七年(明治二十年)二十岁
一月,取得第一高等中学第一名的成绩,自此至毕业成绩始终保持首位。三月,大哥去世。六月,二哥去世。家运衰败。

一八八八年(明治二十一年)二十一岁
一月,户籍复归夏目家。七月,第一高等中学预科毕业;九月,升入本科。起初志愿为建筑专业,后在同学米山保三郎的建议下改报英文专业。

一八八九年(明治二十二年)二十二岁
在正冈子规的《七草集》上发表评论,首度以"漱石"署名。此后,与子规交往甚密。八月,与同学游房总半岛。九月,将写就的纪行汉诗文集《木屑录》寄予子规,子规惊叹于其文才,二人交往进一步加深。

一八九〇年(明治二十三年)二十三岁
七月,第一高等中学第一部本科毕业。九月,进入帝国大学文科大学英文专业。

一八九一年(明治二十四年)二十四岁
七月,敬爱的嫂子登世(三哥之妻)去世。暑假,与中村是公、山川信次郎登富士山。

一八九二年(明治二十五年)二十五岁

二月,受同校教授迪克逊之托,开始《方丈记》的英译工作。为豁免兵役,四月将户籍移入北海道,成为北海道平民。七月,与子规首次游历关西地区。与子规分别后,在二哥遗孀家乡冈山稍作逗留。八月,前往松山拜访子规,与高浜虚子结识。八月下旬,返回东京。十月,在《哲学杂志》上发表诗评。

一八九三年(明治二十六年)二十六岁

一月,在文科大学英文学谈话会上发表题为《英国诗人关于天地山川的观念》讲演,引起巨大反响。七月,帝国大学文科大学英文学科毕业,进入帝国大学研究生院学习。十月,于东京高等师范学校任英语教师。

一八九四年(明治二十七年)二十七岁

神经衰弱症加剧。

一八九五年(明治二十八年)二十八岁

一月,应聘《日本通信》记者,未获录用。四月,辞去高等师范学校教职,成为爱媛县寻常中学(今松山中学)教员。同年,子规由甲午战争战场上归来,二人频繁交游,切磋俳句。

一八九六年(明治二十九年)二十九岁

四月,转任位于熊本的第五高等学校。在菅虎雄处暂住,五月搬至熊本市内下通町。此后,在熊本一地的搬迁就达五次之多。六月,与中根重一的长女镜子成婚。同年,再度开始汉诗创作。

一八九七年(明治三十年)三十岁
三月,《项狄传》书评发表于《江湖文学》。四月,回东京的意愿与
以文学安身立命的想法日益增强。六月,父直克去世。七月,回
东京,探望子规。九月上旬,将经历了流产的妻子镜子留在老家,
只身回到熊本。十二月末到第二年正月,与山川信次郎游历小天
温泉。

一八九八年(明治三十一年)三十一岁
镜子孕吐厉害,情绪不稳。十月,岳父中根重一辞去贵族院书记
官长一职。

一八九九年(明治三十二年)三十二岁
四月,在《杜鹃》上发表文章《英国的文人与报纸杂志》。五月,长
女笔子出生。八月,《小说〈艾尔温〉的批评》在《杜鹃》发表。与山
川信次郎登阿苏山。

一九〇〇年(明治三十三年)三十三岁
五月,受文部省之命,作为第一批公费留学生,赴英留学。九月,
由横滨出发。十月,登陆意大利热那亚,途径巴黎,抵达伦敦。在
巴黎参观了世博会,登上了埃菲尔铁塔。抵达伦敦后,游览了伦
敦塔、大英博物馆、威斯敏斯特宫。十一月,作为旁听生开始在伦
敦大学上学。由莎士比亚学者克雷格博士为其单独授课。

一九〇一年(明治三十四年)三十四岁

一月,次女恒子出生。四月,寄给子规、虚子的三封信以《伦敦消息》为题登载于《杜鹃》五月、六月号上。五月,和池田菊苗同住。八月,参观卡莱尔博物馆。八月前后,《文学论》构思定型。

一九〇二年(明治三十五年)三十五岁

九月,子规去世。神经衰弱症发作。秋季,为排遣心绪,练习骑自行车。十月,旅行至苏格兰。十二月,乘坐"博多丸"轮船离开伦敦,踏上归国路。

一九〇三年(明治三十六年)三十六岁

一月,回到日本。四月,就任第一高等学校英语教员、东京帝国大学文科大学讲师。在大学讲授"《织工马南》"与"英文学概说"课程。七月,神经衰弱症加剧,与妻子分居到九月上旬。九月,开讲《麦克白》,此后为莎士比亚的作品连续开课。同时,继续教授"英文学概说"课程(最后一讲是一九〇五年六月)。十月,三女荣子出生。是年,以英文作诗多篇。

一九〇四年(明治三十七年)三十七岁

一月,《关于麦克白的幽灵》发表于《帝国文学》。十一月,应高浜虚子之邀,创作了可以在文章朗读会"山会"上诵读的短篇作品《我是猫》第一回。十二月,《伦敦塔》《卡莱尔博物馆》脱稿。

一九〇五年（明治三十八年）三十八岁

一月，《我是猫》在《杜鹃》、《伦敦塔》在《帝国文学》、《卡莱尔博物馆》在《学灯》上陆续发表。《我是猫》获好评，在《杜鹃》（二月至十月）上连载至第六回。四月，《幻影之盾》在《杜鹃》上发表。六月，《琴之空音》在《七人》上发表。"英文学概说"课程结束之后，开设"十八世纪英文学"（之后汇集为《文学评论》）课程。九月，《一夜》在《中央公论》上发表。十月，《我是猫》上篇由大仓书店·服部书店出版。十一月，《薤露行》在《中央公论》发表。十二月，四女爱子出生。

一九〇六年（明治三十九年）三十九岁

一月，《趣味的遗传》在《帝国文学》发表。《我是猫》（第七、八回）在《杜鹃》发表。三月，《我是猫》（第九回），四月，《我是猫》（第十回）、《哥儿》，分别发表在《杜鹃》上。五月，短篇集《漾虚集》由大仓书店·服部书店出版。八月，《我是猫》（第十一回）在《杜鹃》上发表，全篇完结。九月，《草枕》在《新小说》发表。十月，《二百十日》在《中央公论》发表。举办第一届"木曜会"，此后每周四夏目门生汇聚一堂。

一九〇七年（明治四十年）四十岁

一月，中篇集《鹑鹑笼》由春阳堂出版，《台风》在《杜鹃》发表。四月，辞去东京帝国大学、一高教职，在池边三山的劝说下入职朝日新闻社。在东京美术学校发表题为《文艺的哲学基础》讲演。五月，《文艺的哲学基础》在《东京朝日新闻》发表（至同年六月）。

《文学论》由大仓书店、《我是猫》下篇由大仓书店·服部书店出版。六月，长子纯一出生。二十三日，入朝日社的第一篇作品《虞美人草》在《东京朝日新闻》（至十月二十九日）以及《大阪朝日新闻》（至十月二十八日）上连载。

一九○八年（明治四十一年）四十一岁

一月一日，《矿工》在《朝日新闻》（至四月六日）上连载。《虞美人草》由春阳堂出版。二月，发表讲演《创作家的态度》。六月，《文鸟》在《大阪朝日新闻》发表。七月，《梦十夜》在《朝日新闻》（至八月）上连载。九月一日，《三四郎》在《朝日新闻》（至十二月二十九日）上连载。《草合》由春阳堂出版。十一月，《答田山花袋君》在《国民新闻》发表。十二月，次子伸六出生。

一九○九年（明治四十二年）四十二岁

一月，《永日小品》在《东京朝日新闻》（至二月）和《大阪朝日新闻》（至三月）上发表。三月，《文学评论》由春阳堂出版。五月，《三四郎》由春阳堂出版。六月二十七日，在《朝日新闻》（至十月十四日）上连载《后来的事》。九月至十月，应满铁总裁中村是公之邀，游历满洲与朝鲜。十月，《满韩处处》在《朝日新闻》（至十二月）上连载。十一月二十五日，在《东京朝日新闻》上开设"文艺栏"。

一九一○年（明治四十三年）四十三岁

一月，春阳堂出版《后来的事》。三月一日，《门》在《朝日新闻》（至六月十二日）上连载。二日，五女雏子出生。五月，作品集《四篇》

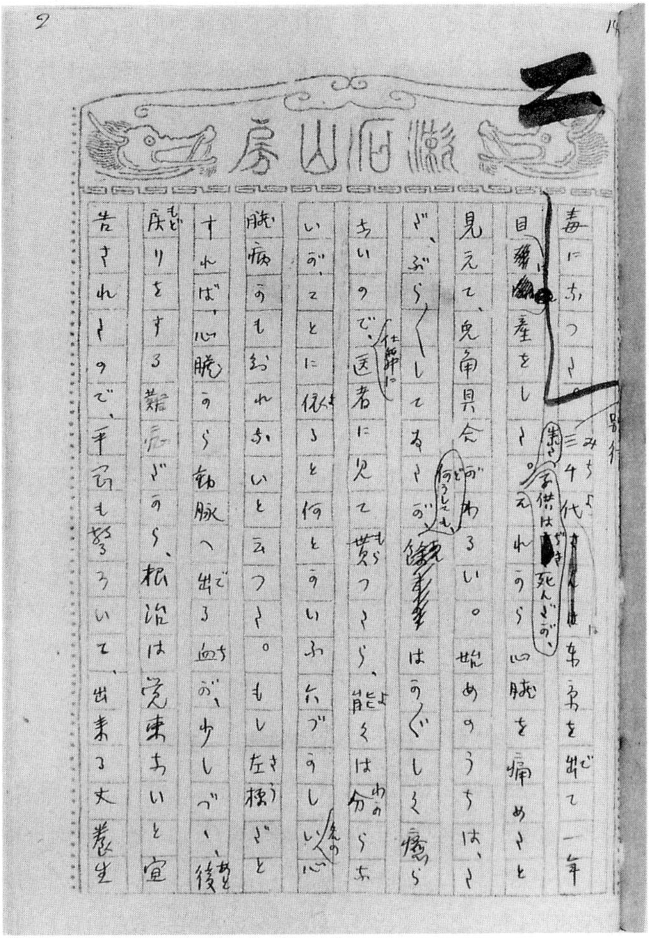

《后来的事》夏目漱石自书原稿

由春阳堂出版。六月,在《门》的创作期间,胃病发作,入长与胃肠医院。七月下旬,出院。八月,前往伊豆修善寺温泉疗养。二十四日,因胃溃疡大量吐血,不省人事。九月,状况好转。十月,返回东京。再次入住长与胃肠医院。热衷于汉诗和俳句的创作。二十九日,描绘病中心境的随笔《回想种种》在《朝日新闻》(至翌年二月二十日)上连载。

一九一一年(明治四十四年)四十四岁

一月,《门》由春阳堂出版。二月,拒绝接受文学博士称号,引发热议。七月,《科贝尔先生》在《朝日新闻》发表。八月,为参加大阪朝日新闻社举办的讲演会而赴关西一带。在明石、和歌山、堺、大阪发表《道乐与职业》《现代日本的开化》《内容与形式》《文艺与道德》等讲演。入住汤川胃肠医院。九月中旬,返回东京。十月,朝日新闻社内部发生纠纷,池边三山辞职,因不忘池边招自己入社的恩情继而表明辞意,被挽留。"文艺栏"废止。十一月,五女雏子夭折,受打击。

一九一二年(明治四十五年·大正元年)四十五岁

一月二日,《春分之后》在《朝日新闻》(至四月二十九日)上连载。二月末,池边三山去世。三月一日,追悼文《三山居士》在《朝日新闻》发表。《春分之后》脱稿后,沉醉于书画与汉诗的世界。九月,春阳堂出版《春分之后》。十月,《文展与艺术》在《东京朝日新闻》发表。十二月六日,《行人》在《朝日新闻》上开始连载。

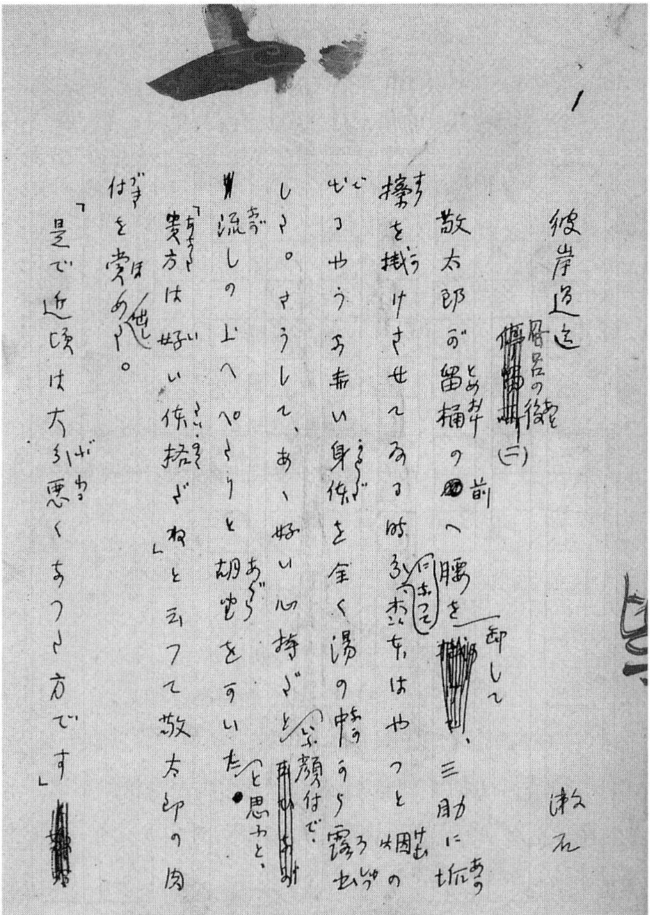
1

彼岸過迄

風呂の後

(二)

漱石

《春分之后》夏目漱石自书原稿

一九一三年(大正二年)四十六岁

一月,讲演集《社会与自我》由实业之日本社出版。四月七日,胃溃疡复发,卧病,《行人》连载至第三十八回《回来之后》,中止。康复后,跟随津田青枫作油画。九月十七日,再开《行人》连载,发表续篇《烦恼》(至十一月十五日)。后随津田潜心于水彩画、南画的制作中。

一九一四年(大正三年)四十七岁

一月,大仓书店出版《行人》。《内行与外行》在《朝日新闻》发表。四月二十日,《心》在《朝日新闻》(至八月十一日)上连载。六月,户籍由北海道移回东京。八月,在《东京朝日新闻》上发表《科贝尔先生的告别》。九月,《心》由岩波书店出版,为岩波茂雄的创业纪念作品。十一月,在学习院辅仁会讲演,题为《我的个人主义》。

一九一五年(大正四年)四十八岁

一月十三日,随笔《玻璃门内》在《朝日新闻》(至二月二十三日)连载。三月,岩波书店出版《玻璃门内》。游京都。四月,胃病复发,卧床,召镜子前往京都。十七日,回东京。六月三日,《路边草》在《朝日新闻》(至九月十四日)上连载。是为唯一自传体小说。十月,《路边草》由岩波书店出版。秋冬之际,芥川龙之介、久米正雄、松冈让、和辻哲郎等参加"木曜会"。

一九一六年(大正五年)四十九岁

一月,评论《点头录》在《朝日新闻》上发表。五月二十六日,《明暗》在《东京朝日新闻》（至十二月十四日）和《大阪朝日新闻》（至十二月二十七日）上连载。十一月十六日，多位门生参加"木曜会"（此为最后一次）。二十一日午前，《明暗》第一百八十八回终稿。二十二日，前夜胃病恶化，欲续写《明暗》而不得。十二月九日，因胃溃疡离世。翌年一月，《明暗》由岩波书店出版。

一、
行人

塵労（一）

漱石

陰刻な冬が彼岸の風に吹き掃はれて
自分は寒い雲が顔を出したやうに
明るい世界を眺めた。
自分の七夜の明るい世界も
と同様に平凡ごとり感じであつた。け
れども味君をする度に春の日が豚の
流れ込む快よさを忘れる程自分は老いて
ねむつくと。

《行人》夏目漱石自书原稿

20

间的鸿沟就能够填平的。有那么一次……不，这个问题还是留在后面说为好。

母亲因为我没听她的话，就说我动不动就害臊，从而把这个问题暂时又收回到她的心窝，似乎准备再等待时机。说我害羞，我也没有勇气否定。可是，母亲认为是千代子有意，因此我才害羞，这简直是将黑说成了白。总之，母亲从对未来的准备出发，百般努力，尽一切可能培育我们二人最亲密的感情。但是其结果反倒使我们男女二人逐渐疏远了。在这当中，她却什么也不知道。可我必须让她知道，我就这样做了。我对母亲太残酷了。

讲到那天的事，对我来说是极其痛苦的。母亲在我上大学二年级之前，一直把自我高中时代就隐约提到过的千代子问题，暗暗地藏在心底，自己一个人感受着温暖和快乐。有一天晚上——是春假期间，传说樱花开了的某一天晚上——不动声色地又把这桩事摆到了我面前。那时我已很有些成人的气质了，所以，有可能冷静地处理这个问题并认真地思前想后了。母亲在这个时候也不光是兜圈子暗示了，而是为她自己的愿望赋予了正当的形式。我无意地回答说："表兄妹有血缘关系，我不愿意。"这时母亲说："千代子出生的时候我曾经要求人家把她许给咱们，这是说好了的事，所以还是娶她的好。"我感到吃惊，问母亲："为什么去要求这种事？"母亲说："不为什么，因为我喜欢这孩子，你也不会嫌她的。"母亲就是用这些对吃奶孩子都不适用的话来为难我的。渐渐快要说到底了，最后母亲流着眼泪说："实际上提出那个要求并不是为了你，而完全是为了我。"可是，为什么那又是为了母亲呢？这个缘故，我怎么问，她也不说。最后她问我："不管怎么说，你都不喜欢千代子吗？"我回答说："也没有什么喜欢不喜欢的。"接着我又告诉母亲说:"她本人也没有到我这儿来的意思,而且田口姨父和姨母也都不愿把她给我,所以还是不要再提这门亲事为好。否则,也只有使对方为难。"母亲坚持说:"因为是有约在先,即使让他们为难也没什么,再说他们也不会为难的。"接着又列举了过去田口请父亲帮忙,给父亲添麻烦的许多事例。我出于不得已,就说:"这个问题在我毕业之前先放一放吧。"可以看出母亲的脸色在不安之中升起了一线希望,她央求我说:"再好好考虑一下吧!"

在这之后,母亲过去一直在心里一个人揣摩的问题,我也不得不把它放在心上了。田口会不会按着自己的想法正在考虑如何处理同一个问题呢?即使要把千代子嫁到别处去,如果在最后关头需要得到我们这方面应允的话,姨父也一定会为此担心的。

七

　　我感到不安了。每逢见到母亲的容颜，我都觉得像是在瞒着她混日子，很是对不住她。一时也曾改变主意，想如果可能的话就按母亲的意愿把千代子给她娶过来。因此，我没事也特意到田口家去玩，不动声色地观察姨父和姨母的态度。他们在言谈和举止中都丝毫没有露出一点为准备应付母亲的质问而事先疏远我的迹象，他们还不是那样冷漠薄情的人。但是，作为他们女儿未来的丈夫，我在他们眼中是个多么可怜的形象，这和我很早以前就看透了的情况一样，毫无变化。不仅如此，我觉得近来那种倾向越发明显了。首先我这副弱不禁风的体格和苍白的脸色，似乎就不能使他们把我当做为女婿。不过，我神经有时过于敏感，所以好夸张地考虑一些事物，也常引起些不必要的麻烦。因此，对于在这里毫不客气地讲述内心里对姨父母的细微观察，我思想上还是有所节制的，以免过于失礼。仅用一句话来说，那就是：他们在当初是表示过愿意把千代子嫁给我，至少是考虑过嫁给我也可以，可是，后来他们得到了社会地位，再加上我与他们背道而驰的性格，这两者便构成了双重的障碍。因而他们便将模糊不清、空洞无物的情面的躯壳，抛到脑后去了。我想这样说也不伤大雅吧。

我和他们之间没有机会就所有人的婚姻问题多谈。只有一次，姨母和我有过这么一段谈话。

"阿市也该找个媳妇啦！姐姐好像早就惦记着这件事呢！"

"有了好的，请您告诉我妈吧！"

"阿市一定喜欢像护士那样老实、温顺、疼人的姑娘吧。"

"像护士小姐那样的媳妇，我找上门去，也不会有人来的呀！"

我苦笑着自嘲似的说道。这时候，一直在对面角落里做着什么活的千代子突然抬起头来说：

"我跟你去吧！"

我一动不动地仔细观察她的眼睛，她也瞅着我的脸。但是，双方都没有找出一丝含情的东西。姨母根本没回头看千代子就说："像你这样炮筒子似的，阿市怎么能看得上呢？"在姨母那低沉的声音里，我感到有一种似责备又似惶恐的味道。千代子只是很有趣似的呵呵地笑。那时百代子也在一旁，她听姐姐那么说，就一边笑着一边起身离开了。我的理解是，遭到了无形的拒绝。又过了一会儿，我就告辞了。

这件事之后，关于婚姻问题，我就越发不肯为满足母亲的愿望而去努力了。作为一个自尊心很强的父亲的儿子，我的神经在这一点上也很敏感，连自己有时也为此而感到吃惊。当然，那时我决没有伤害姨母的感情，作为还没有从我家接到正式提亲的姨母，我想除此之外也没有什么别的流露意向的办法。至于千代子怎么说，笑的是什么，我认为只不过是把她那毫无芥蒂的心怀，如实地表露出来了而已。我从当时千代子的话语和表情来观察，认为她并不想到我这里来。和以前一样，唯有这一点，得到了确认。但同时，我又暗地里琢磨着：如果我的母亲面对面和她静静地倾心交谈的话，未必她就不当场答应。她没准会说：若是那样的话，我给您做儿媳来吧！因为我一直相信她是一位极其纯真的女性，遇上那种时候，她是会坦然地牺牲自己的利益和父母的意愿的。

八

    我很好强，比起让母亲开心，我更祈望尽可能不伤害自己，结果是担心在自己不知道的情况下千代子被母亲说服，于是暗地里谨慎地考虑防止这种事情的发生。母亲正是因为在千代子出世的当初就认定了她是我的媳妇，在众多的侄男甥女当中，才格外地疼爱千代子。千代子也是从小就把我家看成她的生身之家一样，无拘无束地来玩或住在这里。因为这个缘故，尽管现在田口和我家的关系比过去疏远得多，而千代子却还是像来见生身母亲似的爽朗地叫着"姨妈"、"姨妈"，频繁地出出进进。她很单纯，常常连别人为她做媒的事也毫无保留地说给母亲听。母亲为人正直，只是静静地听，没有一点抱怨的神色。这样，真说不定什么时候就会在这关系十分亲密的二人中间发生我所担心的融洽的谈判。

    我的所谓谨慎也无非是关于这一点。首先想设法暂时将母亲的嘴堵住，可是，一旦要郑重其事地向母亲提出这个问题时，心里就冒出一个想法：只为固执己见就夺走软弱的母亲的自由，那个儿子一定是残忍的，因而最终还是不提了事。不过，也不能说完全是因为想到给老人增添忧愁太无情而作罢的。我也想到：她们关系如此密切，母亲都一直没能断然向千代子讲明真情，所以，即使就这样放置不管，恐怕暂时也不会出现什么问题。这种想法对于我对母亲的态度也多少起了抑制作用。

因此，关于千代子，我并没有采取任何明确的措施。然而，就是在这种不妥的状态下度日的期间，也并没有完全杜绝与田口家的来往。记得曾有时只是为了使母亲开心而乘电车到内幸町去。那其间有一天晚上，千代子硬要留我吃晚饭，让我尝尝她新学的手艺，我就留下了。经常不在家的姨父那天也正巧在，席间又开始了他那高谈阔论，真是海阔天空无尽无休，逗得年轻人哈哈大笑，笑声简直都要震破窗子，家中真是热闹极了。吃过饭，不知姨父是怎么个想法，他突然对我说："阿市，好久不下围棋了，杀一盘吧！"我没有兴趣，可是既然他说了，还是回答说："来吧！"就跟姨父到另外一间屋子里去了。两个人在那儿下了两三盘。本来就是一对并不高明的棋手，因此也不费时间，收拾起围棋之后还不算太晚。我们二人一边抽烟一边又聊了起来。这时，我找了个机会故意问姨父说："千代子的亲事还没有定吗？"这是为了表明我本来对千代子就没有别的意思。另一方面也考虑到如果能早一天解决这个问题，我自己也就安心了，千代子也会幸福的。姨父真不愧是个利落的男子汉，他当即毫不迟疑地说：

"不，现在还不成。不断有人来提亲，不过，很复杂，不大好办。而且，越了解就越麻烦，所以我想差不多时就给她定下来。姻缘这个东西是很怪的呢。事到如今，也没有什么关系了，我就跟你说说。其实，千代子刚生下来的时候，你母亲曾说希望把她嫁给你的——是把那刚生下来的婴儿啊！"

姨父说到这儿，一边笑着一边看我。

"听说母亲是当真说的。"

"是当真，姐姐本来就是个老实人啊！的确是个好人。就是到现在，听说还一本正经地跟你姨妈说这件事呢。"

姨父又一次失声大笑了。我想，如果姨父当真是这样轻率地解释这件事的话，那我就要替母亲争辩争辩了。可是，我又一想，如果这是久经世故的人对别人的一种巧妙暗示的话，那么即使说上一句也是愚蠢的。于是我就没有吭声。姨父是个和蔼而又世故的人。他此时的话，如何理解才对呢？至今我也不明白。不过，从那之后，我确实越发不想娶千代子了。

九

　　那以后，有两个月左右我再没到田口家去过。只要母亲不挂心，我也许会永远不再去内幸町的。即使是母亲挂心——如果仅仅是出于对她的担心，我的任性有可能发展到发生问题的严重地步。我天生就是这样一个人。但是，到了快有两个月的时候，我突然意识到如果不改变自己的固执是不利的。说实在的，我越是和田口家疏远，母亲就越会尽可能地寻求各种机会和千代子接触。我感到这样很危险，说不定什么时候母亲就会和千代子直接进行我所最担心的谈判。我决心要把这个危机向后推迟一步。这样，在下定这个决心的同时，我又跨上了田口家的门坎。

　　他们对我的态度，当然没有变化。我对他们也还是两个月前的老样子。我和他们一如既往，论长道短，有说有笑，还有时相互抓住话柄取笑一顿。总之，我在田口家消磨的时间里，充满了欢快，甚至达到了喧闹的程度。说真的，对我来说，有点乐得过火了。因此，内心常为空虚的努力而感到疲倦。以锐利的目光仔细观察的话，就会觉得似乎有什么地方被投上了虚伪的影子，给本来的面目涂上了各种难看的颜色。在这期间，记得只有一次，自己的心情和言语像白纸那样表里如一。那是田口家照例每年一次或两次全家出游的一天，当时我不知道，进到里边一看，只见千代子一个人静悄悄地闲坐在那里，感到很吃惊。看来她像是患了感冒，湿毛巾捂在咽喉上，脸色苍白，和平日大不一样，给人一种凄楚之感。当她边笑边说"今天我一个人看家"的时候，我才意识到全家都外出了。

这天，她可能是由于生病，比往日沉静多了。平时她一见到我，一定要说一大堆嘲弄人的话，无论如何都要挑起一场舌战。今天看到她孤零零一个人那异常恬静的神态，我不由得产生了怜悯之心。因此，还没坐稳，殷切的问候话语就自然而然地从嘴里涌了出来。于是，千代子以一种令人难以捉摸的表情说："你今天可真温和呀！有了夫人要不这样和气地对待她，可不行啊！"这时我才注意到平时对自己太放任了，我平时只是怀着一种单纯的亲切感而别无顾虑，觉得对千代子无论有怎样不招人喜欢的举止也没什么关系，我看出千代子的眼里闪着微微的喜悦，我悔恨自己以往做的太不应该了。

我们回顾了自己的过去，二人几乎是一块儿成长起来的。叙旧的话语，作为使当时情景再现的信息在二人的唇间交流。千代子的记忆力使我惊讶，远远胜过我，甚至对一些细节都记忆犹新。四年之前，我站在大门口让她缝开了绽的套裙的事，她都记得一清二楚。连那时用的线是丝线而不是棉线都记得清清楚楚。

"你给我画的画，我都保存着呢。"

她这么一说，我想起来了，确实给她画过画。不过那还是她十二三岁时候的事。是她把田口给买的画具和纸放到我面前，逼着我画的。对绘画我没有什么爱好，从那以后直到今天我从未再握过画笔。可想而知，当时画的那些红的、绿的等颜色单一鲜艳的东西若能刺激她的视觉的话，当场也就算满足了她的兴趣。而听说她居然还保存着这些图画，这就令我很难为情，只好苦笑了。

"拿来给你看看吧！"

我回绝说："不看也罢。"可她根本不理会，起身去了。很快从她自己房间里把装着我的画的小文件夹拿了出来。

一〇

　　千代子从中拿出来五六张我画的画让我看。有红山茶、紫关东菊、变色的大丽花，都不过是些单纯的花卉写生，光在一些不必要的地方下功夫，故意涂涂抹抹，不惜浪费时间，涂得很仔细很漂亮。今天的我看了，真感到惊讶，很叹服自己竟有如此细致、一丝不苟的过去。

　　"你给我画这些画的那个时候，可比现在亲切多啦！"

　　千代子突然说了这么一句。我完全不懂她的意思，离开画，抬眼看她脸的时候，她也正睁着乌黑的大眼睛凝视着我。我问她为什么那样说，可她并不答话，依旧直愣愣地看着我的脸。过了一会儿，她用比平素要低的声音说："那，如果现下我再求你画画，你不会再那么用心地给我画了吧！"我不好回答她，只是在心里肯定了她说的有道理。

　　"那这些画你居然珍藏得这么好。"

　　"我出嫁的时候还打算带上呢。"

　　我听她说这样的话，心里格外感到悲伤。而这种悲伤的情绪即刻就会引起千代子内心的反响，这更令人可怕。刹那间我似乎看到在自己面前那乌黑的大眼已经泪水汪汪夺眶欲出了。

"那些无聊的东西，不带也好。"

"带去好。这是我的。"

她一边说着，一边将红山茶、紫关东菊叠起来，又收在文件夹里。为了改换一下自己的情绪，我故意问她打算什么时候出嫁。她回答说马上。

"可是，不是还没有定吗？"

"不，早已经定啦！"

她作了明确的回答。至今我得以安心的最后底线，就是盼望她的婚事尽早谈成才好。可是现在我这颗心随着她的回答咕咚咚地翻腾起来。像是从毛孔里钻出来的黏汗，从脊背和腋下淌了下来。千代子抱着文件夹站了起来，开隔扇门的时候，从上边往下望着我，清清楚楚地说了一句"假的"，就向她自己的房间走去了。

我的头脑木然，愣愣地坐在原来的位置上。我的心里没有任何怨恨。千代子出不出嫁，对我有什么影响，关于这个问题，到了这般时候，方才有了切实的感觉，因此我感谢她对我的捉弄。或许我一直是在不自觉地爱着她，也可能她也是在无意识之中爱着我——自己的本心也真怪，怎么会是那么难以识别，而且可怕呢？想到此处，我茫然若失了。这时，对过的电话铃当当地响了起来。千代子顺着走廊急步跑了过来，邀我一同去接电话。我没有理解她要我一同去接电话的意图，却即刻站起身来，随她一块儿来到电话机旁。

"已经接上了。我嗓子哑了，喉咙疼，说不得话，请你代我说，听还由我来听。"

我不知道对方的名字，而且听不到对方讲话，为了接这通电话，我躬着身做好了准备。千代子已经把听筒放在了耳朵上。通过听筒送到她脑子里的话语，只有她独自一人占有，我只是将她小声讲的问候语放大，不知所以然地传给对方。开始也不管滑稽不滑稽，也不怕费工夫，平心静气地打电话。可是后来渐渐千代子说出了引起我好奇心的答话和问话。于是，我弯着腰向她说："喂，把听筒给我！"说着我就把左手径直伸向千代子。千代子一边笑一边躲着不给。我又换了换姿势，要从她手中把听筒夺过来。可是她死也不松手。在一个要夺、一个不让夺的争执中，她急忙挂上了电话，接着就大声笑了起来。

一一

　　这种光景如果是一年前的话……后来我反复想了多遍。每逢想
的时候，我都似乎觉得命运在向我宣告："已经太晚了，时机错过
了。"可也有的时候同一命运又暗暗教唆我："从现在起，不是也能捉
住两次、三次重现这种光景的机会吗？"的确，如若不避讳用眼神互
相传情的话，那么我同千代子即使就以那一天为基点，去发展我们
的关系，说不定现在已进入了难舍难分的爱的境地。只是我采取了
与此相反的方针。

　　我认为田口夫妇的意图及我母亲的希望同他人的授意一样没什么
意义，若把我二人单独比较，仅从她和我的天性来看，我历来认为我
们终究没有走到一起的希望。若要问这是为什么，恐怕我也很难给以
满意的回答。我曾经从一位爱好文学的朋友那里听到过邓南遮①和一
个少女的故事。据说邓南遮是现在意大利最有名的小说家。朋友的
用意不用说是想向我介绍他的势力，可是我对被作为见证提到的少
女要比对他更感兴趣。那个故事是这样的——

————————

①　Gabriele D'Annunzio(1863—1938)，意大利作家，主要作品有诗集《新歌》和小说《佩
　　斯卡拉故事》等。

有一次，邓南遮应邀出席了一个集会。在西方国家，文学家总是像国家的装饰品一样受到欢迎，所以邓南遮在席间受到参加集会的人们的极大的尊敬和好感，人们对他就像对待伟人一样。他吸引着整个会场的注意力，在众人间穿来走去的时候，不知是怎么把自己的手帕掉在了脚下。在那乱哄哄的场面，不用说他，就是周围的人们也毫未觉察。这时，有一位很年轻美貌的少女从地板上拾起了那块手帕并送到了邓南遮的面前。她把手帕递给邓南遮说："这是您的吧？"邓南遮回答道："谢谢！"觉得对少女那美丽的容貌应表示好感，而且估计少女也会高兴地接受，于是说："你收下吧！我奉送了。"可少女一句话都没说，默默地用手指捏着那块手帕走到火炉旁，猛地丢进了火中。邓南遮另当别论，所有其他在场的人脸上都露出了微笑。

　　我听这段故事的时候，脑子里浮现出来的不是年轻的褐发意大利美女，而是千代子那动人的眼睛和诱人的眉毛。而且还想到，那如果不是千代子而是百代子的话，不管心里是怎么想的，一定会当场道谢，把那手帕收下来。而千代子是不会那样做的。

　　嘴上少德的舅舅松本，给这两姊妹取了个绰号，常叫她们大蟾蜍和小蟾蜍。说她们二人嘴唇像装银币的蛤蟆嘴钱包一样，常常逗得她们发笑，或是气得她们火辣辣的。这绰号与她们的性情无关，只是对脸型的形容而已。还是这位舅舅像口头禅一样爱评价这两姊妹，说小蟾蜍老实、温和，大蟾蜍有些过于激烈。每当听到他讲这些，我就想，那位姨父是怎么看待千代子的呢？并总对他的眼力抱有怀疑。我确信，千代子言语好，举止也好，有时看起来有些过激，但那并不是因为她身上隐有一种不像女人的粗野，而是由于她那超出一般的、极富有女人味的过度温顺的情感使她不顾一切地把自己完全抛露出来的缘故。她对是非善恶的分辨，几乎完全与学问和经验无关，只是单凭自己的直观感觉。所谓来得猛烈，其意思是真实和纯粹从她的内心里一下子大量地迸发出来，与那种喷过来的或者劈头盖脸抛打过来的腐蚀剂、毒物、毒刺完全不是一回事。过去我曾多次体验过，无论她对我怎么厉害，我总觉得她是用一种清洁剂为我清洗了心灵。甚至偶尔还会产生一种像遇到了德高的仙人那样的感觉。我愿立于天下人面前为她辩护，她在世上所有的女人中，是最富有女人特性的女子。

一二

既然认为千代子这么好，那把她娶为自己的妻子，有什么不合适呢？——其实，我在心里也这样问过自己。不过，在我还没想到理由或者其他什么之前，就先产生了一种恐惧，使我不能多想我们做夫妻的情景。如果把这件事向母亲讲明，她一定会惊讶的，就是向年纪相仿的朋友说起来，很可能也是说不通的。但是，也没必要把自己的想象埋没于沉默之中。因此，我才在这里坦率地向你公开。用一句话来说，就是千代子是一个无所畏惧的女人，而我则是一个只知怕事的男人。所以，不仅是不般配，如果成为夫妇，那简直是南辕北辙。

我经常这样想："没有胜于纯粹感情的美，没有比美更强大的东西。"强大的东西无所畏惧，这是当然的。即便我娶了千代子为妻，恐怕也耐受不了妻子眼里往外射出的光芒。那种光芒未必是表示愤怒。无论是感情之光还是爱慕之光，或是渴望之光，都一样。我一定会被这种光束射得畏成一团的。我不是一个富于感情的人，很难以同等程度或更炽热的光回敬她。我即使得到一坛香味浓郁的美酒，也没有资格品尝它，因为迄今为止，我从社会上所得到的教育就是要成为一个不能喝酒的人。

如果千代子嫁到我这里来，必定会陷于痛苦和失望之中。她将把那天赋的美好情感尽情地倾注到丈夫身上，与此相对也一定会期望沐浴着她的热情的丈夫，作为对她的唯一报答，从她那里得到精神营养之后，出人头地地活跃于世间。她年岁尚轻，学识贫乏，阅历浅薄，从这一点来看，是可怜的。然而就是这样一个女人却还有她的想法，她认为如果不动用头脑并施展手段打入现实社会中攫取肉眼所能看到的权力和财力，就不是男子汉。她幼稚单纯，嫁给我，也定会要求我有那样的作为，而且会认准只要向我要求，我就能办到。可以说，我们二人之间存在的不幸就在于此。还如刚才说的，我的性情愚顽，接纳不了她作为妻子的那么大量丰富的美好感情，会像往烧红的石头上浇水一样徒然把她的情感都一一地吸收了，但终究不会完全按照她的意愿去做。假令她的影响在我身上有所表现的话，那也只能是在无论怎样解释她都根本无法理解的方面，以她完全想象不到的形式呈现。即便她有所察觉，恐怕也难以得到珍视，很可能还不如我那用发蜡打过的头和穿着纺绸袜子的脚值得珍重。总而言之，从她的角度来说，只不过是在我身上永久浪费那美好的感情，渐渐地去叹息结婚的不幸。

每当把我和她作比较的时候，我总想重复无所畏惧的女人和怕事的男人这句话，最终我似乎觉得这个说法不是我的创造，而是西洋人的小说中出现的。前不久，喜好讲解、评论的松本舅舅谈起有关诗和哲学的区别，打那以后，我一听到无所畏惧的女人和怕事的男人，立刻就想到与自己无缘的诗和哲学。舅舅是门外汉，却对这方面很感兴趣，尽说些五花八门、很有趣味的事。可是抓住我评论什么"像你这样富于感情的人……"暗示我像个诗人，这就错了。让我说，无所畏惧是诗人的特点，而有所畏惧是哲学家的特性。我不能断然行事而迟疑不决，磨磨蹭蹭，这正是先考虑结果而自寻苦吃的缘故。千代子能像风一样自由飘舞，是因为使她失去了远虑的那种强烈感情，一下子从心中迸发出来。在我知道的人中，她是最无所畏惧的一个，因此她轻蔑我怕事。我作为一个不懂命运的讽刺的诗人，对她将会为她那感情的重负所压倒而感到深深怜悯，有时真为她不寒而栗。

一三

　　须永谈话的最后部分使敬太郎理解得很吃力。说真的，或许他也既可称为诗人，也可称为哲学家。但这是旁人观察他而得出的评价，敬太郎本身对两种说法都不认同。对敬太郎来说，诗或者哲学这些字眼是除非在月球上才有意义的梦一般的东西，几乎不值一顾。而且，他还非常讨厌大道理。不能把自己的身体向左或向右移动分毫的纯理论，无论讲得多么好，也完全和毫无用处的伪造纸币一样。因此，对于什么怕事的男人、无所畏惧的女人一类像问卜似的词句，他是不会默默地听下去的。但是，对于感情交融其中的有血有肉而又连续的身世之谈，尽管不能完全理解，敬太郎也不得不老老实实地洗耳恭听。

　　须永也意识到了这一点。

　　"我说的尽是些空理论，越来越难懂了吧！我自己乘兴乱说起来，就……"

　　"不，没关系。我觉得很有意思。"

　　"你那个手杖不管用吗？"

　　"好像有点怪。接着再往下讲点吧！"

"再没有啦!"

须永很干脆地说，然后把目光投向静静的水面上。敬太郎一时也沉默了下来。说也奇怪，刚才须永说的那些令人不解的什么诗呀、哲学呀，就像轮廓不清的云峰一样耸立在头脑里久久不散。映入他眼帘内的一语不发呆然静坐在面前的须永本人，也像是摆脱了人生俗套的另外一类奇怪的人种。敬太郎认为肯定还有要接着说的话，于是问须永："刚才说的最后那段是什么时候的事?"须永回答说："那是我上大学三年级时发生的事。"敬太郎又反问说："这同一个问题在过去这一年多的时间里是经由什么途径，又是怎样发展的? 现在是怎么解决的?"须永苦笑着说："先到外面去再说吧!"二人算完账走出店门，须永看着走在前面的敬太郎得意地舞动他那手杖的身影，又苦笑了起来。

来到柴又的帝释天寺院内的时候，他们像是出自社会上的情理不得不表示敬仰似的朝着那别无二样的平凡的殿堂望了望，很快出了大门。两个人想乘火车赶快回东京。来到车站一看，离那牛车一样慢腾腾的乡间火车的发车时刻还有很长一段时间。二人当即又走进那里的一家茶馆休息。敬太郎按着刚才约好的，又让须永把话接着讲了下去——

事情发生在我从大学三年级升入四年级的那个暑假。我正闷在家里二楼上盘算着该怎么度过这个大热天。这时，母亲从下面上来了，她说："若是有空闲，到镰仓去玩玩吧! 田口一家正在镰仓避暑，他们是在一周前去的。"本来姨父对海滨并不那么感兴趣，他们一家人惯例是每年到轻井泽的别墅去避暑。可是今年因为两个姑娘一定要洗海水浴，姨父答应了她们的要求，借下了在材木座的一所别人

264

的房子。临走之前，千代子到我家来告别，顺便通知了我们。我在一旁听她对母亲讲："还没有去看，不过听说是在凉爽背阴的山崖上建的两层还是三层的一处比较宽敞的房子，请姨妈一定来。"于是我劝母亲说："您去玩玩，养养身体吧！"母亲从怀里掏出千代子的信给我看。信是千代子和百代子联名写的，好像是传达她们母亲的意思，希望母亲和我一块儿去。如果母亲去，她一个年迈人坐火车让人不放心，只有我陪她去最好。让我这个乖僻人说，两个人闯入那乱糟糟的地方，即使不更多地麻烦人，也觉得不好意思，很惹人讨厌。但是母亲的表情是愿意一块儿去的样子，看起来又像是为了我才去，于是我就更不愿去了。但是最后还是决定一起去。这样说，也许别人不理解，不过，因为我虽是一个很固执的人，可又是个心肠很软的人。

一四

　　母亲素来腼腆，所以平素就不爱好旅行。在重视老规矩而又十分严格的父亲活着的时候，似乎就没能出去过几次。确实我就不记得父亲和母亲为了娱乐有过一起离家外出的事。父亲过世后她本应自由了，可是很遗憾，我的母亲仍然没有机会可以随便到自己喜欢的地方去。她没有一个人出远门或者长时间离开家的条件，闷在只有母子两人的家庭中，就这样又老了几年。

　　决定要去镰仓的那天，我为她提了一个皮箱，乘上直达列车，我坐在了母亲的旁边。在车子开动的时候，母亲笑眯眯地同我说："好久不坐火车啦!"其实我也没坐过几回，在一种新的气氛之中，我们二人的谈话比平素增加了几分生气。也不知道都说了些什么，反正尽是些我根本没有印象的事。在断断续续地你来我往的交谈中，火车到达了目的地。因为事先没有联系，所以没有任何人来车站接我们。当即雇了一辆车，说明到某某别墅，车夫说声知道了，就拉上我们走了。在我没留心的当儿，已经上了两旁新房林立的沙石路。从松林间望去，远处的田地里一片黄花，着实好看，乍一看，简直和油菜花一模一样，十分鲜艳诱人。我坐在车上冥思苦索：这闪闪夺目的花朵到底是什么呢？最后，当发现那是南瓜的时候，我自己都觉得很可笑。

车子到达别墅的大门时，从路上清清楚楚地看到有人影在卸掉窗门的客厅里移动，我看到当中有个穿白色单衣的男人，我想可能是姨父昨天从东京来住下过夜了。可是，屋里的人们一个个地都出来迎接我们的时候，却唯独不见那个男人露面。我想：若是姨父，当然会是这样的，可是进了客厅一看，那里连个人影也没有。当我还在诧异地往四下观望的时候，姨妈和母亲就你一言我一语地寒暄开了。什么火车中恐怕很热吧，什么弄到一座景致这么好的房子真不错呀之类。她们都是上了年纪的妇女，应酬话特别多。千代子和百代子劝母亲换上件单衣，把脱下来的衣服拿去晒了。女佣把我领到洗澡间，我用冷水洗了洗脸和头。这里是个离海岸相当远的山坡，可是水却意外地不好。一拧手巾，那金属盆的底部马上就有许多沙一样的沉淀物沉了下去。

"你用这个吧！"突然背后传来了千代子的声音。回头一看，干干的白手巾搭在了我的肩头上，我拿到手巾站了起来。千代子又从一旁梳妆台的抽屉里给我拿出了梳子。我坐在镜子前梳头发的当儿，她把身子倚在洗澡间门口的柱子上，瞪着大眼看着我那湿淋淋的头。因为我一句话也没说，于是她问道："水不好吧？"我看着镜子里面说："怎么染上了这种颜色？"关于水的问答结束之后，我把梳子放在梳妆台上，把毛巾搭在肩上站了起来。千代子先于我离开柱子要去客厅，我冷不防从后面喊了一声她的名字，跟着问了一句："姨父在哪儿？"她止住脚步回过头来。

"父亲在四五天前来了一下，前天又说有事回东京去了。"

"不在这儿吗？"

"是的。你问这个干什么？说不定今天傍晚会带着吾一又回来吧。"

千代子说，明天如果天气好，大家准备一起去钓鱼，父亲若是不算计好在今天傍晚以前赶到就不好办了。并且劝我明天也一定要同去。其实，比起钓鱼，我更想知道刚才穿单衣的那个男人住在什么地方。

一五

　　"刚才不是有个男人在客厅里吗？"

　　"那是高木。他是秋子的哥哥。知道吧？"

　　我既没回答说知道，也没说不知道。不过我心里立刻就想到了
这个叫高木的是什么人。很早以前我就知道百代子的同学中有个叫
秋子的女同学，她的相貌在她和百代子一块照的照片上也见过。还
在印花的明信片上看到过她的字迹。那时还听说她有一个哥哥到美
国去了，现在刚回来。那是一个相当富裕的家庭，他到镰仓来玩是
不足为怪的。即使在这里有座别墅也是想象之中的。可是，不知为
什么我想问问千代子，叫高木的这个男人住在什么地方。

　　"就在这下边。"她没有多说。

　　"是别墅吗？"

　　"是。"

　　我们二人此外再没说什么就回到了客厅。客厅里母亲和姨妈还
在谈论着大海是什么颜色啦，大佛在哪个地方啦等等，把一些无所
谓的极平常的事，煞有介事地当成个问题，问过来答过去。百代子
告诉千代子，她们的父亲特意捎信来说这天傍晚之前来。她们姊妹

二人在眼前绘声绘色地描绘着明天去钓鱼的乐趣，简直像手里已经抓到鱼似的快活地谈论着。

"高木君也一块儿去吧?"

"阿市也来吧。"

我回答说："不去。"作为不去的理由，我又加上了说明。说家里还有点事，今晚必须赶回东京。我心里想，本来就够乱的了，如果田口再带上吾一来，恐怕连我睡的地方都没有了。而且，我不愿见她们姐妹熟悉的那个叫高木的人。他刚才还在和她们二人谈论我，可是看到我来就躲开了。听百代子说他有些不好意思，从后门回去了，这时我倒很高兴，首先我觉得不那么拘束了。因为我是很怕见生人的。

听说我要回去，她们俩都感到吃惊，开始挽留我了。尤其是千代子更是不愿我走。她抓住我，说我是个怪人，说没有将母亲一个人留下自己走的道理。还说："你要走也不让你走。"她对我，远比对她的妹妹和弟弟，更有随便用词的特权。她如果能像对我这样大胆、直率（有时是善意的）、高压式地对待他人的话，像我这样的还有更多缺点的人，恐怕也就能够愉快地生活了。我平素就常这么想象，对于这个小小的暴君很是敬佩。

"好凶啊!"

"你不孝敬老人。"

"这样吧。我去问问姨妈，如果姨妈说住下来好，你就住下啊。"

百代子操着裁判的腔调，一边说着一边跑到两个老妇人正在谈话的客厅里去了。我母亲的意思，根本用不着问。百代子从两位老人那儿带来的回话在这里说也是多此一举。总之，我成了千代子的俘虏。

　　过了一会儿，我托辞说到街里转转，于是撑着一把洋伞，遮住过午那火热的阳光，就在别墅附近东一头西一头地乱转起来。当然这也可以说是为了怀旧，看看许久不见的乡土。然而，纵然有意舒展一下我那寂寞苦闷的心情，现在也是既没有能沉浸在这方面的闲静，也没有那悠闲的时间，我只是转转悠悠地看着门牌往前走去。当我在一座比较漂亮的平房大门的柱子上发现了"高木"二字的时候，就在门前伫立了片刻，心想可能就是这个地方。后来又毫无目的地缓缓而行，大约走了有十五分钟左右，这完全是为了表白自己并不是为了找高木家而特意到外边来的。然后我就很快地返回去了。

一六

　　说实在的，关于这个叫高木的男人，我一无所知，只是从百代子那里听说他正在寻求合适的配偶。记得那时百代子仿佛和我商量似的看着我的脸色说："我姐姐怎么样？"我当时还是和平素一样，冷淡地说："也许好哇，跟你父母说说看。"从那之后，我不知又到田口家去过多少次，可是至少在我的面前任何人也没有再提起过高木这个名字。我真不知道为什么对一个没有任何亲近感、连面都没有见过的陌生人的地址那么感兴趣，还特意冒着火烧一样的炎热到外面去寻找。直到今天，我没向任何人讲起过这件事的缘由。就连我自己本身，那时也没能说得清楚。只是觉得有一股朦胧之感刺在我的心头，像是在摸不到的遥远的地方有一种不安在摇撼我的身躯。在镰仓度过的两天时间，这种感觉进一步发展，成为一种真实的有形的东西，从这个结果来看，我现在认为诱我出去散步的肯定还是同一股力量。

　　我返回别墅还没到一个钟头，和我注意到的门牌同名的男人突然出现在我的面前。姨妈很亲切地向我介绍说："这是高木。"看上去他是个肌肉丰满、血气方刚的青年。从年岁来看，我想或许比我要大，可是他充满生气，要形容他那机敏的长相，就非得用青年两个字不可。在刚见到他的时候，我曾经怀疑过这是否是为了自然地进行比较而故意把我们两个人摆到同一个客厅里来的。不用说，处于不利地位的是我。因此，这样郑重其事地把我们两个凑到一块，我只能认为是对我的一种奚落。

我二人的容貌已经形成了不容乐观的对照。至于衣着打扮、风度举止，我就更不能不觉得相差甚远了。在我面前的母亲、姨母、表妹等等都是非常亲近的有血缘关系的人，然而我在他们当中，和高木比较起来，反倒像是从什么地方来的客人一样。他坦然自若，毫无拘束，而且很有些心术，不至于把自己降低到有损身价的危险地步。如果让惧怕生人的我来评论的话，我看这个人是刚一出世就被丢到了交际场里，一直在那种环境中长大成人的。在不到十分钟的工夫里，他夺走了我所有讲话的机会，把一切全都垄断为己有了。当然，他为了不冷落我，还三五不时地跟我说上一句半句的。而那又都是些我不感兴趣的话题，所以，我也不可能和大家对谈，当然也不能只同高木一人谈话。他亲昵地称田口姨母为伯母。对千代子的称呼也同我一样，竟像理所当然似的顺口用"千代"这个我从小就叫惯了的名字。还对我说："刚才您来的时候，我和千代正谈论您呢。"

我从一看到他的容貌时开始，就已感到很羡慕了。再听他的谈吐，更觉得望尘莫及。仅这些，在这种场合就足以使我不愉快了。而在慢慢观察他的过程中，又使我产生了疑心。他不正是把自己的长处在我这个劣者面前有意显示以炫耀自己吗？想到这儿，我骤然憎恶起他来了。这样一来，我就是有了开口的机会，也故意地保持沉默。

以我今日的冷静来回顾当时，只可解释为那是我的乖僻吧。我好怀疑人，可又不能不同时怀疑好疑人的自己。这是我的秉性。所以，结局是在和人谈话时，也难明确地谈出个所以然。假使那真正是我乖僻的天性的话，那么其中就潜含着还没有凝结成形的嫉妒。

一七

　　我作为一个男人，嫉妒心是强还是弱，自己也不清楚。我从小就是一个没有竞争对手的独生子，可以说是被当成掌上明珠抚养长大的，至少在家庭中没有使我产生嫉妒的条件。小学和初中时代，或许是由于侥幸没有比自己成绩更好的学生，似乎是很顺利地过来了。从高中到大学，习惯上也不那么看重名次，而且高估自己的想法逐年见增，所以分数的多少也觉得算不了什么。除此以外，我还没有过陷入爱情深渊的痛切经验。和别人同时去争夺一个女人的事就更没有过。坦白地说，我是一个对年轻女子特别是对年轻貌美的女子十分留意的人，其用心甚至超出一般的男人。走在路上，一看到美丽的容颜和华丽的衣服，我的心情就豁然开朗，恰似明亮的太阳穿云而出时的那般情景。有的时候还产生杂念，想成为那些美好东西的占有者。可是，立刻又想到那美丽的容颜和那华丽的衣服会怎样如幻梦般地变化呢？于是又从迷醉中醒来，感到人生短暂，不禁毛骨悚然。使我不痴迷于美女佳人的，只是因为有被这种东西所抛弃的寂寞凄凉这个障碍物而已。每当我产生这种情绪的时候，就觉得自己年纪轻轻的，岂不是突然变成老人或是和尚了吗？于是就陷入一种极度的不愉快之中。不过，或许正是因此才能够使自己不知嫉妒而了事。

我希望做一个普普通通的人，所以并不想以没有嫉妒心而引以自豪或者如何如何。不过，在亲眼看到高木之前，由于刚才所说的这些理由，从未经验过这种感情强夺走我的心。那时，我明显地感到高木给了我一种难以形容的不快。当我想到这种嫉妒心是为了既不属于自己、也不想去占有的千代子而燃烧起来的时候，我觉得无论如何必须抑制住，否则就对不起自己的人格。我怀着失去存在资格的嫉妒心理，在谁也看不见的心中苦闷起来。幸亏千代子和百代子说太阳不晒了，要到海边去。我想高木一定会和她们一同去的，所以很希望她们快去，好留下我一个人。果然，她们邀高木一同去，可是很意外，他编了个理由，很不愿动。我推测那可能是因为我而产生的顾忌，我的眉头就越发紧皱起来。接着她又叫我。我当然没答应。本来我还想伸手争取尽早离开高木的机会，可在现在这种情绪下，早就不愿同她二人到海滨去了。母亲带着很失望的表情说："跟她们一块儿去吧！"我默不作声，眺望着远方的海面。姊妹二人一边笑一边立起身来。

"你还是那么怪呀，真像个幼稚的孩子。"

千代子这样抱怨了一句。实际上我在所有人的眼里，恐怕都是一个地地道道的幼稚的毛孩子吧。我自己也觉得真有点像顽皮的孩子。高木很随和，到走廊上为她们取过像斗笠那样的大草帽，说了声"请"。

姊妹二人出了别墅大门之后，高木又接着同两位老妇人谈了一会儿。说什么这样来避暑是很轻闲，不过一天该怎么度过，却又成了问题，反倒使人苦闷等等。看起来是苦于天热和寂寞，无法为充满活力的体魄安排用场。过了一会儿，高木像是自然自语地说："到晚上之前怎么过呢。"突然好像想起了什么似的朝着我说："玩玩球怎么样?"幸好我生来就没有打过台球，所以马上就拒绝了。他说："我认为刚好有了个好对手，可您却不会，太遗憾了。"高木边说边走开了。我望着他活蹦乱跳的背影，意识到他这一定是到海滨找千代子她们去了。可是我还是坐着一动没动。

一八

　　高木走了以后，母亲和姨妈谈了一会儿有关他的事。虽是因为初次见面，可母亲对他的印象特别深，说高木是一个心直口快、虑事周到的人，甚是赞赏。姨妈似乎是在证实母亲的看法，举出一个又一个的实例来予以说明。这时，我发现自己对高木的认识十分浅薄，必须全盘修正看法才行。听百代子讲，他是从美国回来的，而姨妈的说法却不是这样，说他是一个受英国教育的人。看来姨妈从谁口里听来了一个所谓"英国式的绅士"这个词儿，一连用了好几次，使一无所知的母亲为之瞠目。不仅如此，她还向母亲说："所以呀，总觉得什么地方有些人品出众呢。"母亲只是随声附和地表示佩服。

　　两个人这么说着，我几乎连嘴都没有张一张。从表面来看，母亲的语调和平素没有什么不同，可她此时此刻在心里把我和高木比较一下，又作何感想呢？想到这里，我对母亲真是又可怜又怨恨。还是这位母亲，若是把我和千代子这一对由来已久的关系放置在一旁，而一味地想象千代子和高木之间的新关系的话，该会是怎么一种心情呢？即使母亲有小小的不安，不是也等于我有意给她制造的吗？本来可以避免，我却偏偏把她带了出来。我本来就很不愉快了，现在又新增加了一层对不起老人的苦恼。

这只是我从前后情形对母亲心情的推测，实际上母亲的那种心情并没有明显地表现出来，所以我也不好说什么。但是姨妈很可能是有心想利用这种场面，在既不是商量也不是宣告的形式之下，向我们母子讲明：要是有缘，就打算把千代子许给高木。尽管我意识到了这一切，可听到这儿，还是不知，远比我更不了解内情的母亲又当如何。当场我从姨妈的口气里预想到这将是我和千代子永远分手的第一轮谈判。不知是福还是祸，在姨妈还什么都没有说出口的时候，那姊妹二人戴着呼扇呼扇的大草帽回来了。我的预卜没有实现，我真为母亲高兴。与此同时，这同一桩事使得我异常焦躁不安，这也是事实。

到了黄昏，受母亲之命，我和她姊妹二人一同离开家门去车站迎接预定从东京来的姨父。她们穿着一式的单衣和白布短袜。这一对姊妹的形象映在后面目送她们的妈妈眼里，是多么值得自豪呀！我和千代子并肩而行，这个形象作为一幅出类拔萃的美丽画卷，母亲看在眼里又将是多么高兴呀！我为把自己自然而然地用作欺瞒母亲的材料而感到痛心。迈出大门时我回头看了一眼，母亲和姨妈都在向我们这面望着。

走到半路的时候，千代子似乎想到了什么，突然站住了。她说："哎呀！忘了叫高木啦。"百代子立即看了我一眼。我止住了脚步，但没有讲话。百代子说："算了吧！都走到这儿啦。"千代子说："可是，刚才他说过让我们叫他的呀！"百代子又看了看我，有些踌躇。

"阿市，你带着表吗？现在是什么时候了？"

我掏出表给百代子看。

"还来得及。叫他来也好。我先到车站去等。"

"已经晚啦！高木要是打算来，他一个人也一定会来的。过后向他道个歉，就说忘了。这样行吧？"

姊妹俩反复商量，结果决定不再返回去。果然不出百代子所料，在火车还未到达之前，高木匆匆忙忙地赶到站内来了，对她们姊妹说："也太狠心了。我那么说邀上我，可……"接着又问伯母怎么没有来，最后又朝着我殷切地寒暄了一句，说："刚才对不起啦。"

一九

　　那天晚上要等姨父和表弟，再加上有我们母子新来入伙，所以开饭时间比平常晚多了。不仅如此，正如我暗自所怕的那样，不得不目睹在十分嘈杂混乱之中交杯换盏的光景。姨父一边笑着一边转着弯子打圆场说："阿市，这真像是着了大火一样！不过，偶尔这么热热闹闹地吃上一顿饭也是很有趣的呀！"早已习惯了清清静静用饭的母亲，确实如姨父所说的，在这种热闹的气氛中，脸上挂满了愉快的笑容。母亲虽然好静，却也喜欢这种欢快的场面。当时母亲正好吃了一口红烧的爆腌竹荚鱼，说味道很好，赞不绝口。

　　"只要事前跟渔家打个招呼，要多少都能给搞来。要不然，回去的时候带上些走吧。早就想到姐姐爱吃，要给送些去，可总是没得方便。再加上这个东西还爱烂，所以……"

　　"有一次我也在大矶定购了一些，特地带回东京去了。这东西半路上稍不留神就……"

　　"会烂的，是吗？"千代子问。

　　"姨妈！你不喜欢兴津产的方头鱼吗？我觉得兴津方头鱼比这个可好吃。"百代子说。

"兴津方头鱼是兴津方头鱼的味道，也好吃呀。"母亲安详地回答说。

这些啰啰唆唆的对话，我怎么会都记下了呢？因为那时我特别注意观察母亲的表情，母亲的脸上流露出相当满意的神色。此外，我也和母亲一样，很喜欢那爆腌的小竹荚鱼。

顺便我在这里说说，在嗜好和性情上，我有些地方非常像母亲，可也有的地方和母亲完全两样。有一件没有向任何人透露过的秘密，那就是在过去的几年之中，我背着人反复仔细地研究过我和母亲什么地方有什么不同，以及什么地方如何相似。母亲若问起为什么做那种事，我不好回答。即使是我自己问自己，也说不太清楚，所以不能讲理由。然而从结果来说是这样的——哪怕是缺点，若是和母亲同时都有，我也非常高兴。纵然是长处，若母亲没有而我有，就会很不愉快。其中我最放心不下的是，我的脸形只像父亲，鼻子和眼睛长得和母亲一点也不着边。我现在每逢照镜子就想：长得不漂亮倒没关系，如果能更多地像母亲的脸形的话，就会像个母亲的儿子，那心里该多美呀。

吃饭晚了，同样睡觉时间也拖得很晚。而且，突然增加了这么多人，光是安排床位，分派房间，就把姨妈累得够受。男的三个人挤在一起，睡在同一个蚊帐里。姨父不停地用蒲扇呼扇呼扇地扇着他那肥胖的身体。

"阿市，怎么样？不热吗？照这个样子，还是东京好得多呀。"

我和我旁边的吾一都说东京要凉快些。那么又何苦特意跑到镰仓来挤在小蚊帐里睡呢？姨父也好，我和吾一两人也好，都解释不通。

"这也是一种乐趣嘛。"

姨父这么一说，疑团即刻就云消雾散了。可是热劲却总不肯离去，所以谁也不能马上入睡。吾一到底还年轻，不停地问姨父明天去捕鱼的事。姨父说得倒好听，不知是真的，还是开玩笑，他说只要乘上船，鱼就会不钓自来的。可是，他不光和自己的儿子聊，还有时"阿市"、"阿市"地和我这个对那些事毫不感兴趣的人聊，这真有点反常。不过，我必须跟他搭讪几句，因此在谈话结束之前，我理所当然地成了一个与他一问一答的同行者了。本来我并没有要去或是别的什么打算，所以这个变化让我多少感到有些意外。看来姨父内心像是很清净悠闲，说着说着就打起了呼噜。吾一也安安静静地进入了梦乡，唯有我还得把睁着的大眼特地闭上，思前想后一直到深夜。

二〇

　　第二天一睁开眼，睡在我身旁的吾一不知什么时候早就无影无踪了。我还没有睡够，昏昏沉沉的头枕在枕头上。迷迷糊糊地不知是在做梦还是在思索事情，同时还以一种像是窥视异民族人似的好奇心，不时地看看姨父的脸。看着姨父睡觉时的脸形，我想：若从一旁来看，自己的睡颜可能也是这么一副无忧无虑的样子吧。就在我胡思乱想的时候，吾一从外面跑进来问我天气怎么样，催我起来看看。我爬起来走到房檐下，朝大海方向望去，霭雾弥漫，白茫茫一片，连近处海角上的树木也失去了平日的翠绿。我问吾一："是不是在下雨？"他马上跑到院子里仰着头望天，接着回答说："有几滴雨点儿。"

　　他似乎非常担心今天不能去玩船，又把两个姐姐拉到廊边，反复催问她们。最后，可能是想到有必要问问最高裁判者——他父亲的意见，终于把还在梦乡中的姨父叫了起来。姨父睡眼蒙眬地显出一副天气好坏都没有关系的神态，抬眼望了望天空和海上，然后说："照这个样子，过一会儿一定会晴的。"姨父这么一说，吾一像是安心了，而千代子却朝着我说："这个预报很没准头，是不负责任的预报，令人不放心。"我不好说什么。姨父接过去说:"没事，没事。"然后就朝洗澡间走去。

快吃完早饭的时候，下起了雾一样的细雨，不过没有风，海面上看来比平素还要平静。碰巧天气不好，心地善良的母亲很为大家惋惜。姨妈说:"过一会儿准会下大的，今天不要去了吧。"但是年轻人一个个都主张去。姨父说:"好吧。只把老太婆留下，年轻人全部出动。"姨妈一听立刻就说了一句:"那么，老爷子应当属于哪边呀?"她故意问姨父，逗得大家都笑了。

"今天，我也属于年轻人。"

姨父是为了证实一下这句话呢，还是为什么，敏捷地立起身，把单衣的后摆一掖就先走了下去，姐弟三人跟着也下了台阶。

"你们也把后摆掖起来的好。"

"我不愿掖，不好看。"

姨父露出像山贼一样的黑毛腿，姊妹二人戴的麦秆编的草帽，恰似源义经的情妇所戴的那种女式斗笠，弟弟扎着一条长长的黑布腰带。我从廊檐上往下望去，他们简直像是一伙逃离都城的形迹可疑的人。

"阿市看着我们又想说什么坏话了。"百代子面带微笑地看着我说。

"快点下来!"千代子斥责似的说。

"给阿市拿一双旧木屐穿好啦。"姨父提醒说。

我立刻走了下去。可是约好了的高木还没有来，这又成了问题。大家认为他可能是因为天气正在犹豫不决，所以就决定我们先慢慢走，叫吾一跑去把他接来。

姨父还是历来的那个劲头，不停地跟我说话，我也就随着他的脚步一块儿走。到底是男人的脚步，说话间不知什么时候超出了千代子姊妹很远，我回头望了望，两个人像根本就不理会似的，丝毫没有要追上来的表示。我似乎只能理解为她们那是故意为了等后来的高木。恐怕那也是出自对被邀请者的一种礼貌吧。不过，当时我并没有这样考虑。即使有这样考虑的余地，也未能察觉到就过去了。我想给她们一个信号，喊她们快点走，可是刚回过头去却又不想喊了，于是又同姨父向前走去。就这样一直来到了去小坪入口处的海角。往前一段路是急转到山对面去的狭窄的陡坡，是在伸向海面的山脚上凿成的一条小路，仅能过一个人。姨父走到坡顶的拐角处停住了。

二一

　　突然他扯着和他那粗大的身躯相般配的大嗓门喊起那姊妹俩来了。说老实话，在此之前我有几次想回过头去看看她们。但是，是因为不好意思呢，还是因为自尊心在作怪，每当要回头的时候，脖子硬得就像野猪颈子一样回不了弯儿。

　　一看，两个人还在百十米以外的下边，在她们身后紧跟着高木和吾一。当姨父毫不客气地扯着大嗓门喊"喂"的时候，两姊妹一同抬头看了看我们，接着千代子就回过头去看紧跟在后面的高木。于是高木用右手摘下头上戴的麦秆草帽，不停地挥舞示意。四个人当中只有吾一一个人高声回答姨父的喊叫。他的呼喊看来又像是在学校练习喊口令那样，随着大海和山崖的回声，他把两手高高地举过头顶。

　　姨父和我站在断崖向外突出的部位等待他们的到来。他们在姨父呼唤后仍像以前那样慢腾腾地一边说着什么一边往上走。那情形在我看来那不大一般，简直是在戏弄人。高木穿着一件茶色的像大衣一样肥大的衣服，不时地把手伸到衣袋里去。望着高木，开始觉得很奇怪，我想："这么热的天何必穿大衣呢。随着他们渐渐走近，才看出那是件薄雨衣。这个时候，姨父突然说：阿市，坐上小船在这一带游玩也很有趣儿啊！"我仿佛猛然意识到了似的，眼睛从高木那里移开，向脚下望去。离一块岩石不远的地方，有一只涂得雪白的空船浮在平静的水面上。连毛毛雨都称不上的细雨还在不停地下，海面一片朦胧，对面悬崖上的岩石、树林平素像在手掌中一样一目了然，而今都变成了一个颜色。不久，那四个人好不容易来到了我们的跟前。

"对不起，让您二位久等了。其实我正在刮胡子，也不能刮半截就……"高木一见姨父的面就解释说。

"穿这么个家伙，不怕热吗？"姨父问道。"就是热也不能脱呀。外面挺高级，里面可够寒酸的。"千代子笑着说。高木在雨衣里面直接穿了件半截袖的薄衬衣，既古怪又洋气，很刺眼。制服短裤下露着大腿，穿一双黑布袜，拖拉着平底木屐。"是这样的，"他说着撩起雨衣让我们看，还说，"一回到日本，服装很自由，就是在女人面前也用不着拘泥啦。"

大家一个跟着一个地走进一个肮脏的渔村，街道只有六尺宽。刚进村一股令人不快的腥臭就扑鼻而来。高木从衣袋里掏出白手帕捂在他那刮光的胡子上。姨父突然朝着站在那里看着我们的孩子问："一个西边的人，从南方来当养子，他的家在哪儿？"这真是一种奇怪的发问。孩子们回答说不知道。我问千代子姨父的问法怎么那么奇怪？千代子告诉我说："昨晚派来联系的人说，因为名字忘了，到那里就说是怎样怎样的一个人，打听着去找就能找到的。"听千代子这么一说，我不由得感到羡慕起来。这种漫不经心的教法和同样不费脑筋的问法，正是自己那种毫无机动余地、对小节也认真死抠的性格所不能比拟的。

"这样能问清楚吗?"高木也露出了很不理解的表情。

"若是能弄清楚,那可真够稀奇的啦!"千代子笑着说。

"没问题,会清楚的。"姨父回答说。

吾一很逗趣儿,只要见到人就问:"是西边的人,从南方来当养子,他的家在哪儿?"他每次问,都引得大家发笑。最后,走到一家很脏的茶馆,里面有一个弹月琴的年轻女子正在休息,她头戴草笠,手背上戴着白色臂套,裤脚上扎着带子。用同样的问法,问到这家茶店的老婆婆,没想到她马上就轻而易举地指给了我们。于是大家又拍手笑了起来。那是一幢不大的草房,顺着路往山上那个方向走,登上分成三段的石阶梯就到了,地势并不太高。

二二

　　六个人各有各的装束打扮，首尾相接一个挨一个地顺着狭窄的石阶梯向上攀登。从一旁看去，我想肯定会觉得是一幅很离奇的景象。而且这六个人当中，没有一个人明确地考虑过将要做什么，真是悠闲极了。就连领头的姨父，也只知道乘船，然后是什么撒网啦，钩钓啦，该把船划到什么地方啦等等，似乎全都不晓得。我跟在百代子后面，登着被脚力踏磨出很多凹陷的石台阶，一边往上走一边想：难道说把自身投进这毫无意义的行动之中而全无悔恨，就是来避暑的目的吗？同时我怀疑在这无意义的行动之中，有一出很有意义的剧目，其中最重要的一幕不是正在一男一女之间，神不知鬼不觉地上演着吗？进而我又想到：在这一幕里，假如说有自己必须扮演的角色的话，那么恐怕就只能充当一个被那貌似安详的命运捉弄的角色了。最后脑子里又出现了一个想法：无论什么事，姨父不消多费脑筋就能轻而易举地干得很漂亮。假若他在人们没注意到之前就完成了这一幕剧的话，那就不得不说他才真正是一个拥有无与伦比的高超技巧的作家。当这种想法在我的头脑中闪现出来的时候，在后面紧跟上来的高木说："这么热我可受不了啦！请允许我脱掉雨衣吧。"

草房比起在下边看的时候还小还脏。门口钉着一个牌子，上面写着"百日风邪吉野平平吉一家一同"几个小字。主人的名字终于弄清楚了。这一发现是目光锐敏的吾一的功劳，他把那几个字大声读给众人听。往里边一看，天棚、墙壁全都黑得发亮。人也只有一个老婆婆。她向我们解释说："老头子说今天天气不好，可能客人不会来了，所以很早就出海了。我现在去海边叫他回来吧。"姨父问道："是乘船去的吗？"老婆婆用手指着海上说："多半就是那条船。"雾霭还没有消散，不过比刚才好多了，天空已经很亮，近处海面上的情况已经能看得比较清楚，老婆婆指的那条船在对面远处露着个小小的影子。

"那可不得了。"

高木一边用带来的望远镜看一边说。

"说得太轻松啦。明明该来接我们，怎么能到那儿去接呀！"千代子一边笑着一边从高木的手里接过望远镜。

老婆婆回答说："没事，马上就叫来。"她连脚上穿的草鞋也没换就顺着石阶跑下去了。姨父笑着说："农村人真快活呀。"吾一在老婆婆的后面追了下去。百代子呆呆地坐在肮脏的檐廊边上。我在院子里转着看，其实叫院子也有些不相称，房前也就十五六平方米，角落上有一棵无花果树，在这鱼腥味四溢的空气里，青青的树叶长得还算茂盛，枝头上挂着寥寥几个还没成熟的果子。一棵树杈上还吊着个饲养昆虫的空笼子，虫笼子下面有两三只仅有一把骨头的鸡在拨弄着它们那饿得一心想找食的尖嘴，在爪子所踩的地面上不停地啄来啄去，那一边扣着个铁丝编成的类似鸡笼样的东西，形状宛如佛手，歪歪扭扭的，令人感到滑稽可笑。突然姨父说："有点臭啊！"百代子似乎有些泄气，她说："我看鱼不鱼的，怎么都行吧，真想快点回去啦。"这时一直拿着望远镜一面望着海一面不住地和千代子说话的高木马上把头扭了过来。

"在干什么呢？我到那里去看看。"

他一面说着，一面打量身后的廊檐，想把手里拿的雨衣和望远镜放下，站在一旁的千代子在高木还没动作之前就把手伸了过去。

"给我吧。我拿着。"

当从高木手中接过这两件东西的时候，她又看着高木那短袖半截裤的打扮笑着评论说："到底成了个寒酸相！"高木只是苦笑，很快地往海滨方向下去了。我默默地从背后望着他的每个动作，他肩上的肌肉很发达，很像个运动员。他急着下台阶，为保持平衡而舞动着手臂，那肩上的肌肉也就随着他手的动作不停地颤动着。

二三

　　大约又过了一个小时之后，大家一起到海滨去上船。不知是在什么节日之前或是过后，海滨上有两根高大的爬竿深深地埋在沙里，很惹人注目。吾一拾来不知从哪儿抛到海滨的树枝，在沙滩上写了好多大字，画了好几个巨大的人头。

　　"请上船吧！"头顶光秃秃的船家说。六个人也没个次序，乱哄哄地从船帮爬了上来。事出偶然，千代子和我被后面的人挤到有隔板隔着的船头上促膝坐了下来。姨父以家长的身份第一个盘腿坐在船舱正中最宽敞的地方。那天可能是想把高木当客人对待，姨父请他到里边坐，无奈他只好坐在了姨父的身旁。百代子和吾一跟船家一同进了他们旁侧由船舱隔出来的另一个小间。

　　"怎么样！这面还空着呢。过来吧？"高木回头朝紧挨他身后的百代子说。百代子只说了声"谢谢"，但没有挪动地方。和千代子一起坐在镶边的席子上，从一开始我就觉得不那么痛快。我对高木产生了嫉妒心理，这早已经坦白过了。这种嫉妒，从程度上来说，可能昨天和今天都是一样的，不过，与此同时，在我心里却丝毫也没有滋生出竞争的念头，我也是一个男性，未必今后不会在某一个时期与某一个女人陷入热恋之中。但是我断言，如果不敢进行与这种热恋程度相同的竞争，心上人就不能到手的话，我无论忍受多大痛苦和牺牲，都将超然缩手放弃我那爱恋的人。假如有人评论说我不像个男子汉，或者说缺乏勇气，意志薄弱，那就让他们去评论好了。但是，如果有一个女人可以向任何一方靠拢，而我不去进行那种激烈艰苦的竞争就很难得到她的话，那么我只能认为她是一个不值得让我去追求的人。我觉得，与其勉强拥抱那种并不钟情于自己的女人而得到快乐，莫如以一种男子汉的气概把对方的恋恋之情放逐到自由的原野上去，凄凉孤单地凝视自己失恋的创伤，这样做才会使良心得到莫大的满足和安慰。

我对千代子说："千代，到那边去怎么样？那里宽敞，好像舒服些。"

"为什么？在这儿妨碍你啦？"

千代子回敬了我一句，根本就没有要动的意思。本来即便听起来太露骨，并且让人觉得讨厌，我都应当清楚地做出说明：因为高木在那儿，到那儿去吧！然而我根本就没有说明的勇气。反倒是被她这么一问，心里竟闪出了一丝喜悦，这也正好是暴露表里不一的有力证据，因此，对于没有意识到自己性格脆弱的我来说，简直是一个沉重的打击。

或许是心理作用，比起昨天见面的时候，高木显得多少谨慎了些，对于我和千代子说的这两句对话，虽然他听得很清楚，却佯装不知。船离开岸边的时候，他和姨父谈起话来："很顺利，天气转过来了。这要比阳光暴晒好啊。刚好是乘船玩的天气呀。"姨父突然大声问道："船家，到底捕什么呀？"姨父和大家直到现在还根本不知道要捕什么。光头的船家很粗鲁地说："抓章鱼。"对于这出人意料的回答，看来无论是千代子还是百代子都不感到吃惊，而是觉得可笑，所以忽然放声笑了起来。

"章鱼在哪儿？"姨父又问。

"就在这一带。"船家再次回答说。

船家拿来一个底上嵌玻璃的椭圆形小木桶，好像比澡堂里冲身用的小木桶略深一些，他把小木桶按进水面，像是要钻进去似的脸紧贴着桶观察桶底。船家称这个奇妙的工具为镜子，把手边多余的两三个借给了我们。坐在船家身边的吾一和百代子抢先拿过"镜子"看了起来。

二四

　　镜子有次序地从一个人传到另一个人手里。这时，姨父很有些感慨，他说："这个东西很清亮啊，什么都能看见。"姨父心性傲慢，对一切都不以为然，这可能是因为他对人世上的事什么都知道的缘故吧。可是，当受到这种自然界现象的冲击时，却即刻就惊讶起来了。我从千代子手里接过镜子，最后一个隔着一片玻璃眺望了海底。看到的只是和过去想象毫无异样的、极其平凡的海底。小岩石凸凸凹凹连成一片，中间长满藻类，无止境地蔓延开去。海藻们宛如受微风吹拂一般，随着波纹荡漾，静静地又是永久地前后摇晃着它那细长的直直立起的叶茎。

　　"阿市，看到章鱼了吗？"

　　"没看到。"

　　我仰起了脸。千代子又把头用力往下伸着看。她戴的柔软的麦秆草帽的檐儿，浸在了水里，和船家操纵的船身相逆时，就拨动起小小悦目的波纹。我在她背后，盯看着她那比脸更美的黑发和洁白的脖颈。

　　"千代，你看到了吗？"

"没有，哪儿都没有章鱼游啊！"

"听人说，要是不特别熟练，是很不容易看到的。"

这是高木为了千代而作的说明。千代两手按着小木桶，把从船边伸出去的身子扭向高木说："怪不得看不到呢！"千代子就那样像跟水逗着玩似的用两手抓住桶，按了又按，弄得海水咚咚作响。百代子在对面喊姐姐。吾一也不知道哪儿有章鱼，用竿子来回乱扎。他使的是一根有三四米长、头上安着矛尖的细山竹。船家用牙叼着木桶，用一只手撑竿，缓缓行船，寻找有章鱼的地方。刚一找到，就用那长长的竹竿机敏而巧妙地扎住了一堆软瘫瘫的怪物。

船家一只手把几只章鱼甩到了船上。每只大小都差不多，没有特别大的。开始，大家都觉得新奇，每次捉到就吵吵嚷嚷地看上一会。后来，连精神头十足的姨父也显得有点腻烦了，他说："光是这样捉些章鱼，又有什么用呢。"高木一面吸烟一面看着聚在船底的猎物。

"千代，你看到过章鱼游水的样子吗？快过来看看，很有意思呢。"

高木这么说着叫千代子。他看到我坐在千代子旁边，就又补充了一句："须永君，怎么样？章鱼正在游呢。"我只回答说："是吗？很有趣吧。"却不想立刻就动。千代子嘴里说着"在哪儿"，跟着就到高木旁边又找了个新座位。我坐在原来的地方问她："还在游吗？"

"嗯，真有趣儿，快来看吧。"

章鱼把八条腿平行伸得直直的，极敏捷地运动着折成数段的细长的身躯，在水中径直地游，直到碰上船板。里面还夹杂着乌贼那类吐墨汁的鱼。我半弯着腰，看了看这般景象，就又返回到原来的座位，而千代子再也没离开高木的身旁。

姨父冲船家说："章鱼已经够多的啦！"船家问道："回去吗？"对面有两三个像大竹篮子一样的东西漂浮着。姨父觉得光是章鱼太没意思，让船家把船划到了一个大篮子旁边。全船人都不约而同地站了起来，一齐向篮子里看去，约有七八寸长的鱼在狭窄的水域中来回穿梭般。其中有的鱼鳞泛着近似水色的蓝光，猛一游动，前后左右荡起闪光耀眼的波纹。

"给你，捞捞看！"

高木让千代子握住大捞网的手柄，千代子像闹着玩儿似的拿过捞网要在水里捞，可是捞不动。高木伸过手去，两个人一起用力在篮子中毫无目标地乱搅乱捞，最终还是没有捞出鱼来。千代子只好把捞网还给了船家。船家按姨父的吩咐，从水里挑着捞上来几条鱼，有鸡鱼、鲈鱼、黑鲷鱼等各式各样的鱼。终于打破了一色怪章鱼的单调气氛，我们高高兴兴地返回了岸上。

二五

　　那天晚上，我一个人返回了东京。母亲被大家再三挽留，说是到时候由吾一或别人去送，于是，母亲就答应在镰仓再逗留两三天。我真不知道母亲为什么那么好说话，就照他们说的去办。以我这磨得敏锐的神经来推断，她过于沉静了，实在令人着急。

　　从那以后，再也没见过高木。千代子、我、再加上高木，这三个人形成的混战关系从此再没有新的发展。其中，我处于失败者的地位，俨然以一种预卜到了未来命运的态度，在中途逃离了漩涡。听我这么说的人，想必会认为这并非是我的本意吧，我自己觉得有些像在火势尚未平息之前就急急忙忙地偃旗息鼓了似的。这样说，也可能会被认为自己从一开始就是抱着某种企图特意到镰仓来的。但是，与我这个只有嫉妒之心而无竞争之意的人相适应的一种自命不凡的心理，在我忧郁、沉闷的心中像春天的地气一样总是时隐时现地往上冒。我仔细地研究了自己的矛盾。于是，一种烦恼缠住了我的心头，这种烦恼是由其他各种思想和感情乱哄哄地轮番交替前来争夺我心的局面造成的，而造成这种局面的原因又全在于我一直没有积极地充分利用自己对千代子的那种自命不凡的心理。

有时看来她似乎在普天之下只爱着我一个人。尽管如此，我也不能主动采取行动。但是，当闭眼不看未来，正考虑是否要采取毅然决然的态度时，她常常又突然从我手中跑掉，变得与外人毫无两样。我在镰仓生活的两天里，这种潮涨潮落的情形已经发生过好几次了。有时我心中甚至升起这样一种模糊不清的疑团：她是否在以自己的意志左右着这种变化，时而故意接近，时而又故意疏远呢？不仅如此，在我对她言行做出某种意义的解释之后，即刻就又要以完全相反的意思去解释她同一种言行，而实际上根本就不知道哪种解释是正确的。这种使我感到徒劳、厌恶的例子着实不少。我在这两天里几乎被自己并不想娶的女人给吸引过去了。于是我觉得只要有高木这个男人在眼前出没，即使我不愿意也得让她这样一直吸引到底。我在前面已经声明，对于高木我没有竞争心。但是为了防止误解，我愿再一次重复这句话。如果千代子、高木和我三个人搅在一起，在恋慕或爱情以及人情这个旋风中狂舞的话，我断定：那时我的动力绝不是企图战胜高木的竞争心。这种状态正和从高高的塔上往下看的时候，在恐惧的同时，又不能不往下跳的那种神经作用完全一样。假如将结果归结为战胜高木或是败于高木的话，也许像是竞争。但是，动力完全是另外独立的一种作用。而且这种动力只要没有高木在，是决不会来触动我的。我在那两天里，强烈地感觉到这种不可思议的力量的作用。于是我下定决心，马上离开了镰仓。我是一个软弱的人，读不了充满强烈刺激的小说。尤其是不能实践的充满强烈刺激的小说。我正是在自己的心情开始进入小说的那一瞬间，猛然惊醒而返回东京的。所以，上了火车，我一半是胜利者，一半又是败北的人。在乘客不多的二等车里，对于自己写出，自己又撕掉的这部小说的续篇，我做了种种想象。那里有大海，有明月，有沙滩，有年轻男人的身影，也有少女的形象。开始是男人的激昂、女人的哭泣，后来是女人的激动、男人的安抚，最后，两个人手牵手在静静无声的沙滩上漫步。或者是有匾额，有垫席，有爽风拂动，两个青年男子在那里进行无意义的宣战，渐渐热血涨满面颊，于是二人都不得不使用有损于自己人格的那种粗野的语言，最终都跳将起来相互挥舞起自己的拳头，或者是……在我眼前描写的像戏剧一样的场面不只几幕。我为自己失去了尝试其中任何一幕的机会而高兴。人们可能会嘲笑我像个老年人。如果说老人并不是只靠诗一般的热情生活在社会上的话，那么我被嘲笑也是心甘情愿的。但是，若以诗情热血枯竭者为老人的话，那我就不能满意这个评价了，因为我始终是以寻求诗一般的热情挣扎在世界上的。

二六

我想象着回到东京之后的心情，担心可能比起在眼前面对刺激的镰仓反而会更加焦躁。于是在心中无谓地描绘起没有对手、一个人焦躁不安的那种不能忍受的痛苦。不料结果竟跑到了另外一面。有如我所希望的那样，我很轻易就将近似平时的那种安稳、冷静和漫不经心，带回了我家那寂静的小楼上。我把气味新鲜的蚊帐尽情地张开，占满整个房间，躺在床上听着房檐下叮当悦耳的风铃声。也有时在傍晚转到街上抱着花盆打开格子窗。因为母亲不在家，所有一切都由叫阿作的女佣来照料。从镰仓回来第一次坐在自家饭桌前的时候，我看到阿作为伺候我，膝上托着一个黑色圆盘，恭恭敬敬跪坐着的姿态，仿佛如今才感到她和在镰仓的那一双姊妹的不同之处。阿作当然也不是什么漂亮的女人，但是，她那只知道在我面前恭恭敬敬的姿态，使我深深感到那是多么彬彬有礼，多么谨慎，作为一个女人看起来是多么招人怜爱！她规规矩矩地端坐着，好像已经认定，按自己的身份，即使想一想什么是恋爱，也是过于狂妄的。我用少有的温和话语同她说话，问她今年多大岁数，她回答说十九。我又突然问起她想不想出嫁，她满脸涨得通红，低下头去。

这使我感到问得这样露骨太不合适了。因为过去，我和阿作除了有事之外，几乎从来都没说过别的话。由于从镰仓带回来的最新记忆的反作用，那时才使我第一次注意到在我家干活的女佣身上的那种女人的特性。所谓爱当然不是能用在她和我之间的词，我只是爱围绕在她四周的那种稳重、安静、大方、温顺的气氛。

如果说我因为阿作而得到了安慰，连自己听来都感到可笑。但是，就是今天来考虑的话，除此之外也想不出有什么别的原因。所以我认为恐怕还是阿作。不！是以那时的阿作为代表，使我看到了女人某个方面的特性，使我那甚至为想象中的刺激都特别容易发热的头脑冷静了下来。坦白地说，镰仓的景色时时浮现在我的眼前，在那景色之中，不用说，是有人在活动，但我感到幸福的是，看起来，那似乎是离我很远、同我毫无利害关系的人在活动。

我爬上二楼开始整理书架。母亲是喜好清洁的，总是注意打扫，从不懈怠。可是，当我把书一本一本地重新摆好的时候，在平时看不到的角落里意外地发现了一层灰尘。因此，费了九牛二虎之力才把书全部理好。作为一项同炎热的夏季很不适宜的无足轻重的工作，我不甚经心，如同尽量消磨时间似的，只要想看，就把抓到手上的书一直埋头读下去。这项工作就是这样随随便便，如同老牛拉破车，慢悠悠不慌不忙地做着。阿作碰巧听到了不合时宜的拍打尘土的声音，就从楼梯口探出她那梳成丫环头的脑袋来看，我让她用抹布把书架的一些地方擦了擦。不过，我觉得让她帮我把这不知需用多长时间的事干完，也太不尽情理了。于是又叫她下楼去了。我不停地把书放倒又立起来，足足折腾了有一个小时，觉得有点累，就吸着香烟休息了一会儿。这时阿作又从楼梯上探出头来，并且问道："如果可以的话，让我干点什么吧！"我很想给阿作找点事做。遗憾的是，她不懂西洋文，整理书籍也插不上手，我心里觉得过意不去，但还是说："不要紧，没事了。"就这样把她打发下去了。

关于阿作的事，本没有必要这么一件一件地说。不过，因为有刚才那么一节，我对她那时的行动都记得很清楚，所以就讲了。我抽完一支烟就又开始整理书，这次再不会有阿作妨碍我这一个人的世界，我一口气把书架的二层收拾完了。这时，我偶然从书架的后面发现了很久以前向朋友借来而忘记归还的一本很有趣的书。那是一本很薄的小书，因为掉在了别的书的后面，落满了尘土，所以我一直没有发现它。

二七

　　借给我这本书的是一位爱好文学的朋友。我曾经和他就小说进行过交谈，我说："智虑过多的人只是埋头考虑万事，而根本没有勇气积极采取行动，所以就是写到小说里也没什么意思吧。"我平素不太爱读小说，因为我没有做小说中人物的资格。缺乏资格，我常想这可能就是因为我好瞻前顾后、优柔寡断的缘故，因而才想提出这个问题的。当时他指着桌子上的这本书告诉我说："这里面写的主人公，头脑非常机敏，很有智慧，也有非常惊人的果敢行为。"我问到底写的是什么事。他说："嗨，你还是读读吧！"说完就拿起这本书递给了我。德文书名写的是《思想》①。他告诉我这是俄国小说的德译。我把小薄书拿在手里，又重新向他问了问梗概。他说梗概这东西怎么都行。接下来又说："书中写的是嫉妒，还是复仇；是深刻的恶作剧，还是想入非非的谋略；是狂人的推理，还是正常人的打算，这一切都弄不大清楚。反正既有壮烈的行动，又有惊人的智慧，你还是先拿去看看吧！"我借上书返回家中。但是没有心思读。我读不

————————

① 《思想》是俄国作家安德烈耶夫（1871—1919）的小说。

进去，反而却一概蔑视小说家，而且对于朋友说的那些事，根本就没有动心，毫无兴趣。

我把这件事早就忘得一干二净了，无意之中从书架后面把那本《思想》拽了出来，拂去上面厚厚的尘土。一掸土，眼睛落在尚有记忆的那几个德国字的书名上，与此同时，也想起了那位爱好文学的朋友和他当时的那些话。于是好奇心油然而生，促使我翻开头一页从头读了起来。里面写着令人恐惧的故事。

有个男人对一个女人有意，但那个女人不仅没有理睬他，反而嫁给了和他相识的另外一个男人，因此他就企图谋杀那个新郎。但是并不只是一般的杀。他认为不在妻子面前杀就没有意思。而且还要让在一旁观看的妻子知道他是凶手，却只能无可奈何地一直咬着手指看着他，除此以外不能采取任何行动。他觉得不采取这样复杂的杀法就不甘心。作为具体实施的手段，他想出了一个方案。利用一次应邀赴晚宴的好时机，他突然在宴会上像是狂癫病急剧发作似的当场乱舞起来。从一旁来看，只能认为是疯癫。在干着这种冒险勾当的同时，他看到同席的人全都信以为真，把他当成了地地道道的疯子，他心里暗暗庆贺如愿以偿。他在比较显眼的社交场合，又反复卖弄了两三次同样的狂癫把戏之后，博得人们一致的评价，都说他一发病神经就错乱，是个危险人物。他就是如此煞费苦心企图造成一种无法判为杀人罪的杀人案。他一而再、再而三地连连发作，使五彩缤纷的交际活动黯然失色，一直热情来往的人家都对他突然关紧了门户。但这对他并不是件坏事，他仍然有一家可以自由出入。不用说，这就是将被他送往天国去的那位朋友及其妻子的家。有一天，他若无其事地敲响了朋友的家门。然后一面为了泡时间东拉西

306

扯地胡扯，一面暗暗地窥伺扑向眼前的主人的时机。他拿起放在桌子上的一块重重的文镇，突然问道："用这个东西能杀人吧？"朋友当然没有把他的话当真。他不顾一切地把全身力气集中到手上，用文镇在妻子面前把她亲爱的丈夫打死了。于是在疯癫的名义下，他被送进了疯人院。他用惊人的智慧、分析判断能力和推理能力，以上述事实的始末为基础，一味地为自己辩护，说自己绝不是个疯子。可他刚刚做了辩护，转眼间又怀疑起自己的辩护来了。不仅如此，他还要为这个怀疑进行辩护。他到底是正常人，还是个疯子呢？——我手持书本，毛骨悚然了。

二八

　　我的大脑是为控制我的心而长的。从行动的结果来看，过去没有遗留下令人痛心的悔恨。回顾起来，觉得这似乎也是人之常态。但是，每当心头发热而受到严肃的大脑的硬性控制时，正如一般人谁都体验到的那样，是极其痛苦的。在固执这一点上，我恐怕要属于内向型的那种肝火旺的人，所以，对于类似因突然发作而使心灵受到刺激的人一下子又为理智所抑制住，仿佛飞速行驶的汽车猛然来个急刹车的那种痛苦，我尝受的并不多。

　　有的时候，如果不是生命的中枢受到强烈的压制，就会感到有一种难以形容的活力在心里燃烧。当这二者发生矛盾时，我总是屈从于大脑的命令。对于这个问题，我有时认为是自己的大脑坚强，因而才使其屈服；有时又认为是自己的心太软弱，因而才屈从于大脑的。但无论如何，我总是摆脱不了恐惧的心理，觉得尽管这种斗争是为了生活，但却是一种神不知鬼不觉地消耗自己生命的斗争。

　　因此，我看到《思想》的主人公才大吃了一惊。他把亲友的生命视为草芥，不承认在天理和人情之间有任何矛盾、隔阂和争执。尽管他所具有的生命智慧都成了复仇的燃料，并且为干净利索地完成残忍的暴行提供了方便，他却毫无悔悟之心。他是一个伟大的演员，能用心周密地把满腔毒血以十分机敏的动作劈头盖脸地浇注在对方身上。或许又是一个兼有超乎寻常的头脑和热情的狂人。与平素的自己相比，我倒是非常羡慕这位能无所顾忌地一意孤行的主人公。同时也很恐惧，以至于浑身都流出了冷汗。如果成功了，我想会是很痛快的。我还在想，大干一场之后，恐怕也一定会遭到难以忍受的良心上的谴责的吧。

我在思考，如果我对高木的嫉妒，使我采取某种不可想象的手段，将来要感受到比今天强烈数十倍的痛苦的话，那该是怎么个光景呢？首先，我考虑到人本来就不一样，归根到底那个样子是学不来的，从这一观点出发，马上就想把这个问题抛开。其次，我又产生了一个想法，同等程度的复仇我也肯定能干得很漂亮的。最后竟想到，像我这样一个平素总为大脑与心的矛盾而烦恼、举棋不定的人，更应当十分冷静地、有计划有准备地、痛快淋漓地来上这么一场凶猛的暴行。我自己也闹不清为什么到头来竟产生了这种想法。只是在这样想的时候，突然受到了一种异常心理的冲击，这种心理既不是纯粹的恐怖，也不是不安或不愉快，看来似乎是比这些远为复杂的某种东西。而从表现在内心的总体状态来说，一方面有一种满足感，恰似一个老实人因为喝了酒而胆子大了起来，觉得这回什么都能干得出来了一样。而另一方面同时又意识到，自己当了酒醉的俘虏，在品格上远比平素那个自己要堕落得多。于是便产生了一种异常的心理，恰如在沉痛之上又加上了失望，觉得堕落既是受到酒的影响，作为一个人来说，那是无论向何处逃避，都根本无法逃脱的。在产生这种不正常心理状态的同时，我瞪着大眼做起白日梦来了，仿佛当着千代子的面，把重重的文镇打进了高木的颅骨，因此，吃惊地站了起来。

我马上跑到楼下钻进了洗澡间，哗哗地用冷水浇起头来。一看饭厅的钟已经过了中午十二点，便借机坐在那里准备用饭。侍候我的还是阿作。我一声不吭地大口大口地吃了几口饭，两腮胀得溜圆。突然我问她："喂，阿作，我的脸色怎么样，有什么变化吗？"阿作瞪着双眼惊异地回答说："没有。"随后，阿作反过来又问我说："您怎么了？"

"不，没有什么。"

"天气突然热起来了。"

我默默地吃了两碗饭。在让阿作倒了茶正要喝的时候，我又突然对阿作说："在家里真安静，比去镰仓那儿乱糟糟的好多啦。"阿作说："不过，那里很凉快吧？"我说："不，比东京还热哩。在那个地方，光是让人心烦意乱，真受不了。"阿作问："老夫人还要在那边待一段时间吧？"我回答说："快该回来啦。"

二九

　　我瞧着坐在我面前的阿作的那副姿态，觉得就像一朵一笔勾画出来的牵牛花，只是并非出自尊贵的名家之手，使人深感遗憾，但在我心里却是和那类画同样贵重的素描。可能有人要问，把阿作的人品比喻为画，又为什么呢？其实，也没有什么更深奥的意思。我只是在她服侍我用饭的过程中，把刚刚读过《思想》的我和现在正端着黑漆盘恭恭敬敬坐着的阿作做了个比较，并大为惊愕，我的内心为什么会像浓涂厚抹的油画那么复杂呢？坦白地说，我受过高等教育，作为其证据，我迄今一直为自己的头脑比别人复杂而感到骄傲。可是，不知何时，却因这样复杂的思维而感到疲惫不堪了。是怎样一种原因使我不得不把事物精雕细刻到如此细腻的地步，以求得生存的呢？想到这里，感到十分可悲。我一边往饭桌上放饭碗，一边看着阿作的脸，心中不由得升起一种对她的敬重之感。

　　"阿作，你也有时想这想那的吗？"

　　"我没有什么值得要想的事。"

　　"不想吗？那太好了！没有要想的事是最好不过了。"

　　"就是有，也没有脑子，想不出个头绪来。根本就不行。"

"你真有福啊!"

我不由得说了这么一句,使阿作感到很惊异。阿作也许会认为突然被我嘲弄了一通吧。真是做了件很对不起她的事。

那天傍晚,没想到母亲突然从镰仓回来了。当时,我搬出藤椅放在阳光已移去的二楼走廊上,正听着阿作光着脚往庭前洒水的声音。当我从楼上下来,迎到大门的时候,看到千代子跟在母亲身后脱鞋进来,感到十分惊讶。照理说应当由吾一送母亲回来的,我坐在藤椅上乘凉,根本就没有想到千代子。即使想也是把她和高木联系在一起的。我一直确信这两个人眼下是不会离开镰仓那个舞台的。母亲的脸色多少黑了些。当见到母亲时,本当先问候一声,可是却很想在此之前先问问千代子跟来的原因。实际也是这样做了。

"我是送姨妈来的。怎么啦,没想到?"

"那,谢谢了。"我回答说。我对千代子的感情,去镰仓之前和去了之后大不一样,去了之后和回来之后又有很大不同。对和高木捆在一块儿的她以及今天这样被分开成了单独一人的她,在感情上也是大不相同的。她说不放心把年迈的姨妈托给吾一,所以自己跟了来。在阿作洗脚的当儿,千代子从衣柜里取出母亲的单衣,帮母亲换下了旅行服装,那种真心实意的劲头和原先的千代子毫无二致。我问母亲自我走后有什么趣闻,母亲脸上现出满意的神色,回答说,也没有什么特别突出的稀罕事,但又说:"不过,好久没有这样养养神了。托你的福。"我听着似乎是对身旁千代子道谢。我问千代子今天是否还要返回镰仓。

"住一宿再走。"

"住在哪儿?"

"是啊。到内幸町去也不错，可是那里太宽敞，叫人感到寂寞。好久不在这儿住了，今天就住在这儿吧，好吗？姨妈。"

据我看来，似乎千代子从一开始就打算住在我们家的。说老实话，我坐在那里，还没出十分钟，对眼前的她的言行，又不得不再从另一种立场来观察、评价和解释了。当我意识到这一点时，感到很不愉快。也觉得我的神经已经疲惫不堪，很难再做那种努力了。我是自己背叛自己，出于无奈才这样动心的呢？还是千代子强行牵动了我这个讨厌的人呢？不管是因为什么，我实在感到自己可气。

"即使千代妹妹不来，吾一来也没问题的。"

"可我不是有责任的吗？招待姨妈的是我呀。"

三〇

"那么，我也是受邀请的，也能送我回来就好啦。"

"可以呀，要是听人家的话，再多待些天就更好啦。"

"不，我是说那个时候嘛，在我回来的时候嘛！"

"这么说，对你真得像个护士啦！可以呀。就是当护士也会陪你来的。为什么不早说呀？"

"就是说了，也可能遭到拒绝吧。"

"我才可能被拒绝呢。对吧？姨妈。尽管是偶尔应邀来了那么一次，却总是满脸不高兴的样子。真的，你有点病呢。"

"所以，才想让千代随着一块儿来的吧。"母亲边笑边说道。

在母亲回来的前一个小时，我没有料到千代子会来，如今这也没有必要再重复了，不过，那时我倒是料想母亲肯定会带来有关高木的消息。也想到了慈祥的母亲的神态，会因为不安和失望而变得忧郁阴沉，使人为之难过。而现在，我亲眼看到了与这些预想完全相反的结果。她们二人都和往常一样，是亲近的姨母和外甥女。她们二人也还是和往常一样，把各自特有的温情和爽朗相互传给对方，也高高兴兴地传给了我。

那天晚上，我缩短了外出散步的时间，和她们二人一块儿登上二楼，一边乘凉一边闲谈起来。我按照母亲的吩咐，把画着女郎花等七种花草的岐阜灯笼挂在房檐上，点燃了里面细长的蜡烛。千代子说是太热，提议把电灯关掉，于是不客气地动手关了电灯，屋子里暗了下来。明月高悬，没有一丝风。靠在柱子上的母亲说想起了镰仓。这些日子以来熟悉了海滨生活的千代子发表议论说："在电车的轰隆声中赏月，总觉得有点可笑。"我坐在刚才那把藤椅上扇着蒲扇。阿作从下面到楼上来过两次，一次是更换了烟盘里的火，放在我的脚下；第二次是送冰激凌，这是让附近店铺送来的，阿作把它盛在盘子里端了上来。每一次我都不由自主地把她和千代子做一番比较，宛如生在等级森严的封建时代似的，阿作自认为自己一生的地位就是卑贱的使唤丫头，而千代子则具有一种无论在什么人面前都能摆出千金小姐架式的气质。对于千代子来说，不管是阿作出场，还是阿作以外的什么女人出场，她都一样根本就视而不见，毫不介意。而阿作每当起身退去走到楼梯口要下楼的时候，都回过头来望一望千代子的背影。我想起了在镰仓时在一旁看着高木度过的那两天生活，十分同情地凝视着眼前的这种情景，阿作曾明确说过自己没有什么值得思考的素材，而此刻却被赋予了千代子这份时髦而又有毒的素材。

"高木怎么样了？"这句问话几次到了我的嘴边。但是，由于除了想单纯地听听消息之外，还有一种别有用心的不纯正的东西在把自己推向前台，所以每当要开口的时候，也可能是由于远处有一种声音在骂自己卑鄙吧，最后还是以不屑一问而作罢了。而且也是因为考虑到，若是千代子回去，只剩母亲一个人时，才更好没有顾忌地打听高木的事。可是，说实话，我还是想直接从千代子的嘴里听听高木的情况。我希望知道她对高木的看法。我要把这一点牢牢地刻在心里。这是嫉妒的作用吗？如果听我这么说的人认为是嫉妒，那我也毫无异议。按我现在的心境来考虑，似乎很难加上别的什么名目，若果真如此的话，岂不等于说我一直就是这样热恋着千代子的吗？若做这样推理的话，我也只能是无可奉告。因为我内心里实际上并没有觉得对她有过那样热烈的爱。这样说来，我就成了一个比别人嫉妒心要强两倍、三倍的人了。不过，也可能真的就是这样。但是，如果要做出更恰当的评价的话，我想其原因恐怕还在于我生来就任性这一点吧！我只想为此再附加上一句话，若说在已经离开镰仓之后，我对高木仍有如此强烈燃烧的嫉妒心的话，这不仅是我的性情上有缺陷，而且千代子本身也有不可推卸的责任。恕我直言不讳，因为对方是千代子，所以我的弱点才暴露得如此明显。那么，是千代子的哪一点使我的人格低贱下来了呢？这一点我始终没有弄明白。我也在想，是否是因为她的亲切呢？

三一

千代子还是平素那样开朗爽快。无论出现什么话题,她都能毫不费力地发表见解。这只能令人认为是她心中没经过任何思考就乱发表议论的证明。她说到镰仓之后,自己开始学游泳,现在就盼着游到深水里去。还说:"可是百代子非常小心,总怕出危险,常常像哭泣似的哀求我,不让我去,真有意思。"这时母亲的表情显得有些担心,又有些吃惊,恳求她说:"怎么能那样啊!一个女孩子,可不能学得那样轻率。我求求你,今后看在姨妈的面上,可别再干那些危险的淘气事啦!"千代子只是笑着答了句:"不要紧的。"接着突然回过头来问我,"阿市也不喜欢这种疯疯癫癫的姑娘吧!"我正坐在廊边的椅子上,只说了一句"不那么喜欢",然后就把视线盯到月光普照的大门口去了。如果我忘掉了自己人格的尊严,就肯定会随后加上一句:"不过,高木君恐怕会喜欢的。"没被拖到那种地步去,总还算我走运,没有丢了面子。

千代子就是开朗爽快到了这种程度。可是,直到夜深了,母亲说该睡觉了,她嘴里还是没有一句提到高木。我认为这显然是故意做出来的。我觉得恰如在雪白的纸上染上了一个黑点。在去镰仓之前，我一直深信千代子是普天之下女性中最纯洁的一个。可是在镰仓度过的短短两天时间里，我开始怀疑她是在演戏了。这种怀疑现在正逐渐在我心里扎下根来。

"她为什么不提高木呢？"

我躺在床上想着，内心很痛苦。同时，自己也深知被这个问题夺走睡眠时间是愚蠢的。因此，觉得为此苦恼实在无聊，于是火气又上来了。和以往一样，我一个人睡在二楼上，母亲和千代子在下边的客厅里并排铺上被褥，合用一个蚊帐睡下了。我想象着就在自己下边安然入睡的千代子，终究不能不承认痛苦得辗转反侧的自己还是失败了。我甚至连翻身都讨厌起来了，因为不能把自己还没入睡这个事实传到楼下去，倘若传到千代子的耳朵里，就等于是在向她祝捷，这就只能认为是自己的一个耻辱了。

我在这样从各种不同的角度考虑同一个问题的过程中，发现这同一个问题在我看来似乎又成了各种各样的问题了。嘴上没有提到高木的名字，这完全是她对我的好意。她怕影响我的情绪，从这种体贴人的心理出发，才故意回避这一点的。如果能这样理解，那我在镰仓时表现出来的情绪就很不正常很不合情理了，以至于使那么单纯的千代子都失去了在我面前公开提到高木二字的勇气。假如是这样的话，那么自己就成了一个为了讨人嫌而到人群中去的令人讨厌的动物了。这只要缩在家里不去搞交际问题就解决了。但是，如果剥去亲切外衣的演技是她本意的话……我把演技这两个字细细地咀嚼思考了一番。是想把高木作为诱饵来钓我上钩吗？明明钓也达不到最后目的，那么仅仅是打算以一时刺激我对她的爱情来取乐么？或者是打算要我在某种意义上学高木的样子？只要做到那样就可以爱我了？或者是想看我和高木争风吃醋，这才感到有趣？不然的话，就是想把高木推到我的面前，让我知道有这么一个人，暗示我趁早死心？——我把演技二字在心里无止境地做了分析。于是，我想到了：演技就是战争，战争是无论如何要决出胜负来的。

我躺在床上睡不着，恨自己吃了败仗。放蚊帐时就把电灯熄灭了，整个房间一片漆黑，令人感到压抑，简直要透不过气来了。这种在漆黑一团中瞪着双眼、一味冥思苦索的痛苦，我再也忍受不住了。我本来连身都不敢轻易翻一下的，这会儿却猛然起身拉开灯，把屋子照得通明。趁势我又到廊檐下把防雨的木板套窗打开了一条细缝。明月斜挂在空中，地面连一丝风都没有。只有略微凉爽的空气轻轻接触到我的肌肤和喉头。

三二

　　第二天早晨，我比平时一个人在家睡的时候早一个半小时就醒了，即刻起来走下楼去。阿作梳着两个小圆发髻的丫环头，上面顶着块白手巾，正在筛方火盆里的炭灰。一见我下来，她惊讶地说："哎呀，您起来啦！"说着就把洗漱用具都为我摆在了洗澡间。我洗漱后，光着脚穿过满是灰尘的饭厅，到了玄关，中途顺便隔着蚊帐窥视了一下母亲她们睡的客厅。可能是因为昨天乘车太疲劳了，本来睡觉很轻、特别易醒的母亲还在贪恋着安静的睡梦。千代子就更不用说了，头粘在枕头上，也没个睡相，像是沉浸在梦境的深渊。我毫无目的地信步来到了外边。清晨散步的雅趣，在我的记忆中失去很久了。看起来街道没有变化，景色依然如故，十分寂静，像是一个不受炎热和嘈杂人群干扰的星期日的早晨。磨得铮亮的电车轨道像一条长长的光带，无声息地在地面上笔直伸延开去，又增添了几分沉静。但是，我并不是想散步才出来的，只是由于醒得过早，随意出来走走，打算通过运动掩埋掉这生命中增生出来的片断。所以，从空中、地上以至街道都没能找到我的这种兴趣。

　　过了一个小时左右，我反而带着一张疲惫的脸返回家中，使母亲和千代子都感到奇怪。母亲一见面就问我到哪里去了，后来又说："脸色不大好呢！怎么啦？"

"昨晚没睡好吧？"

我不知道该怎么回答千代子的这句问话。说实话，我真想挺着胸脯说：没有的事，睡得很好。可是很遗憾，我不是演员。不过，我也不能坦白地说我没睡好，这点自尊心我还是有的。因此，我没做任何回答。

三个人同桌刚用过早饭，梳头的人就来了。这是昨天母亲邀好的，打算趁着凉快整整头。梳头发女人胸前戴着刚洗过的白围裙，隔着门槛躬下腰，两手附在膝上亲切地寒暄道："你们好！回来啦！"她和同行业一样，有一张哄人的甜嘴。她那张嘴每说一句都要给脑腼的母亲创造讲话的机会，好让母亲把避暑当做一个引以自豪的话题。看来母亲也很高兴，可是她讲不了那么干脆，也并没有口若悬河地滔滔不绝。梳头女人很快就转向了千代子。她年轻，讲起来清楚痛快。本来千代子就是个不管对谁都能随随便便、无拘无束应答的女人，所以每当称呼她小姐，她就有许多应答的话说，而且越说越起劲儿。当千代子说到游泳的时候，那个梳头女人说："活活泼泼的，太好啦。近来一些小姐都学游泳呢！"这些话，无论谁听起来都会认为是做作的奉承。

好像我尽是胡吹些怪事，很可笑。不过，说实在的，我很喜欢看女人梳扎发型，也就想讲讲。母亲头发很稀，费很大工夫才好不容易梳成个发髻，即使是高手来梳，也梳扎不了那么漂亮动人。尽管如此，作为一种消遣，却是个很合适的机会。我目不转睛地看着母亲那自然长出来的成年妇女的小圆发髻，梳头女人的手正在上面忙着。于是我心里想：如果把千代子的头发梳成日本式的，一定会非常漂亮。因为千代子的头发色泽美，不卷曲，而且又长又密。如果我还是平素那个样子，一定会劝说千代子也顺便梳扎一番。可是，我现在很难有兴趣跟她说那种亲近的话。很意外，没想到千代子突然说："不知怎么的，我也想梳扎一下了。"母亲说："梳梳吧！好久不梳扎啦。"梳头女人似乎也很想给她梳，劝诱她说："一定要梳一梳。我从一看到您的头发时就觉得您梳成西式头太可惜了。"千代子终于在梳妆台前坐了下来。

"梳成什么型呢？"

梳头女人劝说梳成姑娘们喜欢的那种高高耸起的岛田型。母亲也是这个意思。千代子背后垂着长长的头发，突然喊了声"阿市"。

"你喜欢什么型？"

"少爷也一定喜欢岛田型吧！"梳头女人随口说了一句。

我的心猛地抖了一下。千代子完全像是无所谓的样子，故意回头朝我笑着说："那么，就给你梳个岛田型看看吧！""好吧。"我回答的声音听起来很不干脆。

三三

　　我在千代子的发型还没梳起来之前就跑上了二楼。像我这样神经过敏的人，一旦拘泥起来，真能做出在局外人眼里看来活像个孩子似的举动。我在中途离开了梳妆台，是怕顶着岛田发型的女人强我所难，想逃避开硬要人为之赞叹捧场的场面。因为那时候，我已经没有要那么迎合她的虚荣心，对她没有那样的好感了。

　　我不愿意为了让人听来好听，百般自我粉饰。不过，即使像我这种人，也还自信能在多少更高尚一点的问题上用脑子，而不愿研究方火盆旁产生的这种战术。只是被拖到那个地步的时候，我是无论如何也不想有失常态的，这是我的弱点。正因为自己深知那种无聊的界限，所以我自己憎恨和谴责自己竟敢想干那种事情。

　　与嫌恶卑鄙同样，我也嫌恶虚张声势。所以，即使是低下、渺小，我确信讲真正的自己是个名誉问题，从而尽可能不做掩饰。然而，世界上公认的伟大人物，高尚的人们，难道都一个个地超脱了方火盆和厨房这些人生中卑贱的纠葛了吗？我不过还是一个刚从学校毕业两年，只有点微不足道的经验的年轻娃娃，可是，据我的智力和想象所能做到的考虑，恐怕那种伟大人物和高尚的人在任何时候的人世间都是不存在的吧！我很尊敬舅舅松本，但是，说得露骨些，我认为把舅舅那样的人评价为看来是个了不起的人，是个让人高看的人，也就足够了。我愿避讳失礼和偏见，不想给我所敬爱的舅舅扣上伪造品和冒牌货的罪名。然而，事实上他装出一副不拘泥于世俗的面孔，而肚子里却是放不下的。对小事拱起他那不慌不忙的手，而头脑中却总是处心积虑。我想奉送他赞美的辞句，是指他在不外露这一点上比一般人品质要好。而他不外露是沾了财产和年龄的光，是幸亏有了点学问、见识和修养。可是，最终也是因为他和他的家庭很合拍，也是因为他和社会的关系貌似相反实则一致的缘故——我的话说到这里有些跑题了。可能我对我的小器辩护得过多，话过长了。

正如刚才所说的，我很快跑上了二楼。二楼靠太阳又近了些，比一楼可难熬得多。但是，因为我平时待惯了，一天的大半时光都是在这里度过的。我和往常一样，一坐到桌子前，就手托腮颊，陷入茫然之中。我丢烟灰用的烟灰缸，是意大利瓷制品，我发现今天早晨被刷洗得干干净净，刚好摆在我胳膊肘的前方，我一边凝视着烟灰缸上金光闪闪的两只鹅，一边在头脑里想象倒却烟灰，刷洗烟灰缸的阿作那双手。正在这当儿，下边传来了登楼梯的脚步声，有人上来了。我一听声音，立刻就感觉到那不是阿作。我在这样呆呆痴痴、百无聊赖的时刻要被千代子看到，我觉得是个屈辱。本来可以马上打开一旁的书，装作从刚才就一直读书的样子，可我又不喜欢运用这种鬼心眼。

"梳好了。请过目吧。"

我看了看来到我面前就边说边坐下来的千代子。

"很可笑吧？好久不这么梳扎了。"

"梳得真漂亮。以后总梳成岛田型才好呢！"

"要拆了梳，梳了拆地梳两三次才行呢。现在头发还不那么
驯服。"

在这样围绕着发型再三再四地应来答去的过程中，不知什么时
候，我觉得在我眼前看到了和往昔一样美丽的天真无邪的千代子。
是我的那颗僵硬了的心不知什么缘故而缓解了呢？还是千代子对我
的态度在什么地方转了弯呢？这很难说得清楚。从这两方面似乎都
没能探索到明确的答案。如果这种毫无拘束、融洽的状态再多持续
一两个钟头，说不定我对她所抱的异常的怀疑就可能在误解的名义
之下一直返溯到过去而从头一笔勾销了。可是，结果我又做了蠢事。

三四

事情是这样的。和千代子谈了一会儿，我就发现她并不是单纯为了让我看发型上楼来的，而是因为今天要返回镰仓，上楼来和我道别。这时，我由于思想准备不足，跌倒了。

"真够早的呀！就又要回啦？"我说。

"不早啦，已经住了一夜了。我顶着这么个头回去，总觉得太可笑啦！像要出嫁的新娘子似的。"

"大家还都在镰仓吗？"我问道。

"是的。哎，怎么了？"千代子反问道。

"高木君也在吗？"我又问。

高木这个名字，千代子来后一直没有提过，我也有意回避，不把它扯到话题上来。可是，不知是怎么个机缘，那种和往日一样的融洽、毫无拘束的气氛又复活了，于是就在刚刚进入这种气氛之中的时刻，我无意识地冒出了这么个话题。我糊里糊涂地这样发问之后，当看到她的脸色时，即刻就后悔了。

我作为一个优柔寡断、固执不化的男人，受到她的某种轻视，这我在前面已经讲过。然而说实在的，我们二人的交往不过是在这种相互默认基础之上的亲近。作为一种平衡，幸而我还有一点长处，正是千代子所常常畏惧的。这就是我的寡言少语。她这种人，若不把万事全都倾吐出来让她看到内心的一切，她就不会放心，因而像我这样总抱沉默、冷淡态度的人，她是决不会喜欢的。然而，我这种态度中，恰恰又神秘地隐约存在着一种使人看不透的心，所以历来她不能完全彻底了解我，因此尽管一方面轻蔑我，而另一方面又把我当成一个在某一点上很可怕的男人，表示出某种程度的尊敬。这虽然不能公开亮明，但事实上即便是她，也是在心底里正式承认的，我也在暗中将其作为我的一种权利向她要求。

可是，偶然提到高木的名字时，我觉得这种尊敬即刻被千代子夺过去，而且是永不再复返了。之所以这样说，是因为千代子一听到我问高木，她的表情骤然一变，简直判若两人了。我也并不承认那一定就是一种胜利的表情。但却表露出我迄今为止从未在她那里看到过的一种轻蔑的神情，这是不容置疑的事实。我就像在毫无思想准备的情况下，刹那间猛然被狠揍了一个耳光一样，一下子就愣愣地钉住一动不动了。

"你是那么把高木放在心上啊！"

她说了这么一句之后，高声大笑起来。声音高得震耳欲聋，简直要使我用两手捂上耳朵。此时我觉得受到了一种刺心的侮辱。然而，一时间我又未能做出任何回答。

"你真卑鄙！"她接着说了一句。对于这样一个意想不到的形容词，我大吃了一惊。我真想说：你才卑鄙。可是我转念一想，对一个年轻女子使用和对方同等程度的过激言词未免有些过早，于是强忍住了。千代子说了这么一句也就沉默了。我好不容易吐了几个字，问"为什么"。这时，千代子那黑黑的眉毛动了动，似乎是针对我的问话说：你自己完全清楚你那卑鄙二字的含义，可是常常在受到人指责的时候，为了不让对方发现自己的弱点而装糊涂，做掩饰。

"你还问为什么，你自己不是很清楚吗？"

"因为不知道才问的。"我说。因为母亲就在楼下，而且我也深知这位好动感情的年轻女人的性情。所以，为了尽可能缓和她的情绪，使她讲话冷静些，当时我说话的声音低到了极点，而且语气也缓和得再无法缓和了。然而，看来这反倒更不合她的意了。

"你要是不知道，就是混蛋！"

我想我的脸色恐怕比平素要苍白多了。我记得只是两眼发直，呆呆地看着千代子。当时，千代子那双无所畏惧的眼神和我那直呆呆的视线在无声中相碰，一时双方都在那里一动不动了。

三五

"在千代那样泼辣的人看来，像我这样畏缩的人当然是胆小鬼啦。我没有勇气把想到的事马上说出来并照样表现在行动上。因为我是个十分优柔寡断的人嘛！若因此而说我'卑鄙'的话，怎么说我也能听得进去。不过……"

"谁说这卑鄙啦？"

"可是，你是在轻蔑我吧！我很清楚！"

我认为没有必要特别要争论清楚这么一句话，所以故意再没有回敬她。

"你认为我是一个没有学问、不懂道理、不值一提的女人，心里一直瞧不起我。"

"这和你把我看成白痴是同样的。尽管你说我卑鄙，我却不介意。可是，如果你是从道义的意义上说我卑鄙的话，那你就错了。至少在有关你千代的事情上，我不记得有过违反道义的卑鄙举动。本来可以说白痴或者是优柔寡断，而你却使用了卑鄙这个词，这样的话，听起来总觉得是在说我缺乏道义上的勇气，不，是在说我是不懂道德的、下流无耻的人，因此我心里十分难受，希望你能更正你的说法。或者是在现在所讲的这个意义上，如果我做过什么对不起千代的事，请你不客气地提出来。"

"那么，我就说说卑鄙这两个字的意思。"说着，千代子哭了起来。我一直认为千代子是比自己坚强的女人。不过，我把她的坚强只理解为从专一的温柔而产生的女性的集中体现。但是，现在出现在我面前的千代子，只能把她看作是一个充满好胜心的、人间比比皆是的、俗气十足的妇女。我没为她的眼泪动心，静静地等待着，不知从她的泪水中将会流出什么样的说明。因为我确信：从她嘴里说出来的，除了掩饰自己体面的强辩之外，不会有别的什么。她眨了眨湿润的睫毛。

"你认为我是一个疯疯癫癫的轻浮女人，总嘲笑我。你并不……爱我。也就是说，你并不想和我……结婚……"

"不想的是你……"

"你听我说！你是想说，在这件事上咱们俩都一样，是吧？那么，那好啊！我并没说请你娶我。既不爱，也不想娶我，那为什么对我……"

她说到这里，突然哽住了。我脑子不灵，这时还没有领悟到下边她要说什么。我像是催促她似的插上来问道："对你怎么啦？"她像是冲破了堵塞，突然冒出一句："你为什么嫉妒？"说完比刚才哭得更厉害了。我感到血液一下子涌到了脸上，两颊发烧。不过，看来她似乎完全没有注意到。

"你是卑鄙的，是道义上的卑鄙。你甚至怀疑我邀请姨妈和你去镰仓的意图。这已经是够卑鄙的了。不过，这还不算什么。你接受了我的邀请，然而又为什么不能像平时那样轻松愉快呢？这如同是我邀请你却自讨没趣一样。你侮辱了我家的客人，结果也就是侮辱了我。"

"我不觉得给了你什么侮辱。"

"给了。言语和行动，不管怎么说，你的态度侮辱了人。即使你的态度没有侮辱人，你的心也是想侮辱人的。"

"我没有义务接受这种无端的指责。"

"男人是卑鄙的，因而才能做出这种无聊的表白。高木是位绅士，能容你的雅量要多大有多大。可是你就决不能容下高木，因为你是卑鄙的。"

松本的话

一

从那以后，市藏和千代子之间怎么样了，我不知道。恐怕也不会出现什么特别的情况吧。至少从一旁来看，他二人的关系从过去到现在似乎完全没有变化。如果去问他们本人，恐怕还会讲出种种趣闻的。但是，那都是受当时那种心境的制约而讲出的谎话，而且是煞有介事地把那些前后矛盾、不能自圆其说的谎话，说成是似乎有永恒价值的东西。若是这样考虑他们所讲的话，无疑是正确的。我就是这样确信不疑的。

若是那桩事，当时我也有耳闻，而且是从双方那里听到的。那不是什么误解，双方都是那样确信的，并且二人的想法又都不无道理，所以不能不说那完全是理所当然的冲突。所以，无论是做夫妻，还是做朋友，那种冲突终究是不可避免的。恐怕只有认为这种关系是他二人命中注定的了。而不幸的是，两个人在某种意义上又紧紧地吸引在一起，而且这种紧密的黏着状态又是受命运的力量所控制，是旁人无力干涉、无可奈何的，因此也是可怕的。引用一个冠冕堂皇的俏皮话来说，他们二人成了为离而合，又为合而离的可怜的一对儿。不知这样说你能否明白，这就是，他们若成为夫妻，其结果将与以酝酿不幸为目的而结成的夫妻是一样的；而若不成为夫妻，就会继续以不幸的精神为不能成为夫妻感到不满。所以，这两个人的命运，唯有听其自然，靠自然的力量直接使其向前演变，我认为这才是上策。你也好，我也好，如此这般地去多管闲事，反而可能对他们不好。对我而言，无论市藏还是千代子，都不是外人。尤其是须永姐姐，过去曾多次为他们二人的事来求我，或找我商量。但是，靠老天的威力都不能使他们的关系顺利发展，靠我这点微不足道的力量又怎能办得到呢？这也就是说，姐姐一个人在做着根本不着边的梦。

须永姐姐、田口姐姐都因为我和市藏的性情酷似而感到惊讶。我也有时想，怎么在亲属中一下子就出了两个这样的怪人呢？自己也觉得奇怪。须永姐姐的想法，好像是认为市藏的现状完全是受我影响的结果。姐姐看不上我的地方很多，而其中最使她不满意的，就是认为我这个无能之辈竟给了我外甥这种恶劣的影响。我回顾迄今为止我对市藏的态度，我承认这种指责是有道理的。顺便我也可以坦白地说，我不满意田口家因此而疏远了市藏。而两个姐姐把我和市藏看成像一个模子打出来的怪人一样，双双冲着我们皱眉头，这一点无疑是不公正的。

市藏这个人，性格怯懦，每每同社会接触的时候，总是畏缩不前。因此，一受到某种刺激，那刺激就会翻来覆去、东转西转地逐渐刺向他内心深处，越来越深刻而具体。这样，无论刺到哪里，这无尽无休的同一个作用力都会持续不断地折磨他。最后，把他折磨得祈求苍天，渴望求得个什么办法摆脱这内心中翻腾的痛苦。但是，好像被一种强大的魔力拖扯着，他单凭自己的力量，无论如何是不能摆脱的。这样，不知何时将势必为这种挣扎倒下去。他心里升起了一种不得不独自一人倒下去的恐怖感，于是将像一个疯子那样疲惫不堪。这正是市藏命里存在的一大不幸。为了把这种不幸扭转为有幸，只有把他那一味朝内向发展的命中注定的性格倒转过来，使其向外伸张，果敢起来，除此再无其他出路可寻。不要用眼睛机械地将外部存在的事物搬进头脑中来，相反，必须以用大脑观察分析外界事物的心境去利用眼睛。普天之下，哪怕有一个也好，必须寻找出能俘获自己这颗心的伟大的东西，美丽的东西，或者是慈祥的东西。一言以蔽之，就是必须轻薄一些。市藏开始对轻薄是很蔑视的，而今天却正在渴望着它。他为了自己的幸福，衷心乞求神佛，想设法成为一个轻薄的翩翩才子。天底下除了轻薄能拯救他之外，再没有别的什么途径。这一点，在我忠告他之前，他就已经懂得了。不过，现在他还没有实行，仍在痛苦地挣扎着。

二

　　我对于培养出这样一个市藏是负有责任的，遭到亲戚们暗地怨恨也无法争辩，因为自己也内疚。就是说，我没有掌握因人而异的诱导方法，总以为尽量把自己的爱好移植到市藏身上就好了。从这种轻率的考虑出发，就随随便便地拨动年轻人那柔软可塑的精神，这似乎是一切祸事的根源。我意识到这个过失是两三年以前了，而意识到的时候，已经晚了。我只有拱起我这双无能为力的手，在心中暗自叹息。

　　一言概之，我现在过的这种生活，对我是最合适的，而对市藏是绝对不可行的。我本来就只不过是一个好见异思迁的人，做点最肤浅的自我批评的话，我是一个天生的轻浮的人。我的心不断地向外界飞去，并随着外部的刺激而变化。仅仅是这样说，可能不大好理解。进一步说，市藏是为了教育现有社会而生的，而我则是个受通俗的社会教育过来的人。我这么个年龄的人还颇有年轻之处，与此相反，市藏从高中时代以来，就已经很老成了。他把社会作为思考的材料，而我则只是在社会上随波逐流。市藏在这方面有他的长处，同时又潜藏着他的不幸。我有我的短处，可又是我的幸福所在。

我一搞茶道，心就平静，玩玩古董，古雅之情就油然而生。此外，听书、看戏、观赏摔跤，每种场合心情都会随之变化而各有不同。其结果，我的心完全被眼前的事物夺走，所以自然而然地就会陷入无我的空虚之感。因此，我过着超然的生活，力图强行树立自我。可是市藏本来就是一个除了自我之外什么都没有的人。弥补他的缺陷，说得更清楚些，为改变他那不幸的生活，只有不再郁郁闷闷地把事情潜藏在内心而随时对外做出反应，别无他策。然而，这种能使他幸福的唯一良策，却由我间接地从他身上夺走了。亲戚们怨恨是理所当然的。我没受到他本人的埋怨，内心里感到庆幸。

想来大概是一年前的事情了，反正是市藏还没有从学校毕业时的事。有一天他突然来了，可是只打了个照面就不知道到哪里去了。那时，我受人的委托正在书房里查阅有关日本插花技术的历史资料。我当时正全神贯注地查看资料，他露面的时候，我只是回头说了句："噢，你来啦！"可是我看他脸色不好，有些放心不下，工作刚告一段落，我立刻就离开书房找他去了。他和我的夫人关系也很好，所以我想可能是在饭厅里跟她说话，然而那里也没有他的影子。我问夫人，她说可能在孩子们的房间。我沿着走廊过去开门一看，他正坐在咲子的书桌前看妇女杂志封面上的美人照片。这时他回头看着我说："刚才发现了这么张美人照片，看了有十分钟了。"听他说，那张漂亮的脸出现在他眼前的时候，他忘记了头脑中的痛苦，心情不由得愉快了。我当即问他，那小姐是哪里的，叫什么名字。说也奇怪，照片下边写着那女人的名字，他却没有看到。我心里想他真粗心。我问他："那么喜欢她的容貌，怎么不先把名字装在脑子里呢？"我之所以这样说，是因为想到，根据情况也不是不可能把那女人作为妻子娶过来的。可是，看他的眼神，像是在怀疑我的提醒，似乎在说：有什么必要要记下姓名和地址呢？

也就是说，我始终把照片当做活人的代表来看，而他却是当做一张普普通通的照片来看的。如果在照片的背面注上真实的住址、身份、文化程度以及性情爱好等，使纸上的肖像复活的话，说不定他反倒会连看中的那张俊俏的脸也一并扔下不管呢。这就是市藏和我根本不同的地方。

三

　　市藏毕业的两三个月前，我觉得大概是去年四月前后，他母亲来找我，就他的婚事进行了一次从未有过的长时间的交谈。她的意图很单纯又很固执。不用说，当然是希望把田口家的大女儿作为儿媳迎娶过来。我有一个毛病，觉得给女人讲大道理似乎是男人的耻辱，所以我尽量地控制自己少讲。不过，关于这种问题，为了使她这个老脑筋能听得懂，我还是尽可能把要说的意思化整为零，说得浅显些。我向她说明了不允许本人的自由，就等于违背了做长辈的义务这个道理。正如你所知道的，姐姐是位性情极为温柔的妇女。但是，一旦发生问题的时候，同一个意见她不惜重复千遍万遍。这是女人的特性，而在她的身上就更为突出。我厌烦她的固执，然而她那过强的毅力反而促使我格外对她产生一种怜悯之情。因此，当她提出现在亲戚中市藏所尊敬的人只有我一个，希望无论如何要把市藏叫来好好谈一谈的时候，我就欣然答应了。

　　我为了践约，在这个客厅里会见了市藏。记得那是姐姐来后的第四天，一个星期天的早晨。市藏面临毕业考试前夕的紧张，坐下来后，他苦笑着说："没什么，考成什么样都没关系。"据他说，这件事是老生常谈了。过去母亲已经讲了许多遍，但每次都没给她明确的答复，就这样拖了下来。不过，看来他为这件事是十分苦闷的，苦闷的心情同问题的陈腐刚好成反比例。母亲最后一次同他说的时候，据说他央求母亲说："毕业之后总要解决的，请您等到那个时候再说吧！"可是，在考试还没结束之前就被我叫来了。所以，不仅看起来他多少有些为难的神色，而且甚至于嘴上说了出来。他说："老年人性情急，真不好办。"我也觉得他说的有道理。

按我的推测，他把做出明确答复拖到学校毕业的时候，不过是一种逃避的手段。他可能估计在这段时间里，千代子的婚姻一定会落到比自己更合适的别的候选人身上，如果这样，与其自己直接使母亲失望，莫如利用这周围的客观情况推翻母亲的想法，等待自然而然地给她施加压力就更好些。我问市藏是否是这样考虑的，他做了肯定的回答。我问他："无论如何你都无心使母亲满意吗？"他回答说："我很希望不靠那一件事来使母亲满意。"不过，他根本就不提娶千代子的事。我问是不是因为赌气不娶她，他断然答道："或许就是这样。"我进一步问："如果田口说可以嫁给你，千代子本人也说可以来，那你怎么办呢？"市藏不做回答，默默地看着我的脸。我一看他那脸色，就根本再没有心思往下谈了，若说是恐惧，有点夸张，如果说是同情，听起来又显得可怜，他那种表情使我产生的复杂心理，真不知该怎么说好。那是在使对方不能不彻底断念的绝望神色中夹带着可怕与安详的一种特殊的表情。

过了一会儿，市藏突然发表了使我感到意外的感想，他说："我为什么会这样被人讨厌呢？"我一听，大吃了一惊。因为他说的不是时候，而且这个说法又与我平素心目中的市藏判若两人。于是我以一种责备的口吻反问道："怎么发起牢骚来了？"

"不是牢骚，是事实。所以我才说。"

"那么，是谁讨厌你呢？"

"眼下您这位舅舅不是就在嫌恶我吗？"

我又吃了一惊。因为实在是不可想象，所以经过几个回合的争执之后，我想了想这到底是怎么一回事。估计很可能是因为刚才在他那种特殊的表情影响下我停止了谈话，而他把我这时的态度当做是对他的嫌恶了。我开始设法竭力打破他的误解。

"我为什么要讨厌你呢？从你小时候和我的关系来看，不是很清楚吗？少说混账话！"

市藏受到责骂并没有激动的样子，脸色愈发苍白，一动不动地看着我。我的心情就像是坐在鬼火前面那样。

四

　　"我是你的舅舅，天底下哪里有讨厌外甥的舅舅！"

　　市藏一听到这句话，突然撇了一下薄嘴唇，冷淡地笑了。在他那冷淡的背后，我看到了一种寓意深刻的轻蔑。坦白地说，在对问题的理解上，他比我来得快，长了一个好脑袋。这是我早就清楚的。因此，和他接触的时候，我都尽可能地谨慎又谨慎，小心又小心，生怕愚蠢外露被他小瞧。但是，常常最终由于年长者的傲慢，不把格外亲近的市藏放在眼里，明知很肤浅，却总是把他一时毫无意义的冲动看得很重而加以严厉的训诫。这种情况时有发生。他很聪明，从不会利用他自己的优势来让我难堪，做出有失体面的事来。而我每一次都产生一种屈辱感，似乎觉得在他面前我的身价在跌落。我开始订正我的话了。

　　"世界大啦，也有老子和儿子敌对的，也有夫妻间相互残害的。可是，一般说来，既然是以兄弟或者叔侄的名义联结在一起，不是就有足以使他们联结在一起的亲密感情吗？你有与你相应的教养，也有与你相称的头脑，可是却总有一种很不一般的乖僻。这是你的弱点，你一定要改正。在一旁看着你也感到不舒服。"

344

"所以我才说连舅舅也讨厌我了。"

我不知如何回答，窘住了。自己没意识到的自我矛盾被市藏一针见血地指了出来，我感到很不是滋味。

"只要把那乖僻劲儿干干脆脆地丢掉就行了。这有什么难的？"

"我乖僻吗？"市藏冷静地问道。

"乖僻。"我不假思索地回答。

"什么地方乖僻？请您明确地讲给我听听。"

"你问是什么地方……有啊！因为有才说的嘛！"

"您认为我有这种弱点，那么它是从哪儿产生的呢？"

"那是你自己的事，自己想想不好吗？"

"您太无情啦！"市藏咬着牙说了这么一句，语调很沉痛。我先是为他的语调慌了神，而后看到他的眼神，我又畏缩起来。那双眼睛像是极其愤恨似的盯着我的脸。我在他的面前，已经连答一句话的勇气都没有了。

"在您没说之前，我就考虑过了。不需要您说。因为是我自己的事，我自己一直都在考虑。没有任何一个人来教育我，所以就一个人独自地思考。我日日夜夜都在思考。甚至因为思考过度而大脑和身体都支持不下去了。尽管如此，还是弄不清楚，所以才向您请教。您自己也向我宣称您是我的舅舅。都说舅舅要比别人亲近，可是刚才的话，尽管是从您这位舅舅口里说出来的，然而我听起来却只是觉得比别人更冷酷。"

我看到他泪水顺着脸颊往下淌。我向你说明一点，他从小就和我亲近，直到现在我们二人之间从来没出现过这般情景。我还想告诉你，我那时完全不知道该怎样应付这个激动起来的青年人。我只是茫然不知所措。市藏又瞪着大眼盯着我的举动，使我没有选择自己语言的余地了。

"我很乖僻吧？的确是乖僻吧！您不说，我也清楚地知道。我是乖僻。没有您的提醒，我也深深知道。我只是希望知道我为什么成了这个样子。而母亲、田口姨妈，还有您，都很清楚，唯有我一个人不知道。只是瞒着我一个人。在世上的人中，我是最信任您的，所以才向您请教。可是您残酷地拒绝了我。今后我要把您作为一生的敌人来诅咒。"

市藏站起身来。在这一瞬间，我才下定了决心，于是把他叫住了。

五

　　我曾经听过一位学者的讲演。那位学者解剖了现代日本的开化情况。他说我们这些受到开化影响的人，如果头脑不灵活，肯定会陷于神经衰弱。他全无愧色地把这种论调暴露在了大庭广众之中。他说，在不知道事物真相之前，特别想知道它，而一旦知道了，反而又羡慕起以不知为荣的过去的那个时代，常常会痛悔成为现在的这个自己。他说自己的结论或许就与此相似。他讲完，苦笑着走下了讲坛。那时，我想起了市藏，我们日本人不得不接受这种苦涩的真理，也实在够可怜的了。而像市藏那样，对于仅仅属于个人的秘密，想探索又胆怯、虽胆怯而又想探索的年轻人，我觉得会是更可悲的。于是心里暗暗地为他落下了同情的泪水。

　　这只是我们家族的事，事情和你完全没有利害关系。所以，如果不是你早就为市藏那么操心，对他那么亲切，我是不会向你公开这个秘密的。说实在的，市藏的太阳，从他降生的那天起，就已经失去了它自身的光辉了。

　　我不怕向任何人开诚布公地讲明自己的信念，我认为一切秘密只有把它完全公诸于世的时候，才能看到它最终恢复自然。因此，我不像一般人那样特别看重什么"息事宁人"或"维持现状"等一类观念。所以至今我从未主动把市藏的命运追溯到他降生之初去做对比。作为我来说，这倒可以说是不可想象的失误。现在想起来，直到我受到市藏诅咒之前，为什么把这件事一直作为个秘密呢？其意义又在那里？我几乎不得而知。因为我做梦也不能想象，只要把这个秘密透露出去一点点，他们母子的关系就会变坏。

我说市藏的太阳从他降生的那天起就已经失去了光辉，这句话里包含着什么意思呢？你同他交往很深，在你的耳朵听来，恐怕已经产生了具体的反响，或许你已经知道了。一语道破，他们并不是真正的母子。为了不产生误会，我补充一句，也就是说，他们是比真正的母子还要好不知多少倍的养母和养子。他们的关系是撇开血缘才能成立的通俗的母子关系。然而，他们被爱的链条自然而然地紧紧地系在了一起，哪怕这种关系受到轻蔑，也是不可能分离开的。无论是什么魔力挥舞的斧头，也是不可能把这个链条砍断的。所以，公开任何秘密也绝没有必要害怕。姐姐手中掌握着秘密，市藏处于被动状态，总觉得有什么秘密被掌握着，二人双双处于恐惧之中。而我终于把他所恐惧的秘密的真相掏出来，别无用心地摆在了他的面前。

我现在没有勇气把当时的对话逐一地重复，全部告诉给你。我本来从一开始就没有把这件事看成是什么了不起的大事，而且也有必要尽量装作无所谓的样子，也就是说，装成根本不当一回事似的很自然地同他讲了。尽管如此，市藏还是把它当做生死攸关的通知，在极度紧张的状态中接收了过去。回过头来再接着前边讲，简单来说，事实上他不是姐姐的亲生儿子，而是女佣生的。因为不是我自己家发生的事，而且又已经是二十五年前的事了，所以我也不可能知道底细。不过，反正听说那个女佣怀上市藏的时候，姐姐用了相当数量的钱，让她歇了长假。后来听说回自家去的孕妇生了个男孩之后，当时只把孩子接了回来，对外声称是自己生的。就这样把市藏养育大了。这也许是姐姐出自对须永的情义吧。因为她正为自己不能生孩子而苦恼，所以真心实意地想把市藏作为她的亲生儿子疼爱。可能这种想法也是起了作用的。实际上，也正如你所见到的和我们所了解的，他们一直是作为最亲近的母子生活到今天的。所以，尽管相互把情况讲明，也是不会产生任何障碍的。若让我说，比起世间常有的那些性情不合的真正母子来，真不知该是多么值得自豪啊！就算他们二人，在明确了这个关系之后，回顾母子俩至今为止的和睦劲儿的时候，也会相当愉快吧！至少若是我，就一定会是这样的。因此，我为市藏尽最大力气特别点明了这些美好的地方，没敢有半点怠慢。

六

"我就是这么想的。所以根本不认为有隐瞒的必要。即使是你，如果神经健全，也会和我想的一样。如果说你不能这样考虑，那就是你的乖僻了。懂了吗?"

"懂了。完全明白。"市藏回答说。我说:"懂了就好。关于这个问题再不要说三道四的啦。"

"再也不说了。决不会再有关于这件事使您烦恼的日子。的确像您所说的，我总是在做乖僻的解释。我在听您说明之前，是非常害怕的，甚至怕得前胸的肌肉都在抽搐。可是，听您这么一讲，我全都明白了，反倒安心，感到轻松了。再不会有不安，也不会再有恐惧心理了。不过，不知为什么心里总觉得有些空虚，感到孤独。似乎觉得世上就只有我一个人站在这里。"

"可是，母亲还是原来的那位母亲呀。我也还是我嘛。谁都对你不会变的。不能神经过敏去乱想啊!"

"神经虽然不会过敏，可我还是觉得孤独，没办法。过一会儿我回家见到母亲，准会哭起来的。现在想象那时的眼泪，觉得十分凄凉。"

"不要向母亲说了吧。"

"当然不说。若是说了，不知母亲会现出多么痛苦的表情呢！"

二人相对，默默不语了。我觉得发窘，敲打起烟盘上的烟灰筒来。市藏低着头凝视和服裤裙下盖着的膝盖。过了一会儿，他扬起那倍加凄楚的脸。

"还有一件事想问问您，能讲给我听吗？"

"只要是我知道的，什么都可以讲给你。"

"我的生母现在在什么地方？"

他的生身母亲在生下他不久就死了。听说是产后恢复不好的缘故。又听说是因为别的什么病。我记不清了，缺少给他细讲的材料，没能使他那饿虎般的渴望的眼神缓和下来。关于他生母最后的命运，我的话仅两三分钟就讲完了。他满面遗憾，接着又问起生母的名字。幸好我还记得，她叫阿弓，是一个古雅的名字。他又问死时的年龄，可是对此我没有任何一点确实的东西提供给他。最后他问我是否见过在他家干活时的生母。我回答说没有。他又问是怎么样一个女人。很遗憾，我的记忆模糊极了。其实，那时我才不过是个十五六岁的孩子。

"可能梳着岛田发型。"

除此以外，我没有一句像样的答话。因此，我深感遗憾。市藏的眼里总算显露出点达观的神色。最后他说："那么，至少能告诉我佛寺吧？母亲埋在什么地方？这一点我是很想知道的。"然而我是不可能知道供阿弓牌位的寺院的。我一边叹息一边回答他说："万不得已就只有问问姐姐了。"

"除我母亲之外，没有别人知道了吗？"

"哎呀，怕是没有了。"

"不过，弄不清也没什么关系。"

我对阿市产生了一种像是同情，又像是对不住他似的心情。他把脸转向庭院方向，望了一会儿在朗朗白昼间开花的大山茶树，然后又把视线转了回来。

"母亲一定要我娶千代子，也是出自血统上的考虑，希望我找个亲属中的人做媳妇，是这个意思吧？"

"正是这样。此外没有别的意思。"

市藏没有说要娶千代子，我也没再问他是否打算娶。

七

　　这次见面对我来说是一次十分有益的美好体验。双方开诚布公，无任何隐瞒地倾吐一切，这一点至今为我空虚乏味的过去增光。从谈话的对象市藏来看，我想或许也是他有生以来的最大安慰。总而言之，在他回去之后，我的头脑中留下了行善积德般的快感。

　　"万事都由我兜着，你不用担心。"

　　我把他送到大门口，最后又朝着他的背影赠送了这么一句暖人心的话。可是后来向姐姐报告我们二人谈话的结果时，却说得很不理想。我向姐姐说："阿市说事出无奈，只要毕业后脑子有了闲空，会设法妥善处理的。因此，我看还是等到那个时候再说为好，现在说东道西地乱捅，是会妨碍他考试的。"我这样说，姐姐听起来也觉得不无道理。就这样先把她安抚住了。

　　同时我又把事情向田口讲了，好说歹劝地希望他尽可能在市藏毕业之前使千代子的婚事有个顺利结局。田口听了我讲的详情，口气和平常一样，还是那么拙笨无才而又漫不经心。他回答说，即使没有我的提醒，他也已经想到这一点了。

　　"但是，出嫁毕竟是为了本人（这样说，虽然有些带刺儿），不能为了姐姐和市藏的方便就随意强行提前或是推后千代子的婚事。"

"那当然。"我不得不承认这一点。本来我和田口家也是作为亲戚有来往的,但是实际上,关于千代子的婚事,我既没有主动开口问过,对方也没有找我商量过。因此,直到今天,我不知道千代子有过什么样的选择对象,甚至都没有间接地听说过。只记得从市藏和千代子他们那里听到过高木这么个名字。说去年在镰仓避暑时,市藏见到过那个人,因此心情也就不好了。尽管有些突然,我还是向田口问起了高木的情况。田口很和蔼地笑着告诉我说:"高木并不是一开始就作为备选对象提出来的。"他又说:"不过,若是有相当的身份和文化程度,而且又是个独身的男子,谁都有权成为备选对象的,所以不能断言他就不是选择对象。"我进一步问了问这个关系不明朗的年轻人的情况,知道他现在在上海。也了解到,尽管人在上海,但说不定什么时候就会回来。还进一步了解到,虽然从那以后他和千代子的关系没有什么发展,但书信来往至今不断,而来往的附加条件是每封书信一定要由父母过目后才能转到本人手里。我不管三七二十一地当即就说:"这个人不是和千代子很般配吗?"田口没有明确说出有这个打算。或许还在别的什么地方有要求,也可能另有别的什么想法。我根本就不了解高木是个什么样的人,没有更多的发言权,因此我没再多劝就告辞了。

我和市藏在那次谈话后很久没有再见面,说是很久,其实也无非才一个半月左右的光景。他面临毕业考试,又不得不顾及家庭问题,使得我很挂记他。我偷偷地去看姐姐,含而不露地探听他的近况。姐姐很平静,若无其事地说:"反正好像是很忙。"快要毕业了,可能就是这个样子吧。尽管如此,我还是不放心。有一天,我让他在晚上抽一个小时的时间和我共进了一次晚餐。在他家附近的一家西餐馆,我一边吃饭一边暗地里观察他的情况。他还是平常那样稳稳当当的。他回答我问话时说:"没事,总有办法把考试这一关度过的。"他的话看来并非完全是虚张声势。当我叮问他有没有把握的时候,他脸上突然露出一种可怜的神色,说:"人的头脑比想象的要坚固得多呀!实际上我自己也是害怕得不得了。可是很奇怪,它还不坏。照这个样子,还能用一阵子吧!"他这番话似乎有点开玩笑,可又像是很正经,不由得使我产生了一种凄凉之感。

八

　　黄芽嫩叶的时节已经过去，天气热了起来。有一天，刚洗完澡，热得人真想撩起衬衫用蒲扇往里扇风，突然市藏来了。一见他的面，我第一句话就问他考试怎么样了。他回答说，昨天总算考完了。接着又告诉我说："打算明天出去旅行，今天向您告别来了。"成绩还不知如何，怎么就想往远跑？我对他的心理状态产生了怀疑，又多少有些不安。他说他想从京都附近经须磨、明石，看情况，可能一直到广岛一带去。我对他这次旅行规模之大感到惊讶。我说："如果敢肯定成绩及格，出去旅行也可以。"间接地暗示出我不赞成的意思。而他对考试的结果，表示出意外地冷淡。他根本不理我说的话，他说："舅舅对这种事这么操心，不是和您平素的信念有些不合拍吗？"在谈话中我发现，他的念头出自与及格的成绩无关的其他方面。

　　"实际上，自从知道了那件事以来，我格外地费脑筋。因此，近来很难稳稳当当地坐在书房里了。无论如何需要旅行。考试我没中途退下来，就应当说蛮好了。请允许我去吧。"

　　"用你自己的钱，到你想去的地方，那有何妨呢。出去跑跑，换换心情，我看也不错。你去吧。"

"好。"市藏答应着，脸上略微露出点满意的神色。可是他又说："其实，在老人面前大声说话，我也有些过意不去，觉得很不应该。可是自从听了舅舅讲的以后，我每逢见到母亲，心情就有些异常，真受不了啊！"

"心情就不愉快了吗？"我问，口气有些严肃。

"不是。只是过意不去。开始是空虚得不得了，而后来渐渐地变了，感到过意不去了。话就只是在这儿跟您说，实际上近来朝夕见母亲的面都是很痛苦的。就是这次旅行，情况也不一样。过去我曾想等毕业之后让母亲到京都、大阪和宫岛去看看。所以，如果是过去的话，我是要陪她的，还会求舅舅帮忙看家，好让我们母子一同去旅行。可是，正如刚才我所说的原因，关系完全倒转了。只是一心想要离开母亲的身旁，哪怕是很短的时间也好。"

"哎呀！变得这么反常，那可就麻烦啦！"

"我离开母亲之后一定又会想念她，该怎么办啊！可能不会去得那么顺当吧。"

市藏似乎是有些担心，提出了这样一个问题。我以自己是一个比他经验丰富的长者而自居。可是关于这一点，他的未来如何，我是完全想象不出来的。他自己没有信念，希望把心里话告诉别人以求得到宽慰。他这种内心世界使我为之感到可怜。这也是因为他外表上看来很温顺，实际上是个很有志气的人。他说出这种懦弱的话还是第一次。我竭力为安抚他的心灵做出保证。

"那种担心越多，损害就越大。我为你担保，没关系的，你安心地去逛吧。你的母亲是我的姐姐。而且，正因为不像我这样搞学问，所以才生得纯洁善良，是一个应当受到人们尊敬的母亲。这样一位

357

母亲和你这样一个富有感情的儿子怎么能够分离开呢？没问题，你放心好啦。"

市藏听我这么一讲，看来确实是放心了。我也略微感到宽慰。可是，另一方面我又产生了疑惑。我这种毫无根据的安慰话，之所以能给头脑明晰的市藏以如此程度的影响，那么会不会是因为他某个部位的神经有些失常了呢？突然，我想到了一个极端的问题，我开始对他的单人旅行担心了。

"我也同你一起去吧。"

"和舅舅一起……"市藏苦笑了。

"不行吗？"

"如果是平素，我甚至会主动邀您同去。可是，这次旅行从什么时候到什么地方，连我自己都不清楚，说来是随意而去，毫无预定的目的。所以，很是抱歉。而且，如果有您，我就会有束缚，就会感到没意思，所以……"

"那么，就算了吧。"我即刻撤回了要求。

九

　　市藏回去之后，说也奇怪，他的事我一时还是放心不下。因为我觉得既然把不可告人的秘密刻在了他的头脑里，从此产生的一切后果，当然就必须由我来承担。我想见到姐姐，看一看她的情况，也想问问市藏的近况，于是把正在饭厅的妻子叫过来一同商量，顺便罗列了几条理由。没想到一般不易为什么事大惊小怪的妻子却说："都是因为你多嘴多舌的。"开始她几乎就没理我的碴儿。可是最后她说："为什么阿市就会出错呢？阿市虽说年纪轻，辨别事物的能力却比你强得多。"她一个人就这样给打了保票。

　　"照你的说法，市藏反倒要担心我的事啦？"

　　"当然。无论是谁，如果看到你总是把手揣在怀里，嘴上叼着进口烟斗，都要为你担心的啊！"

　　就在这时，孩子们从学校回来了，家中骤然热闹起来。因而把市藏的事也就忘了，直到傍晚始终再没有空去想它。傍晚，姐姐突然自己来访，我不由得吃了一惊。

　　姐姐和平常一样，在家人们集聚的正当中坐下，和我妻子你来我往地道了半天久疏问候的歉意和时令的寒暄。我也在那里占了个座位，然而却失去了动弹的机会。

"不是说市藏明天去旅行吗？"我找了个适当的时机问了一句。

"这个事呀……"姐姐认真起来，看着我脸。我没等听完姐姐的话就说："不，他如果想去，就让他去吧。刚刚为考试费了很多脑筋嘛。不让他稍微松弛一下，对身体也不好。"我简直像是在为市藏的行动辩护。姐姐回答说，本来她就是这个意思。她又说："只是担心他的身体状况能不能适应旅行。"最后她又征求我的意见，看是否可以去。我回答说没问题。妻子也说没事。姐姐的表情，很难说是安心，倒像是不那么十分满意。我考虑姐姐用的健康这个字眼，可能是与身体无关的精神上的意思，于是内心里感到了一种苦痛。姐姐似乎是受到我脸上表情的直观影响，前额刻上了一缕不安。她问道："阿恒，方才市藏来这里的时候，他的样子没有什么反常吗？"

"没有，哪有那种事。还是平素的那个市藏呀。是吧？阿仙。"

"是啊，没有一点反常的地方。"

"我也想是不会的。可是总觉得近来他的样子有点怪呢。"

"怎么个怪法呀？"

"要问怎么回事，我还没法说。不过……"

"都是因为考试嘛。"我即刻给她否定了。

"是姐姐的心理作用。"

我们夫妻一同劝慰姐姐。最后，姐姐脸上显出好像稍稍有点理解似的样子。直到和大家一同吃晚饭，光顾说这些事了。她回去的时候，我顺便散步，带着孩子们送她到电车站。可是心里还是觉得过意不去，就先打发孩子们回去，我随着姐姐登上了电车，她再三谢绝，可我还是在她旁边找了个座位坐下了，一直把她送到家中。

刚好市藏正在二楼上，我把他叫到姐姐的面前。我告诉他说："母亲非常挂记你，特意到矢来去了。我们多方向她解劝，好不容易才使她放心了。"我接着说："所以，出去旅行，说来说去都是我的责任。因此，要尽量不要让老人惦记，一定不要忘记写信回来。到了哪里，就从哪里写信来；离开哪儿，就从哪儿发信；又在什么地方逗留了，就再从逗留的地方来信。总之，要注意做到家里有事一招呼就能随时回来才好。"他望着母亲的脸，露出了微笑。

　　我相信这样就可以使姐姐的那颗悬吊着的心放下来，在十一点左右又乘电车返回了矢来。

　　到大门口来接我的妻子，像是等急了，一见面就问：怎么样了？我回答说："差不多，可以放心了。实际上，我的心情也确实像是安定了。"不过，第二天我没到新桥为市藏送行。

　　约定好的信件从市藏所到之处飞来了。算来大抵平均每天一封。正因为太频繁了，多数都很简略，只是在旅行地的风景明信片上写下两三行字。每当收到这些明信片的时候，我即刻就先露出安心的神情，也总是要被妻子笑一顿。有一次我说："照这个样子，大概没问题了。"她倒也不客气，回答说："那是当然的啦。像报纸第三版上的社会新闻和小说上那样的事，如果真有那么多，谁受得了啊！"我的妻子把小说和报上第三版的社会新闻看成是同样的东西了。她还相信这两者全都是谎话连篇，简直与浪漫故事无缘。

　　我看到明信片就已经满足，当接到他装在信封中的书信时，更是眉开眼笑了。之所以如此，是因为我本来对他怀着恐惧和担心，可是没有发现一处有他亲手留在信纸上的阴郁的痕迹。他装在信封里的词句，比他那明信片更鲜明地反映出了他情绪的变化。这里选了两三封。

　　为他的情绪转换起了作用的，有京都的空气，宇治的水。而在这形形色色的景物之中，对他这个在东京长大的人来说，兴趣最浓，刺激最大的，似乎是上方当地人使用的语言。对多次去过那一带的人来说，那些当地语言显得有点蠢，可是我想，对市藏当时的神经来说，那种滑润、稳静的语调给他的优雅柔和的刺激，恐怕要超过镇静剂。不知是否是年轻美貌的女郎，如果是出自女人之口，不用说效果会更大。市藏也是个年轻人，说不定就是为追求这个而到那里去的呢。可是，很有意思，信里写的竟是一个老婆婆的例子——

　　一听此地人讲话，我的心情就像是有些轻度的醉意，似乎有点身不由主，飘飘然了。有人说这里的人讲话黏黏糊糊，很讨厌，可我的看法却完全相反。讨人厌的是东京话，操着像棱角很多的金米糖那样的腔调，听起来尽是疙瘩刺儿，却自以为得意，令听者心里烦躁。昨天我从京都来到了大阪。今天早晨我去拜访在朝日新闻社工作的朋友，他邀我到叫做箕面的红叶胜地去玩。天气是无情的，不用说根本就没看到红叶。但是那里有潺潺小溪，有郁郁青山，山路的尽头有咆哮着的瀑布，真是一个景色迷人的好地方。朋友为了让我休息一下，把我引到了他们报社的俱乐部。这是一幢两层的建筑，走进去一看，又宽又长的通道一直通到房门，全部是用砖铺起来的。这种景象，不由得使我觉得似乎是到了中国的寺院，使人感到心情沉闷。这幢房子，据说当初是作为别墅盖的，后来朝日新闻社把它买下作了俱乐部。好吧，就算它是别墅，用砖砌起这么宽敞的室内通道又是为什么呢？我感到很奇怪，向朋友请教，可是他也说不知道。不过，这无论怎么样都没关系，只因为舅舅熟悉这方面的情况，我想或许您知道，才画蛇添足地写上这么一笔。我想向您报告的其实并不是这个宽敞的室内通道，而是在通道上的老婆婆。老婆婆有两个，一个站着，一个坐在椅子上。两个人都是秃头。那个站着的老婆婆，在我们刚一进来时，看见我的朋友就道了声问候。接着又说："很对不起，现在正给八十岁的老奶奶剃头。老奶奶，别动！快完了。剃好了，连一根头发都没剩，没什么可怕的。"坐在椅子上的老婆婆摸着头说："谢谢。"朋友回头看看我，笑着说："有地方风味吧？我也笑了。"不只是笑，我感到自己悠悠然地像是转世成了百年前的古人。我想把这种心情作为一个礼物带回东京去。

我心里也想，市藏若把这种心情作为礼物给姐姐带回来，那才好呢。

一一

下一封信来自明石，比前面的信要多少复杂些。正因为如此，才更加鲜明地反映了市藏的性格。

今晚到了这里。皓月当空，庭院一片明亮。可是由于我的房间背阴，心情反倒暗淡。吃过饭，吸着烟眺望大海——庭院前边就是大海。这是一个水平如镜的宁静的夜晚，海滨的景色使人难以判别是河边还是池旁。我正在眺望遐想的时候，一条乘凉游船漂过来了。船的整个外形，因为夜色茫茫看不十分清楚。但可以看出船底十分宽阔，平平的，很是安稳，那样子实在令人不敢想象是漂浮在海上的。我记得那船似乎有个屋顶，檐下吊着几盏画笔勾勒点缀过的灯笼。不消说，在微暗的灯光下像是坐着几个人，还可听到悠扬悦耳的三弦声。整个船体显得异常平稳，像滑行一样欢快地在我的前方漂了过去。我静静地目送那远去的船影，想起了外祖父年轻时候的一段故事。舅舅当然是知道的啦。外祖父曾亲身行过古来博学多识的文人行舟赏月之乐。母亲曾给我讲过两三次。划起屋顶式的大船逆流而上，直到绫濑川，人们立于明月静波相映生辉之中，打开准备好的银扇，投向夜光的远方，扇轴不停地翻转，涂在扇面上的银泥闪闪发光，银扇最后飞落水中。我想这种情景一定美极了。若仅仅是一把扇子也不足为奇，可全船人集体出动，竞相投掷。这种满天玉光璘璘的景象，想来也是无法形容的一大奇观。听说外祖父是一个豪奢的人，往铜壶里灌上满满一壶酒，然后用它来烫小酒壶，烧剩下的酒就全部倒掉了。因此，恐怕一次掷出百把银扇随水漂去也是无所谓的吧。这么说来，不知是遗传还是什么，舅舅虽然不那么富——这样说有些失礼，可是在一些地方好像也是大手大脚的，而且那么好静又腼腆的母亲，我早就发现她竟也有喜欢热闹的一面。唯有我——这样一说，可能会马上意识到我又要提那件事了，不过，请放心，我对那件事早已经没有足以使舅舅挂心的念头了。我说唯有我，绝不是在痛苦的意义上说。我想说在这一点上，我生来就和舅舅、母亲不同。我是一个成长比较顺利，物质生活优越幸福的孩子，所以不知道奢侈是什么，即使挥霍，也不当一回事。比如衣物，由于母亲的关心，所穿之物都是到人面前说得出去的。可我并不以为然，认为本来就应当如此。而这是长期养成习惯的结果，完全出自自己的无知，所以一旦意识到，我即刻就陷于不安之中。我认为衣着饭食怎么都好。前些天听说一个富豪挥霍金钱的情况，我觉得太可怕了。他招来大批艺人、帮闲，从皮包中掏出成捆的钞票，在这些人面前拆得零零散散，称作什么小费给他们。然后穿着毕丽的衣服走进澡堂，把剩下的钱给了搓澡的人。他的荒唐行径还有很多很多，都是胆大包天、横暴至极的行为。我在听到这些事情的时候，不用说，是很憎恶他的。但是我缺乏气魄，说是憎恶，倒莫如说是害怕了。我看他的所作所为，觉得他恰似强盗把明晃晃的钢刀戳在席垫上威逼良民百姓一样。实际上，我的恐惧是在对老天啦，人道啦，或者对神佛等诚惶诚恐的真正的宗教意义上的恐惧。我就是这样一个胆小懦弱的人。想象从尚未接近骄奢之前，到达骄奢的顶峰，一转而变成骄奢无度胡作非为的人之后的状况，我简直怕得要死。我一边目送在平静的海面上滑去的乘凉游船，一边想：这种程度的安慰，作为人来说，大概是正合适的。正如舅舅告诫我的那样，我也会渐渐地变得浅薄起来的。请您夸夸我吧。月光照射着的二楼上住的客人，据说是从神户到这里来玩的，全部使用我所厌恶的东京话，不时地吟诗作乐。里面也夹杂着娇滴滴的女人声。二三十分钟之后，突然安静下来了。向侍女一打听，据说是回神户去了。夜已深，我也要去休息了。

一二

　　昨天晚上刚写了信，今天又想报告今天早晨以来遇到的情况。这样连续不断地光给舅舅写信，恐怕您一定会面带讽刺的微笑在心里说：这个小子，肯定是因为没有写信的地方，没办法才老给我和姐姐写，是为消磨时间才这么勤快的。这是我执笔的同时脑子里闪出来的一个想法。但是，如果我有了那么一个情人，舅舅纵然见不到我写的信，也一定会是很高兴的吧。我也觉得即便怠慢了不给舅舅写信，那也是幸福的。实际上，早晨起床登上二楼俯瞰大海的时候，就有那么幸福的一对男女沿着海滨的沙滩向西走去了。说不定那也是和我住在同一个旅馆中的客人。女的打着淡黄色阳伞，衣襟稍稍向上披起，光着脚同男的并肩踏着浅水。我望着他们那行去的背影，十分羡慕。海水清澈，从高处俯视，靠近陆地的一带，和阳光照射的空气没什么两样，一望到底，什么都可以看到。就连游动中的水母也看得清清楚楚。旅馆的客人有两个出来游泳，他们在水里的一举一动，都逃不出我的视线，看得十分真切。他们游得很不好，作为一种技能可太差劲了。（上午七时半）

又有一个西洋人泡到水里，随后出来了一个年轻女子。那女子站在水波里，招呼留在二楼上的另一个西洋人。"You come here。"她用英语说，"It is very nice in water。"反复地说这句话。她的英语实在好，流畅极了。我真羡慕，觉得自己望尘莫及，只是满腔感慨地听着。可是，被这满口流利英语的女子招呼的那个西洋人就是不下来。那女子是不会游，还是不愿游了，一直在齐胸深的水中站着。那个先下来的西洋人扯住那女子的手，要带她到深水里去。那女子身体缩成一团，向后退缩。最后，西洋人在海水中把那女子横着抱了起来。那女子急得脚叭叭地打水，一边咯咯地笑一边哎呀哎呀地惊叫，声音一直传向远方。（上午十时）

带着两个艺妓住在楼下客厅的客人出来划船了。这只小船不知是从哪儿弄来的，非常小，而且样子十分古怪。客人说："我来给你们划。"让艺妓先上船。可是艺妓说害怕，怎么也不上船。不过，最后还是按客人的意思上去了。那个年轻些的艺妓故意做出惊恐的姿态，真无聊。小船在水上转了一会儿就返回来了。年纪大一些的那个艺妓冲着在紧靠旅馆后身拴着的日本式木船，大声喊道："船老大，那只船空着吗？"看样子是商量要在船上摆下吃的东西，再到海上去。艺妓先叫旅馆的女招待把啤酒、水果，还有三弦等等都拿到木船上去，最后她们也上了船。而那位主客是个很有魄力的人，这时还在很远的地方绕圈儿划着小船。看来是没有任何人上船了，于是抓了一个皮肤黑黑的光腚的海滨孩子。艺妓很失望地朝远方那只小船望了一会儿。不久就用尽平生的力气喊："傻瓜——"于是,被呼为傻瓜的那个客人把小船划到这面来了。我感到这艺妓真有意思,那个客人也蛮有趣的。(上午十一时)

　　我把这些琐碎的小事都当成奇闻向您报告,舅舅会觉得我很好奇,一定要苦笑的。可是,这正是由于旅行我才有了改变的证据。我第一次感到是在同自由的空气打交道了。我不厌其烦地一件又一件写上这样一些无聊的事,这不也正是无思考的观察吗?光看不想,现在是对我的最好的良药。如果说,因为小小的旅行,我的神经、性情都转为正常的话,那么治疗办法也过于简单了,甚至使我感到很难为情。可是,我更殷切盼望母亲是比这简单十倍地把我生下来的。白帆如云聚集而来,又通过淡路岛前的海域向远方驶去了。据说对面的松山上坐落着人丸神社①。关于人丸这位万叶歌人,我不大知道,我想得闲时顺便去看看。

---

① 人丸神社,位于兵库县明石市的明石城畔,用来祭祀日本万叶歌人柿本人麻吕。

结束语

敬太郎的探险活动在故事中开始又在故事中结束了。他想了解的世界，最初显得很遥远，近来已经呈现在眼前。可是他最终还是和一个置身其中却无所事事的门外汉差不多。他只不过始终是拿听筒当耳朵对"现实社会"进行了一次采访活动而已。

他通过森本之口听到了一些放荡生活的片断。但是，这些片断都是只有大致轮廓和表面现象的极其肤浅的东西。因而只把纯粹的趣味吹进了他那充满粗野好奇心的大脑。不过，他脑海中的缝隙却因近似屁话般的冒险故事而胀裂开来，在这些缝隙的深处，他获得了宛如在梦境中观察森本作为普通人那一面的形象的机会。而且，使他这个同样的普通人产生了无名的同情和反感。

通过一个叫田口的实干家的嘴，敬太郎对他正在如何仔细地观察社会有了少许了解。同时，从一个自称高等游民的、名叫松本的男人那里，听他讲述了自己人生观的一部分。敬太郎在心里把这两个人做了一番比较，觉得自己好像也因此增长了几分社会经验，因为他俩尽管有很近的亲戚关系，却完全是属于两种不同类型的人。不过，敬太郎所增长的社会经验只是在范围方面有所扩展，而在深度方面却不能认为有多大增进。

通过一位名叫千代子的姑娘之口，敬太郎听到了一个婴儿死亡的经过。千代子所叙述的"死"，与他那世俗般的想象不同，在犹如观赏一幅美丽图画这一点上，曾使他产生过一种快慰之感。只是这快慰之中还夹杂着眼泪。这眼泪与其说是为摆脱苦恼而不得已流出来的，莫如说是从想尽可能长期保持悲哀的意义上涌出来的。他还是个单身汉，对幼儿的同情还极其缺乏。尽管如此，对美好的东西美好地死去并被美好地埋葬掉，他还是充满怜悯之心的。听到在三月初三女孩节之夜降生的小女孩的命运，他感到很可怜，恰如可怜女孩节那天孩子们玩的玩具娃娃一样。

从须永口里听到他们不大和谐的母子关系时，敬太郎吃了一惊。他本身也有一位母亲正在乡下老家。可是，他与他母亲的关系虽然不像须永那么亲，相比之下却也没有达到类似须永那样被因果报应缠得脱不开身的程度。他坚定不移地相信，自己既然是个儿子，对母子之间的关系还是能够理解的。同时他也明白，父母和子女的关系乃是平平常常的关系，因而已不再抱任何希望了。至于比较复杂的父母子女关系，即使能够想象得到，在他心里也没有一丝反响。他觉得这个问题已经让须永给发掘得很深了。

敬太郎还从须永那里听说了他与千代子之间的关系。敬太郎很怀疑，他们最后是结成了终身伴侣呢，还是作为朋友相处下去？或者要彼此视为仇雠？怀疑的最后，激起了半是好奇半是好意的心理，使他站到须永一边去了。他出乎意料地发现，松本并不是那种口里衔着外国烟斗、对现实社会只采取旁观态度的人。他曾详细地询问过，松本对须永出于何种考虑采取了哪些措施。而且他也十分清楚松本必须采取这些措施的具体情由。

回首往事，从他走出学校大门开始立志尝试接触现实社会以来，迄今为止不过是一直到处奔走听人家的谈话而已，从来没能亲耳听到知识和感情交流的场面，除了在小川町电车站的那一次。当时他曾拄着宝贝似的手杖，跟踪从电车上下来的、身穿雪花点黑外套的男人和一个年轻女子同时走进了一家西餐馆。时至今日，放到记忆的橱窗里再仔细一观察，那简直就是一场儿戏，根本不能称之为探险或冒险。正因为如此，他才得到了一份正式差事。但是，作为人类经验来说，除了滑稽之外没有别的，只是对他自己是件正经事罢了。

总而言之，他最近所得到的关于人世的知识和感情，统统都是用耳朵听来的，并不是自己亲身实践的体验。起于森本而终于松本的几次长谈，最初是泛泛而又淡漠地使他有所动心，及至渐渐集中而又深入地打动他的心弦的时候，却又突如其来地戛然而止了。不过他始终未能得到其中的三昧。这正是他的不足之处，同时也是他的幸运所在。从不足这个意义上讲，他诅咒蛇头；从幸运的意义上讲，他又感谢蛇头。于是，敬太郎仰望苍穹在心中思索，看来仿佛已在自己面前突如其来地戛然而止的这一出戏，从此以后将会以何种形式永不停息地演变下去呢？

图书在版编目（CIP）数据

春分之后／（日）夏目漱石著；赵德远译. —上海：
上海译文出版社,2017.3（2024.7重印）
（夏目漱石作品系列）
ISBN 978－7－5327－7375－6

I.①春… Ⅱ.①夏…②赵… Ⅲ.①长篇小说-日
本-现代 Ⅳ.①I313.45

中国版本图书馆 CIP 数据核字（2016）第 229230 号

根据日本筑摩书房《夏目漱石全集》译出

春分之后　　　　[日] 夏目漱石 著

彼岸过迄　　　　赵德远 译

出版统筹　赵武平
责任编辑　刘　玮
装帧设计　尚燕平

上海译文出版社有限公司出版、发行
网址：www.yiwen.com.cn
201101　上海市闵行区号景路159弄B座
苏州市越洋印刷有限公司印刷

开本 890×1240　1/32　印张 12　插页 16　字数 164,000
2017 年 3 月第 1 版　2024 年 7 月第 6 次印刷

ISBN 978－7－5327－7375－6/I·4492
定价：55.00 元